T0166139

Domaine étranger

collection dirigée
par
Jean-Claude Zylberstein

COCKTAIL TIME

PELHAM GRENVILLE
WODEHOUSE

COCKTAIL TIME

Traduit de l'anglais
par Anne-Marie Bouloch

Paris
Les Belles Lettres
2015

Titre original

Cocktail Time

www.lesbelleslettres.com

Retrouvez Les Belles Lettres sur Facebook et Twitter.

© 2015, pour la présente édition,
Société d'édition Les Belles Lettres,
95 bd Raspail 75006 Paris.

ISBN : 978-2-251-21022-3

CHAPITRE 1

La suite d'événements qui amena la publication de *Cocktail Time*, un volume qui, vendu au prix modique de douze shillings et six pence, devait déclencher un peu partout autant d'alarme et d'abattement que s'il avait valu le double, fut mise en branle dans le fumoir du Drones Club au début de l'après-midi d'un vendredi de juillet.

Un Egg et un Bean digéraient là leur déjeuner devant un pot de café quand ils furent rejoints par Pongo Twistleton accompagné d'un homme grand et mince, ressemblant à un officier de la Garde, de quelque trente ans son aîné, qui marchait d'un pas dégagé et tenait son cigare comme s'il avait été une bannière portant l'étrange devise « Exelcior ».

– Yo Oh ! dit l'Egg.

– Yo Oh ! dit le Bean.

– Yo Oh ! dit Pongo. Vous connaissez mon oncle, Lord Ickenham, n'est-ce pas ?

– Oh, plutôt, dit l'Egg. Yo Oh ! Lord Ickenham.

– Yo Oh ! dit le Bean.

– Yo Oh ! dit Lord Ickenham. En fait, j'irai même plus loin. Yo, terriblement Oh !

Et il fut évident, pour l'Egg comme pour le Bean, qu'ils étaient en présence de quelqu'un qui trônait au sommet du monde et qui, s'il avait porté un chapeau, l'aurait porté de travers. Ils lui trouvèrent l'air d'un folichon joyeux drille.

Et Lord Ickenham était aussi folichon que peut l'être le plus joyeux des drilles. La journée était belle, ciel bleu et haute pression sur la plus grande partie des Îles britanniques au sud des Shetlands : il venait juste d'apprendre que son filleul, Johnny Pearce, avait enfin réussi à louer son pavillon, Hammer Lodge, qui était vide depuis plusieurs années et, sur sa lancée, venait de se fiancer à une charmante jeune fille, nouvelles toujours agréables pour un parrain aimant ; et sa femme lui avait donné la permission d'aller à Londres pour le match Eton-Harrow. Pendant la plus grande partie de l'année, Lady Ickenham le gardait prudemment enfermé à la campagne sans le quitter de l'œil, une politique approuvée de tout cœur par ceux qui le connaissaient, particulièrement Pongo.

Il s'assit, évita adroitement un morceau de sucre qu'une main amicale avait jeté d'une table voisine, et sourit béatement comme un chat du Cheshire. Il était persuadé que la joie régnait en despote suprême. Si, à ce moment, le poète Browning s'était approché pour lui suggérer que l'alouette était sur l'aile et l'escargot sur l'épine, il aurait approuvé d'un enthousiaste : « Voilà qui est bien dit, mon cher vieux ! Comme vous avez raison ! »

– Dieu me bénisse ! dit-il. C'est extraordinaire comme je me sens en forme, aujourd'hui. Les yeux brillants, les joues roses, je me sens tout ragaillardi, comme on dit, je crois. C'est l'air de Londres. Il me fait toujours cet effet-là.

Pongo sursauta violemment, pas à cause de l'autre morceau de sucre qui l'avait frappé sur le côté de la tête, car ces choses-là sont acceptées de bon cœur dans le fumoir du Drones, mais parce qu'il trouvait ces mots sinistres et menaçants. Depuis sa petite enfance, il lisait à livre ouvert les lubies de son oncle et, devenu homme, il était de plus en plus convaincu que le fait de ne pas l'avoir encore invité à habiter une cellule capitonnée prouvait que les psychiatres passaient à côté des bonnes affaires ; et il défaillait quand il l'entendait dire que l'air de Londres le ragaillardissait. Cela semblait suggérer que son parent avait à nouveau l'intention de s'exprimer et de se réaliser et, quand Frederick Altamont Cornwallis Twistleton, cinquième comte d'Ickenham, commençait à s'exprimer et à se réaliser, les hommes forts (parmi lesquels Pongo) vibraient comme des diapasons.

« L'ennui, avec l'Oncle Fred de Pongo, avait un jour fait remarquer un Crumpet pensif dans ce même fumoir, et ce qui, quand il est dans le coin, fait trembler Pongo jusqu'au trognon et l'incite à s'en envoyer un petit derrière la cravate, c'est que, bien qu'il soit suffisamment pourvu d'ans, il devient, quand il vient à Londres, aussi jeune qu'il se sent et se met à agir avec largesse et générosité. C'est comme si, coincé à la campagne tout au long de l'année sans rien à faire, il générait, si c'est bien le mot que je cherche, un tas d'extravagances qui se développent avec une rare violence dès qu'il met les pieds dans le centre du monde. Je ne sais pas si vous savez ce que signifie le mot "excès", mais c'est exactement ce que commet invariablement l'Oncle Fred de Pongo quand il respire l'air enivrant de la métropole. Demandez, un de ces jours, à Pongo de vous raconter ce qui est arrivé la fois où ils sont allés ensemble aux courses de chiens. »

Pas étonnant, alors, qu'en l'entendant le jeune Twistleton ressente une peur sans nom. Il avait tellement espéré pouvoir en finir avec le déjeuner de ce jour sans que ce vieil excentrique ne se rende coupable d'un outrage public majeur. Cet espoir allait-il se révéler vain ?

Comme on était au premier jour du match Eton-Harrow, la conversation se tourna naturellement vers ce sujet, et le Bean et l'Egg, qui avaient reçu le peu d'éducation qu'ils possédaient sur les bancs de la première école, trouvaient l'opposition bien inégale. Les types de Harrow, prédisaient-ils, allaient passer un sale week-end et rentreraient chez eux le lendemain l'oreille bien basse.

– À propos, en parlant de Harrow, dit le Bean, le gamin de Barmy Phipps est revenu par ici. Je l'ai vu, avec Barmy, qui se gorgeait de *ginger ale* avec ce qui paraissait être de la tourte froide aux rognons, avec deux légumes.

– Tu veux parler du cousin de Barmy, Egbert, de Harrow ?

– C'est ça. Celui qui tire des noix du Brésil.

Lord Ickenham fut intrigué. Il accueillait toujours avec joie l'opportunité de se meubler l'esprit en faisant connaissance avec la pensée moderne. Le grand avantage de déjeuner au Drones, il le disait souvent, était qu'on y rencontrait tant de gens intéressants.

– Il tire des noix du Brésil, hein ? Vous me déroutez considérablement. De mon temps, j'ai tiré de nombreuses choses, des grouses, des faisans, des perdrix, des tigres, des gnous et même, quand j'étais enfant, une tante par alliance dans la partie charnue de sa robe de tweed, avec un pistolet à plombs, mais je n'ai jamais tiré de noix du Brésil. Le fait que, si je vous ai bien compris, ce jeune homme fasse une habitude de ce genre de cible montre encore une fois qu'il faut de tout pour faire un monde. Pas des noix du Brésil au repos, j'espère.

Il était évident, pour l'Egg, que le vieux gentleman n'avait pas bien saisi.

– Il tire sur des choses avec des noix du Brésil, expliqua-t-il.

– Il les met dans sa catapulte et fait voler les chapeaux des gens, ajouta le Bean pour clarifier encore les choses. Il rate très rarement. Pratiquement une noix, un chapeau. Nous le tenons en haute estime, ici.

– Pourquoi ?

– Mais, c'est un grand talent.

– Non-sens, dit Lord Ickenham. Un truc de jardin d'enfants. Le genre de choses qu'on apprend sur les genoux de sa mère. Il y a bien longtemps, je possédais une catapulte et on me considérait généralement comme le pendant anglais d'Annie du Far West, et si j'en avais une maintenant je vous garantis bien que j'abattrais tous les chapeaux de Londres comme ça. Est-ce que l'enfant dont vous parlez aurait son arme mortelle sur lui, par hasard ?

– C'est probable, dit l'Egg.

– Il ne se déplace jamais sans, dit le Bean.

– Alors, présentez-lui mes compliments et demandez-lui s'il pourrait me la prêter un moment. Et apportez-moi une noix du Brésil.

Un rapide frisson parcourut Pongo de son sommet jusqu'aux extrémités de ses chaussettes. Les peurs qu'il entretenait à propos de l'avenir se réalisaient. Maintenant, si ses paroles avaient le sens qu'elles semblaient avoir, son oncle se préparait à faire preuve de cette humeur effervescente qui faisait trembler la civilisation sur ses bases et rendait blancs les cheveux de ses proches parents.

Il frissonna donc et, en plus du frisson, poussa un gémissement d'angoisse comme en pousserait un canard qui, se promenant, rêveur, autour de sa mare, viendrait, par inadvertance de s'écorcher les orteils sur un tesson de bouteille de soda.

– Tu me parles, Junior ? dit Lord Ickenham avec courtoisie.

– Enfin, vraiment, Oncle Fred ! Je veux dire, ça suffit, Oncle Fred ! Enfin, Oncle Fred, tu ne vas pas…

– Je ne suis pas sûr de te suivre, mon garçon.

– Tu ne vas pas dégommer le chapeau de quelqu'un ?

– Je pense qu'il serait idiot de ne pas le faire. On n'a pas souvent l'occasion de mettre la main sur une catapulte. Et, un point que nous ne devons pas négliger, les chapeaux étant obligatoires le jour du match Eton-Harrow, les allées et les promenoirs en seront pleins, et c'est, bien sûr, le haut-de-forme, plutôt que le chapeau melon, le feutre banal ou la casquette à oreilles de Sherlock Holmes, qui sera notre principal objectif. Je m'attends à en défaire de nobles têtes. Ah, dit Lord Ickenham en voyant revenir le Bean. Alors, voici l'instrument. Je l'aurais préféré plus tendu, mais il ne faut pas faire le difficile. Oui, dit-il en se dirigeant vers la fenêtre, je pense que ça ira. Ce n'est pas la catapulte qui compte, c'est l'homme qui est derrière.

La première leçon qu'on nous apprend à nous autres, grands chasseurs, quand nous nous embarquons pour un safari, c'est d'attendre et d'observer ; et Lord Ickenham ne montra nulle impatience tandis que les minutes passaient et que les seules âmes humaines visibles n'étaient que deux vendeuses et un gamin avec un chapeau de toile. Il était sûr que quelque chose de digne de sa noix du Brésil allait sortir du Club Démosthène qui fait face au Drones, de l'autre côté de la rue. Il y avait souvent déjeuné avec le demi-frère de sa femme, Sir Raymond Bastable, l'éminent avocat, et il savait que l'endroit était plein de magnifiques spécimens. Nulle part, à Londres, le huit-reflets ne fleurit avec une telle luxuriance.

– Je me sens tout ragaillardi, reprit-il, faisant passer l'ennui de l'attente par une agréable conversation. Tout ça me rappelle ma jeunesse et mes chasses au tigre du Bengale. La même tension, le même sentiment exaltant qu'à tout moment quelque chose de terrible peut sortir des buissons et montrer son chapeau haut de forme. La seule différence, c'est que dans ce Bengale étouffant, on était au sommet d'un arbre au tronc duquel on avait attaché un gosse pour attirer le roi de la jungle. Trop tard, maintenant, je suppose, pour attacher aux grilles le jeune cousin de votre ami Barmy Phipps, mais si l'un de vous voulait bien sortir dans la rue et bêler un peu... Ah !

La porte du Démosthène s'était ouverte à la volée et un homme d'âge mûr, grand, gros et florissant qui portait son huit-reflets comme le panache blanc d'Henri de Navarre descendit les marches du perron. Il resta sur le trottoir, cherchant un taxi, avec une sorte d'impatience hautaine comme s'il pensait que, puisqu'il voulait un taxi, dix mille voitures eussent dû sortir des rangs pour le servir.

– Tigre à l'horizon, dit l'Egg.

– Couvre-chef compris, dit le Bean. Mon conseil est de tirer à la tête, et sans délai.

– J'attends seulement de lui voir le blanc des yeux, dit Lord Ickenham.

Pongo, qui avait maintenant l'air d'un homme qui vient de s'apercevoir qu'une bombe à retardement est attachée aux basques de son habit, reprit son imitation de canard blessé avec, cette fois, encore plus de sentiment. Seul le fait qu'il y avait mis de la brillantine en faisant sa toilette ce matin-là empêcha ses cheveux bouclés de se séparer pour se dresser comme les piquants d'un hérisson inquiet.

– Pour l'amour du ciel, Oncle Fred !

– Mon garçon ?

– Tu ne peux pas descendre le chapeau de ce pauvre type !

– Je ne peux pas ? (Les sourcils de Lord Ickenham s'incurvèrent.) Voilà un mot étrange dans la bouche d'un membre de notre fière lignée. Est-ce que notre représentant à la Table ronde du roi Arthur disait « je ne peux pas » quand la direction lui donnait l'ordre d'aller au secours des damoiselles en détresse attaquées par des géants à deux têtes ? Quand Henry V, à Harfleur, s'écria « Retournons sur la brèche, mes amis, encore une fois, et faisons un mur de nos cadavres », fut-il refroidi en entendant la voix d'un Twistleton, à l'arrière, disant qu'il ne pensait pas pouvoir le faire ? Non ! Le Twistleton en question, qui devait si bien se conduire, plus tard, à Azincourt, se jeta en avant, les cheveux en bataille, et fut la vie et l'âme de la sauterie. Mais, peut-être as-tu des doutes sur mes capacités ? A-t-il conservé son bon vieux talent, te demandes-tu ? Ne t'inquiète pas, surtout. Tout ce que pouvait faire Guillaume Tell, je peux le faire. En mieux.

– Mais, c'est le vieux Bastable.

Lord Ickenham n'avait pas manqué de s'en apercevoir, mais cette découverte n'avait en rien fait faiblir sa résolution. Tout en aimant bien Sir Raymond Bastable, il trouvait qu'il y avait beaucoup à redire sur lui. Il trouvait l'éminent avocat pompeux, arrogant et bien trop content de lui.

Et il n'avait pas tort avec ce diagnostic. Il y avait peut-être dans Londres des hommes qui avaient une meilleure opinion de Sir Raymond Bastable que Sir Raymond Bastable lui-même, mais ils eussent été difficiles à trouver ; et le sentiment d'être un individu à part et supérieur au commun des mortels amène tout naturellement une certaine arrogance. L'attitude de Sir Raymond envers ceux qui l'entouraient – son neveu Cosmo, son majordome Peasemarch, ses partenaires au bridge, et tout particulièrement sa sœur, Phoebe Wisdom, qui tenait sa maison et qu'il réduisait presque quotidiennement à un tas de gelée larmoyante –, était toujours celle d'un dieu tribal irritable qui n'admettra aucune stupidité de ses fidèles et est prêt, si l'offrande fumante n'est pas agréable à sa grandeur, à le dire en utilisant la foudre. De l'avis de Lord Ickenham, le fait de voir son haut-de-forme se faire dégommer par une noix du Brésil en ferait un homme meilleur, plus profond, plus aimable.

– C'est lui-même, dit-il.

– C'est le frère de Tante Jane.

– Demi-frère est le terme correct. Enfin, comme dit le vieux dicton, il vaut mieux un demi-frère que pas de pain.

– Tante Jane va t'écorcher vif si elle l'apprend.

– Elle ne l'apprendra pas. Voilà la pensée qui me soutient. Mais, je ne peux pas perdre mon temps à bavarder avec toi, mon cher Pongo, quoique j'aime infiniment ta conversation. Je vois un taxi qui approche, et si je ne frappe pas rapidement, ma proie va filer comme le vent. À la façon dont ses narines frémissent, je me demande si elle ne m'a pas reniflé.

Le regard fixe, il lâcha son missile, sans savoir, tandis qu'il traversait la rue et courait droit vers sa cible, qu'il allait enrichir la littérature anglaise et donner du travail à nombre d'imprimeurs et de protes méritants.

Cependant, tel était bien le cas. Il est souvent difficile, pour un auteur, de répondre à la question : « Comment en êtes-vous arrivé à écrire ce livre ? » Milton, par exemple, si on lui avait demandé où il avait pris l'idée du *Paradis perdu*, aurait probablement répondu d'un vague : « Oh, je ne sais pas, vous savez. Ces choses vous germent dans la tête, voyez-vous », laissant le questionneur à peu près là où il en était auparavant.

Mais avec *Cocktail Time*, le roman de Sir Raymond Bastable, nous avons des bases solides. Il fut directement inspiré par le truchement de la catapulte de l'Oncle Fred de Pongo Twistleton.

Si le tir n'avait pas été aussi sûr, s'il avait manqué, comme il aurait bien pu le faire, s'il était passé à ras comme un courant d'air, le livre n'aurait jamais été écrit.

CHAPITRE 2

Après avoir fini son café et accepté les félicitations de ses amis et admirateurs avec cette modestie qui lui allait si bien, le cinquième comte (« Meilleur tireur de l'Ouest ») d'Ickenham, accompagné de son neveu Pongo, quitta le club et héla un taxi. Tandis que la voiture roulait vers le terrain de cricket des Lords, Pongo, qui s'était raidi de la tête aux pieds comme un homme du Moyen Âge sur lequel un sorcier aurait jeté un sort, regardait devant lui, les yeux perdus dans le vague.

– Qu'est-ce qui ne va pas, mon garçon ? demanda Lord Ickenham, qui le considérait avec une inquiétude avunculaire. Tu es tout blanc, tu as l'air secoué comme un martini sec. Quelque chose te pèse sur ce qui te tient lieu d'esprit ?

Pongo poussa un soupir lamentable, qui semblait venir de la semelle de ses souliers.

– Jusqu'à quel point ta folie peut-elle aller, Oncle Fred ? demanda-t-il faiblement.

Lord Ickenham ne pouvait pas lui laisser dire de pareilles choses.

– Folie ? Je ne te comprends pas. Bon Dieu ! dit-il, alors qu'une idée bizarre se faisait jour en lui. Se pourrait-il que tu fasses référence à ce qui s'est passé dans le fumoir à l'instant ?

– Oui, il se pourrait très bien !

– Il te semble étrange que j'aie dégommé le chapeau de Raymond Bastable avec une noix du Brésil ?

– C'est même ce que j'ai vu de plus zinzin dans toute mon existence.

– Mon cher enfant, cela n'a rien de zinzin. C'est de l'altruisme. J'ai semé la douceur et la joie. J'ai fait ma bonne action du jour. Tu ne connais pas Raymond Bastable, n'est-ce pas ?

– Seulement de vue.

– C'est un de ces hommes dont on sent, instinctivement, qu'ils ont besoin d'une noix du Brésil dans le couvre-chef ; car, même s'ils ont un cœur d'or, il leur faut un choc pour qu'ils puissent le montrer. Un traitement thérapeutique, comme disent les docteurs, je crois. J'espère que sa récente rencontre avec cette noix aura changé toute sa mentalité et permis à un nouveau Raymond Bastable de renaître de ses cendres. Sais-tu d'où viennent tous les problèmes, dans ce monde ?

– Toi, tu le sais sûrement. La plupart viennent de toi.

– Les problèmes du monde, dit Lord Ickenham, ignorant l'ironie, viennent de ce que tant d'hommes se détériorent en vieillissant. Le temps, comme un courant incessant, leur enlève leurs meilleures qualités ; ce qui fait qu'un vraiment brave type de vingt-cinq ans se change, petit à petit, en un casse-pieds de cinquante. Il y a trente ans, quand il est arrivé à Oxford, où il est devenu un membre populaire et éminent de l'équipe de rugby,

Raymond Bastable était aussi plein de bonhomie qu'on pourrait le souhaiter. La façon joviale avec laquelle il sautait à pieds joints sur la tête des joueurs de l'équipe adverse et la suavité des débordements qui le faisaient jeter hors de l'Empire les soirs de la course d'aviron lui gagnaient tous les cœurs. Beefy, comme on l'appelait, à l'époque, était un rayon de soleil de cent kilos, en ce temps-là. Et maintenant, qu'est-il devenu ? Je l'aime encore beaucoup et j'apprécie toujours sa société, mais je ne peux pas être aveugle au fait que le passage des années en a fait ce qu'une de nos amies communes (Elsie Bean, qui était femme de chambre chez Sir Aylmer Bostock à Ashenden Manor) aurait appelé un insupportable casse-bonbons. C'est d'être au barreau qui l'a rendu comme ça, bien sûr.

– Pourquoi cela ?

– Enfin, c'est évident ! Un homme ne peut pas passer son temps, une année après l'autre, à crier « Balivernes ! Dieu du ciel, balivernes et billevesées ! » et à dire aux gens que leurs preuves ne sont qu'un tissu de mensonges sans perdre sa belle humeur. Son caractère change. Il devient casse-bonbons. Bien sûr, ce dont Beefy aurait besoin, ce serait d'une femme.

– Ah ! dit Pongo, qui en avait récemment acquis une. Voilà qui est parler. S'il avait quelqu'un comme Sally…

– Ou comme ma chère Jane. Rien ne vaut le saint état du mariage, n'est-ce pas ? Quand on prend femme, comme je le dis souvent, on a quelque chose. Oui, c'était bien la pire chose qu'il pouvait arriver à Beefy quand Barbara Crowe lui a rendu sa bague.

– Qui est Barbara Crowe ?

– Celle qu'il a laissé partir.

– Il me semble connaître son nom.

– Je l'ai probablement mentionné devant toi. Je la connais depuis des années. C'est la veuve d'un de mes amis qui s'est tué dans un accident de voiture.

– Elle n'est pas dans le cinéma ?

– Certainement pas. Elle est partenaire junior chez Edgar Saxby et Fils, les agents littéraires. Jamais entendu parler d'eux ?

– Non.

– Eh bien, je suppose qu'ils n'ont jamais entendu parler de toi non plus, ce qui vous met à égalité. Oui, Beefy a été fiancé avec elle, et puis j'ai entendu dire que c'était rompu. Bien dommage. Elle est ravissante, elle a un grand sens de l'humour, et son handicap de golf est à un seul chiffre. Juste la femme qu'il fallait à Beefy. Outre qu'elle aurait amélioré son put, elle l'aurait rendu à nouveau humain. Mais cela ne devait pas être. Que disais-tu ?

– Je disais : « C'est triste. »

– Et tu ne pourrais pas mieux dire. C'est une tragédie. Enfin, voyons le bon côté des choses. Il y a toujours un bien en tout. Si tout ne va pas pour le mieux sur le front Bastable, il y a une amélioration dans le secteur Johnny Pearce. Qu'est-ce que je t'ai raconté sur Johnny, au déjeuner ? Je ne me rappelle plus. T'ai-je dit que ta Tante Jane, avec sa grande diplomatie, a persuadé Beefy Bastable de louer pour cinq ans son pavillon de Hammer Lodge ?

– Oui, tu m'as raconté ça.

– Et qu'il est fiancé à une fille délicieuse ? Belinda Farringdon, communément appelée Bunny.

– Oui.

– Alors, tu es au courant de toute l'affaire, et tu seras probablement d'accord avec moi pour lui voir un avenir brillant et prospère. Bien différent de celui qui, s'il faut en croire tes jeunes amis du Drones, attend les athlètes de Harrow-on-the-Hill. Mais nous voici arrivés à la Mecque du cricket anglais, dit Lord Ickenham en interrompant ses remarques lorsque le taxi se rangea devant l'entrée du Lords. Bon sang !

– Qu'y a-t-il encore ?

– Si seulement, dit Lord Ickenham en contemplant la marée de hauts-de-forme étendue devant lui, si seulement j'avais ma catapulte.

Ils pénétrèrent dans le stade et Pongo, cordialement invité à rester aux côtés de son oncle, se cabra comme un cheval ombrageux et dit qu'il préférait aller faire un tour. Il avait fermement décidé, expliqua-t-il, de ne plus jamais, s'il pouvait l'éviter, se trouver dans un lieu public avec le chef de la famille. Enfin, plaida-t-il, tu te souviens de ce qui est arrivé le jour de la course de chiens ; et Lord Ickenham admit que l'épisode auquel il faisait allusion avait été quelque peu malheureux, bien qu'il continuât à maintenir, dit-il, qu'un magistrat plus avisé se fût contenté d'une simple réprimande.

Le jour du match Eton-Harrow, on marche pas mal et on salue beaucoup et, pendant un moment, après s'être séparé de son neveu, Lord Ickenham déambula de-ci, de-là, rencontrant d'anciennes connaissances avec lesquelles il échangea d'aimables civilités. Beaucoup de ces vieilles connaissances avaient été ses contemporains à l'école, et le fait que la plupart d'entre eux avaient l'air complètement décatis lui rappela que le temps passait, ce qui le déprima ; pour autant qu'il puisse jamais être déprimé. Ce fut avec soulagement qu'il vit enfin approcher quelqu'un qui, bien que gros et florissant, et couronné d'un haut-de-forme un peu cabossé, n'en était pas moins fort loin d'être sénile. Il l'accueillit avec chaleur.

– Beefy ! Mon cher ami !

– Ah, Frederick.

Sir Raymond Bastable parlait d'un air absent. Ses pensées étaient ailleurs. Il était suffisamment présent pour être capable de dire « Ah, Frederick », mais son esprit ne s'arrêta pas sur son demi-beau-frère. Il pensait aux jeunes gens modernes. Au moment où Lord Ickenham l'accosta, il était en train de se représenter mentalement le tribunal d'Old Bailey avec lui-même, en perruque et robe de soie, menant, avec une sévérité sans pitié, le contre-interrogatoire du représentant de cette sous-espèce qui avait dégommé son chapeau.

Quand son cher couvre-chef avait soudain pris son envol pour aller gambader sur le trottoir comme un agneau au printemps, la première impression de Sir Raymond Bastable – qu'une soucoupe volante venait de le heurter – n'avait pas duré longtemps. Des applaudissements et des hourras venant de l'autre côté de la rue avaient attiré son attention vers la fenêtre du fumoir du Drones et il y avait aperçu une mer de visages hilares, fendus de sourires jusqu'aux oreilles. Un moment plus tard il avait remarqué, gisant à ses pieds, une avenante noix du Brésil, et les choses étaient devenues claires. Ce qui s'était passé était évident. C'était encore un exemple du hooliganisme stupide des jeunes gens modernes que tout individu convenable déplorait.

Sir Raymond n'avait jamais beaucoup apprécié les jeunes gens modernes, les trouvant idiots, paresseux, irrespectueux, inefficaces et les considérant, en général, comme une vilaine tache sur le paysage londonien ; et cette affaire de noix du Brésil mit, comme on dit, le comble à son dégoût. Elle consolida l'idée qu'il avait toujours eue qu'il fallait prendre des mesures contre ces jeunes gens modernes, et rapidement. Quelles mesures ? Il n'en avait pas à suggérer pour le moment mais si, disons, quelque chose dans le genre de la peste noire commençait bientôt à s'occuper de ces délinquants juvéniles en leur donnant ce qu'ils méritaient, elle aurait toute son approbation. Il tiendrait son manteau et l'encouragerait de la voix.

Avec un effort, il sortit d'Old Bailey et dit :

– Tiens, vous êtes là, Frederick.

– En personne, l'assura Lord Ickenham. C'est formidable de tomber sur vous comme ça. Racontez-moi les dernières nouvelles, mon jeune et brillant maître du barreau.

– Nouvelles ?

– Comment va tout le monde, chez vous ? Phoebe est en forme ?

– Elle va très bien.

– Et vous ?

– Je vais très bien aussi.

– Splendide. Vous irez encore mieux quand vous serez installé à Dovertail Hammer. Jane m'a dit que vous aviez loué le pavillon de Johnny Pearce.

– Oui. Je vais bientôt emménager. C'est votre filleul, n'est-ce pas ?

– C'est exact.

– Je suppose que c'est pour cela que Jane a tellement insisté pour que je loue cette maison.

– J'imagine que ses motifs étaient multiples. Elle voulait, pour me faire plaisir, tirer Johnny d'embarras, mais elle avait aussi votre intérêt à cœur. Elle savait que Dovertail Hammer était juste ce qu'il vous fallait. La pêche, le golf tout près et beaucoup d'exercice pour écraser les moustiques durant les mois d'été. Vous serez comme un coq en pâte, là-bas, et vous verrez que Johnny est un bien agréable voisin. C'est un jeune homme formidable.

– Jeune ?

– Tout à fait jeune.

– Alors, dites-lui de rester loin de moi, dit Sir Raymond d'une voix tendue. Si un jeune homme essaie de m'approcher, je lâche le chien sur lui.

Lord Ickenham le regarda avec surprise.

– Vous m'étonnez, Beefy. Pourquoi cette colère envers la jeune génération ? Est-ce que la jeunesse, avec toutes ses belles traditions, ne veut plus rien dire pour vous ?

– Rien du tout.

– Pourquoi cela ?

– Parce que, si vous voulez le savoir, un jeune voyou a fait tomber mon chapeau cet après-midi.

– Vous me choquez profondément. Avec son parapluie ?

– Avec une noix du Brésil.

– C'était donc un monstre à forme humaine ?

– Tout ce que je sais, c'est que c'est un membre du Drones qui, à mon plus grand regret, est situé juste en face du Démosthène. J'étais devant mon club, à attendre un taxi, quand quelque chose a soudain heurté violemment mon chapeau et me l'a enlevé de la tête. J'ai baissé les yeux, et j'ai vu une noix du Brésil. Elle avait manifestement été lancée de la pièce située au rez-de-chaussée du Drones Club, car lorsque j'ai regardé par là, la fenêtre était pleine de têtes hilares. Sir Raymond s'interrompit. Une pensée venait de lui venir.

– Frederick !

– Hello ?

– Frederick ?

– Toujours là, mon vieux.

– Frederick, je vous avais invité à déjeuner avec moi au Démosthène, aujourd'hui.

– C'était très aimable à vous.

– Mais vous avez refusé parce que vous aviez déjà rendez-vous au Drones Club.

– Oui. J'en ai horriblement souffert, bien entendu, mais je n'avais pas le choix.

– Donc, vous avez déjeuné au Drones Club ?

– De bon appétit.

– Avez-vous pris le café au fumoir ?

– Bien sûr.

– Alors, dit Sir Raymond, sautant sur l'occasion, vous avez dû voir ce qui est arrivé et vous pouvez identifier l'individu responsable de cet outrage.

Lord Ickenham fut impressionné par ce raisonnement sans faille. Il réfléchit un instant en silence, les sourcils froncés par la concentration.

– Toujours difficile de reconstruire une scène, dit-il à la fin, mais, en fermant les yeux et en y repensant, je me souviens vaguement d'une sorte de mouvement du côté de la fenêtre et d'un groupe de jeunes types rassemblés autour de quelqu'un qui avait... oui, par Jupiter, il avait une catapulte à la main.

– Une catapulte ! C'est cela. Continuez.

– Il paraissait viser quelque chose dans la rue et, voyez-vous, Beefy, je commence à croire que cette chose pourrait bien avoir été votre chapeau. Oui, pour moi, il y a de fortes présomptions dans cette direction.

– Qui était-ce ?

– Il ne m'a pas donné sa carte.

– Mais vous pourriez me dire de quoi il a l'air.

– Laissez-moi essayer. Je revois un visage séduisant, aux traits fins, avec quelque chose de l'exaltation qui devait marquer celui de Jael, l'épouse de Heber, au moment où elle allait enfoncer une noix du Brésil dans la tête de Sisera, mais... non. La brume tombe et la vision disparaît. Dommage.

– Je donnerais bien cent livres pour identifier ce type.

– Avec, dans l'idée, quelques représailles ?

– Exactement.

– Vous ne voudriez pas vous contenter de dire : « Le sang est jeune » et de laisser tomber ?

– Certainement pas.

– Enfin, c'est à vous de décider, bien sûr, mais je ne vois pas ce que vous pourriez faire. Vous ne pouvez pas écrire au *Times* une lettre bien sentie.

– Pourquoi pas ?

– Mon cher ami, ce serait fatal. Jane me disait l'autre jour que vous alliez vous présenter aux élections à… où était-ce ? Whitechapel ?

– Bottleton East. Frampton a l'intention de prendre sa retraite et il y aura probablement une élection partielle l'été prochain. J'espère être choisi comme candidat.

– Alors, pensez un peu à l'effet qu'aurait sur votre circonscription une lettre au *Times*. Vous savez comment sont les électeurs britanniques. Qu'ils apprennent que vous avez gagné le Derby ou que vous avez sauvé une fillette aux boucles blondes d'une maison en flammes, et c'est votre nom qu'ils mettront dans l'urne, mais si vous leur dites que votre chapeau s'est fait dégommer par une noix du Brésil, vous perdrez leur confiance. Ils pinceront les lèvres en se demandant si vous êtes bien l'homme qui convient pour les représenter au Parlement. Je ne défends pas cette attitude, je dis seulement qu'elle existe.

C'était au tour de Sir Raymond de réfléchir. Et, l'ayant fait, il fut forcé de reconnaître qu'il y avait là une certaine vérité. Bottleton East, au bout de l'allée de Limehouse, était de ces communautés primitives dont les enfants, largement recrutés parmi les marchands de quatre saisons ou parmi les industrieux qui fréquentent surtout les pubs, ont un sens de l'humour primaire et trouvent drôles des choses qui n'ont rien d'amusant. En imaginant la réaction probable de Bottleton East en apprenant la tragédie qui venait d'assombrir sa vie, il frissonna si violemment que son chapeau tomba et hérita d'une nouvelle bosse.

– Eh bien, dit-il après l'avoir ramassé, je n'ai pas l'intention de laisser tomber. Il y a certainement quelque chose à faire.

– Mais quoi ? Voilà le problème, n'est-ce pas ? Vous pourriez… non, ça n'irait pas. Ou… non, ça n'irait pas non plus. Je confesse que je ne vois rien. Quel dommage que vous ne soyez pas écrivain. Vous joueriez sur du velours.

– Je ne saisis pas. Pourquoi ?

– Vous pourriez détailler votre opinion de la jeune génération dans un roman. Quelque chose dans la ligne de *Vile Bodies* d'Evelyn Waugh. Spirituel, amer, satirique et étudié pour que les jeunes se voient comme dans un miroir et souhaitent qu'on n'ait jamais inventé la noix du Brésil. Mais dans votre cas, bien sûr, c'est hors de question. Vous ne sauriez pas écrire un roman, même si vous essayiez pendant cent ans. Eh bien, au revoir, mon cher ami, dit Lord Ickenham. Je dois filer. Des tas de Bonjour-comment-allez-vous-depuis-le-temps-qu'on-ne-s'est-vus à dire avant le coucher du soleil. Désolé de ne vous avoir été d'aucune aide. Si quelque chose me revient plus tard, je vous le ferai savoir.

Il disparut et Sir Raymond sentit croître son indignation. Il était profondément vexé par cette idée qu'il ne serait pas capable d'écrire un roman même s'il essayait pendant cent ans. Qui diable était donc Ickenham pour lui dire s'il pouvait ou non écrire un roman ?

Tout ce qui ressemblait à un défi stimulait toujours puissamment Sir Raymond Bastable. Il était de ces hommes qui prennent pour un affront personnel la suggestion qu'ils ne sont pas capables de mener à bien toute tâche à laquelle ils décident de s'atteler. Des années auparavant, alors qu'il était à l'école, il avait un jour mangé sept glaces à la vanille à la suite parce qu'un groupe de ses condisciples avait parié qu'il ne le pourrait pas. Cela l'avait envoyé trois jours à l'infirmerie avec une indigestion, mais il l'avait fait, et le passage du temps n'avait pas affaibli son esprit militant.

Tout le reste de la journée et tard dans la nuit, il rumina les propos peu délicats de Lord Ickenham et, le matin suivant, sa décision était prise.

Écrire un roman ?

Bien sûr qu'il pouvait écrire un roman. Et il le ferait. On dit que tout homme porte un roman en lui et il avait, sur d'autres auteurs en gestation, l'avantage d'être dans un état de fureur bouillonnante. Rien ne vaut la fureur pour stimuler la plume. Demandez à Dante. Demandez à Juvénal.

Mais, bien que son thème fût évident et que sa rage ne décrût pas, il y eut des moments, de nombreux moments, dans les semaines qui suivirent, où seul l'acier des Bastable l'empêcha d'abandonner son projet. Dès le premier chapitre, il avait découvert que l'écriture n'est pas ce qu'un vain peuple pense. Dante eût pu lui dire, tout comme Juvénal, que ce n'est pas aussi simple. Du sang, lui eussent-ils déclaré, voilà ce qu'on demande à l'homme qui pose la plume sur le papier. Et de la sueur. Et des larmes.

Cependant, comme leur eût rappelé leur camarade poète Swinburne, même la rivière la plus lente finit par arriver à la mer ; et le jour vint où Sir Raymond Bastable put montrer un paquet de feuilles sur son bureau, au-dessus duquel on pouvait lire :

COCKTAIL TIME
par
RICHARD BLUNT

et de le montrer avec fierté. Il avait versé son âme dans *Cocktail Time*, (un titre mordant par son implication sardonique que c'était l'unique intérêt de la jeune génération) et il savait que c'était bon. Il sentait bien qu'il était lamentable qu'il doive, à cause des circonstances, cacher son identité sous un pseudonyme.

Mais il le devait. C'était évident. C'était très bien pour des Dante ou des Juvénal de publier sous leur propre nom, mais un homme qui espérait l'investiture des Conservateurs pour le siège de Bottleton East devait être prudent. La composition littéraire n'est pas absolument interdite à ceux que leur ambition pousse à se forger une carrière politique (une biographie de Talleyrand, par exemple, ou une étude sérieuse des conditions de l'industrie de la valve à siphon). Mais vous ne pouviez pas espérer aller bien loin sur la route de Downing Street si vous écriviez quelque chose qui ressemblât à *Ambre*.

Et il était obligé d'admettre, en feuilletant son œuvre, que *Cocktail Time* avait, aussi bien dans le ton que dans le fond, beaucoup en commun avec le chef-d'œuvre de Miss Winsor. Le sexe s'y était glissé en grande quantité car en dénonçant le jeune homme moderne il n'avait pas épargné la jeune femme moderne. Son expérience des procès en divorce (notablement ceux où il avait plaidé pour Bingley contre Bingley, Botts et Frobisher, ou Fosdick contre Fosdick, Wills Milburn, O'Brien, ffrench-ffrench, Hazelgrove Hazelgrove et tant d'autres) lui avait donné une piètre opinion de la jeune femme moderne et il ne voyait pas de raison de lui épargner sa foudre.

Oui, se dit-il, *Cocktail Time* était franchement audacieux en un ou deux endroits, particulièrement au chapitre 13. Un Raymond Bastable se révélant être l'homme derrière le chapitre 13 et, en un moindre degré, derrière les chapitres 10, 16, 20, 22 et 24, n'aurait aucune chance de recevoir l'investiture pour la prochaine élection partielle de Bottleton East. Un comité conservateur prude le rejetterait avec un frisson et chercherait ailleurs son candidat.

CHAPITRE 3

Il n'est pas nécessaire de narrer en détail les premières vicissitudes de l'enfant spirituel de Sir Raymond, car il eut, en gros, la même expérience que n'importe quel premier roman. Il envoya son œuvre, depuis une adresse de location, à Pope et Potter, et elle revint ; à Melville et Monks, et elle revint ; à Popgood et Grooly, Bissett et Bassett ; Ye Panache Presse et une demi-douzaine d'autres firmes, et elle revint toujours. Ce roman aurait aussi bien pu être un boomerang ou l'un de ces chats qui, transportés de Surbiton à Glasgow, sont retrouvés à Surbiton trois mois plus tard, un peu poussiéreux et souffrant des pieds, mais pleins du meilleur esprit du West End. Pourquoi finit-il son périple dans les bureaux d'Alfred Tomkins Limited, nul ne le sait, mais ce fut le cas, et ils le publièrent au printemps sous une jaquette représentant un jeune homme à monocle dansant le rock and roll avec une jeune femme délurée.

Après cela, comme d'habitude dans ces occasions, il ne se passa plus rien. Quelqu'un a dit qu'un auteur qui attend des résultats d'un premier roman est semblable à quelqu'un qui jetterait un pétale de rose dans le Grand

Canyon, en Arizona, et tendrait l'oreille en attendant l'écho. Le livre fit peu de bruit. Le *Peebles Courier* dit qu'il n'était pas exempt de promesses, le *Basingstoke Journal* pensa qu'il n'était pas exempt d'intérêt et le supplément littéraire du *Times* informa ses lecteurs qu'il était publié par Alfred Tomkins Limited et qu'il contenait 243 pages mais, à part cela, il ne retint pas l'attention de la critique. La jeune génération qui était sa cible, si elle avait connu son existence, aurait dit, dans son langage, que c'était un flop.

Mais la gloire prenait seulement son élan, en attendant son heure et l'incident qui allait lui permettre de couronner le front de son enfant chéri. À cinq heures deux minutes un mardi après-midi, le vénérable évêque de Stortford, entrant dans la pièce où se trouvait sa fille Kathleen, la trouva plongée dans ce qu'il supposa être un livre pieux mais qui se révéla, après enquête, être un roman intitulé *Cocktail Time*. Regardant par-dessus son épaule, il put en lire un paragraphe ou deux. Elle était arrivée, il est bon de le mentionner, au milieu du chapitre 13. À cinq heures cinq exactement, il lui arrachait le volume, à cinq heures six, il sortait en chancelant, et à cinq heures dix, enfermé dans son bureau, il étudiait soigneusement le chapitre 13 pour voir s'il avait réellement lu ce qu'il croyait avoir lu.

C'était le cas.

À midi quinze, le dimanche suivant, il était en chaire dans l'église de Saint-Jude le Tenace, Eaton Square, et prononçait un sermon sur le texte « Celui qui se roule dans la fange sera souillé » (Ecclésiaste 13-1) qui souleva tant d'enthousiasme que l'élégante congrégation se mit à casser les prie-Dieu. La substance de ce discours était une dénonciation du roman *Cocktail Time* qu'il décrivait comme obscène, immoral, choquant, impur, corrupteur, éhonté, effronté et dépravé. Et, partout dans le saint édifice, on put voir des hommes griffonnant le titre sur leurs manchettes, pressés qu'ils étaient de l'ajouter à la liste de leurs lectures.

En cette époque où pratiquement n'importe quoi, de l'entrepreneur de pompes funèbres de Guilford mordu au mollet par un pékinois, jusqu'à la chute de Ronald Plumtree (II), trahi par sa bicyclette dans High Street à Walthamstow, peut faire la couverture de la presse populaire avec des titres d'une taille autrefois réservée à annoncer la déclaration d'une nouvelle guerre mondiale, il fallait bien s'attendre à ce qu'un événement de cette ampleur ne passât pas inaperçu. La presse populaire s'en empara et ce fut la fête, le lendemain matin, dans les bureaux d'Alfred Tomkins Limited. Tout comme les éditeurs américains espèrent que, s'ils sont bons et mènent une vie sainte, leurs livres seront interdits à Boston, les éditeurs anglais prient pour que les leurs soient dénoncés en chaire par un évêque. Nous n'avons pas les statistiques exactes, mais on estime, dans les milieux compétents, qu'un bon évêque, dénonçant un ouvrage en chaire avec le bon trémolo dans la voix, peut ajouter entre dix et quinze mille exemplaires aux ventes.

Mr Prestwick, le premier associé, lut l'*Express*, le *Mail* et le *Mirror* dans le train qui le menait au bureau et, moins de dix minutes après être arrivé, il téléphonait à Ebenezer Flapton et Fils, imprimeurs de Worcester et Londres, intimant à Ebenezer et à ses employés de laisser tomber tout le reste pour mettre en chantier une nouvelle édition. *Cocktail Time*, qu'Alfred Tomkins Limited n'avait, jusque-là, considéré que comme la pierre qu'avait rejetée le bâtisseur, allait manifestement devenir la pierre d'angle de l'édifice.

Mais le cœur de Sir Raymond Bastable n'était pas dans la même euphorie alors qu'il arpentait la pelouse de Hammer Lodge. Depuis qu'il avait lu le journal du matin pendant son petit déjeuner, ses yeux étaient vitreux et son esprit en ébullition.

Celui qui arpente la pelouse de Hammer Lodge, cette agréable résidence possédant tout le confort moderne, a un grand choix de vues plus belles les unes que les autres. Il peut regarder vers la gauche et laisser errer ses yeux sur les vertes pâtures et les bois pittoresques, ou il peut regarder vers la droite et avoir une excellente vue sur le parc de Hammer Hall avec son lac et ses arbres vénérables et, au-delà, la maison elle-même, ravissant héritage de l'époque élisabéthaine. Il peut aussi, les lundi, mercredi et vendredi, regarder devant lui et contempler un jardinier en plein travail, appuyé sur une pelle dans une sorte de transe au milieu du potager. Il n'a vraiment que l'embarras du choix.

Mais Sir Raymond ne voyait rien de ces merveilleux panoramas ou, s'il les voyait, c'était à travers un prisme sombre. Toute son attention était rivée sur le péril à venir. En écrivant *Cocktail Time*, il avait eu l'espoir malveillant de faire du bruit, mais il n'avait jamais pensé faire un bruit de cette ampleur, et la pensée qui le glaçait jusqu'à la moelle était la suivante : son pseudonyme tiendrait-il le coup ?

S'il est une qualité qu'il faut reconnaître à la presse populaire, c'est sa curiosité. Elle fouille, elle furète. Richard Blunt fait la une, il ne lui faut pas longtemps pour se demander : qui est Richard Blunt ? Elle veut des photos de lui en train de fumer la pipe ou de jouer avec son chien et des interviews où il dise quelle est sa marque favorite de céréales et ce qu'il pense de la jeune fille moderne. Elle enquête et découvre que personne n'a jamais vu le talentueux Blunt et que sa seule adresse est une boutique de confiserie dans une rue secondaire près de la gare de Waterloo. Et, avant de savoir où vous en êtes, vous pouvez lire les manchettes :

MYSTÈRE LITTÉRAIRE
ou
L'AUTEUR FANTÔME
ou, peut-être
DICK, OÙ ES-TU ?

Et, de là à la découverte de la vérité, il n'y a qu'un pas. En ce moment même, Sir Raymond le sentait, une douzaine de reporters étaient déjà sur ses traces et l'idée de la panade dans laquelle il s'était fourré le faisait se trémousser comme s'il faisait la danse du ventre.

Il se trémoussait encore abondamment quand la voix de Peasemarch, son majordome, se fit doucement entendre à son oreille. Albert Peasemarch parlait toujours doucement quand il s'adressait à Sir Raymond Bastable. Il savait ce qui était bon pour lui. Il n'est pas agréable, pour un majordome, de se faire incendier et de s'entendre demander s'il se prend pour un marchand de quatre saisons en train de vanter ses oranges sanguines.

– Je vous demande pardon, Sir Raymond.

L'auteur de *Cocktail Time* sortit lentement du cauchemar dans lequel il jouait le rôle de cerf aux abois.

– Hein ?

– C'est Madame, Monsieur. Je crois que vous devriez venir.

– Venir ? Que voulez-vous dire ? Venir où ?

– Dans la chambre de Madame, Monsieur. J'ai peur qu'elle ne soit pas bien. Je passais devant sa porte, à l'instant, et je l'ai entendue qui sanglotait. Comme si son cœur se brisait, dit Peasemarch qui aimait la précision.

Une vague d'exaspération et d'auto-apitoiement envahit l'âme torturée de Sir Raymond. Il fallait que Phoebe se mette à sangloter à un moment pareil ! Quand il avait besoin d'exercer chacune des cellules grises de son cerveau au problème posé par les journalistes. Pendant un instant, il eut envie de refuser fermement de s'approcher à moins d'un kilomètre de la chambre de Madame. Il était justement en train de tirer une faible consolation de la pensée que, comme elle déjeunait au lit et qu'il était sur le point de prendre le train pour Londres, il n'aurait pas à la rencontrer avant le soir lorsque, il l'espérait, il serait moins notablement agité. Si Phoebe le voyait maintenant, elle lui demanderait infailliblement ce qui n'allait pas et, quand il lui affirmerait que tout allait très bien, elle dirait : « Mais, qu'est-ce qui ne va pas, cher ? », et ça n'en finirait pas.

Ses meilleurs sentiments prévalurent ou, peut-être, fut-ce simplement la curiosité et l'envie de savoir quelle cause peut faire sangloter quelqu'un comme si son cœur se brisait. Il accompagna Peasemarch dans la maison et trouva sa sœur assise dans son lit, en train de se tamponner les yeux avec quelque chose de liquide qui semblait avoir été, jadis, un mouchoir de poche.

À part que ses oreilles ne se dressaient pas et qu'elle avait deux pattes au lieu de quatre, Phoebe Wisdom avait tout à fait l'air d'un lapin blanc, une ressemblance encore accentuée à ce moment par la liseuse blanche qu'elle portait et par le fait que tant de pleurs lui avaient coloré le nez et les yeux de rose. Quand Sir Raymond ferma la porte derrière lui, elle émit un sanglot gargouillant qui frappa le système nerveux éprouvé de son frère comme une balle de pistolet et il parla assez brusquement et sans beaucoup de sympathie.

– Qu'est-ce qui ne va pas, bon sang ? demanda-t-il.

Un autre sanglot secoua la pauvre femme et elle dit quelque chose qui ressemblait à : « Cochon ».

– Je te demande pardon ? dit Sir Raymond, serrant les poings jusqu'à faire blanchir ses jointures, comme le héros d'un roman démodé. Il se disait qu'il devait être calme, calme.

– Cossie ! dit sa sœur, devenant plus claire.

– Oh, Cosmo ? Qu'est-ce qu'il a encore ?

– Il dit qu'il va se tirer une balle dans la tête.

Sir Raymond était assez favorable à cette éventualité. Cosmo Wisdom, fruit d'un mariage malheureux qu'avait fait Phoebe vingt-sept ans auparavant, longtemps avant qu'il ne fût devenu assez influent et important pour l'en empêcher, était un jeune homme qu'il détestait plus encore qu'il ne détestait la plupart des jeunes gens de cette époque où l'espèce s'était si lamentablement détériorée. Algernon Wisdom, le père de Cosmo, avait vendu des voitures d'occasion, avait été vaguement dans le cinéma, et avait, occasionnellement été représentant pour des merveilles comme le crayon-plume Magique et le piège à souris Monumental, mais, pendant la majeure partie de sa carrière futile, il avait été ce qu'on appelle par euphémisme « entre deux jobs » ; et Cosmo tenait de lui. Lui aussi était fréquemment entre deux jobs. C'était un de ces jeunes gens, dont semblent affectées presque toutes les familles, qui ont toujours besoin qu'on fasse quelque chose pour eux. « Il faut que nous fassions quelque chose pour ce pauvre Cossie » étaient des mots souvent sur les lèvres de sa mère, et Sir Raymond répondait, de cette voix désagréable qu'il utilisait pour s'adresser aux témoins récalcitrants, qu'il n'avait nul désir de se montrer curieux, mais qu'il voudrait bien savoir ce qu'elle entendait exactement par le pronom « nous ».

La plus récente de ses tentatives pour faire quelque chose pour le pauvre Cossie avait été de lui trouver un emploi dans la firme d'import-export Boots et Brewer de St Mary Axe et la lettre que sa sœur réduisait en pulpe annonçait, il le présumait, que Boots et Brewer avaient compris que le seul moyen de réussir en important et en exportant était de se débarrasser de lui.

– Qu'est-ce qu'il a fait ? demanda-t-il.

– Quoi, cher ?

Sir Raymond fit le tour de la pièce. Il trouvait que ça l'aidait un peu.

- Pourquoi Boots et Brewer l'ont-ils renvoyé ? C'est de cela qu'il s'agit, je suppose ?

– Il ne le dit pas. Il dit juste qu'il lui faut deux cents livres.

– Il lui faut, hein ?

– Et je n'ai pas deux cents livres.

– Heureusement. Tu ne seras pas tentée de les jeter par la fenêtre.

– Quoi, cher ?

– Les donner à Cosmo reviendrait exactement à cela. Ne lui donne pas un sou.

– Il ne veut pas un sou. Il veut deux cents livres.

– Eh bien, qu'il les veuille.

– Mais, il va se tuer.

– Ce serait trop beau, dit Sir Raymond, avec un petit soupir quand cette image idéale disparut. S'il essaie, tu peux être sûre qu'il se ratera. Pour l'amour du ciel, ne t'inquiète pas. Tout ce que veut dire cette lettre, c'est qu'il a besoin de dix ou vingt livres.

– Il dit deux cents.

– Ils disent toujours deux cents. C'est la formule habituelle.

– Quoi, cher ?

– Phoebe, au nom de tous les diables, ne pourrais-tu arrêter de pencher la tête sur le côté comme un canari en disant « Quoi, cher ? » chaque fois que je te parle ? Il y a de quoi rendre fou un saint. Bon, je n'ai pas le temps de rester là à discuter. Je vais rater mon train. Prends une aspirine.

– Quoi, cher ?

– Prends une aspirine. Prends deux aspirines. Prends-en trois, dit Sir Raymond avec véhémence, puis il fila comme une tornade vers la voiture qui l'attendait pour le conduire à la gare.

CHAPITRE 4

Des nombreux rendez-vous qu'il avait à Londres ce jour-là, le premier était au Démosthène, pour déjeuner avec Lord Ickenham. En y arrivant, il trouva l'endroit paisible comme à l'accoutumée, le fumoir plein des habituels cadavres vivants gisant dans ses fauteuils, le cerveau au repos. Il les contempla avec dégoût, mécontent de ce calme universel alors qu'il avait l'impression d'être un personnage de tragédie grecque poursuivi par les Furies. Quoiqu'il eût dit, si vous lui aviez posé la question, qu'on faisait bien trop d'histoires à propos des gens poursuivis par les Furies. Il ne fallait s'inquiéter que si on était poursuivi par des reporters. Au diable leurs carnets et leurs crayons, que soient damnés leurs feutres mous et leurs imperméables. Il les voyait en pensée, par douzaines, rampant comme des léopards et devenant de plus en plus curieux.

Son invité était en retard, et pour passer le temps en l'attendant, il ramassa un journal sur la table. Un regard sur la une et il le laissait tomber comme s'il l'avait mordu et titubait vers le siège le plus proche. Il ne se permettait pas souvent un stimulant alcoolique avant le *déjeuner*, mais il se sentit obligé de commander un double martini dry. Ce qu'il avait vu sur la couverture l'avait presque fait s'évanouir.

Il venait de le boire quand Lord Ickenham parut et s'excusa.

– Mon cher vieux Beefy, vous deviez vous sentir comme Mariana dans son donjon. Désolé d'être en retard. Je m'étais mis en route bien assez tôt, mais j'ai rencontré Barbara dans Bond Street.

– Qui ?

– Barbara Crowe.

– Oh ?

– Nous avons bavardé. Elle a demandé de vos nouvelles.

– Oh ?

– Affectueusement, à mon avis.

– Oh ?

Lord Ickenham le considéra avec désapprobation.

– Inutile de dire « Oh ? » de cette façon, Beefy, comme si vous vous en fichiez complètement. Vous savez parfaitement que si elle vous donnait un seul mot d'encouragement, vous rappliqueriez pour vous rouler sur le dos, les pattes en l'air.

– Enfin, Frederick !

– Vous trouvez que je montre trop d'intérêt pour votre vie privée ?

– Si vous voulez l'exprimer de cette façon.

– Mais je vous aime bien, Beefy, bien que vous soyez devenu un peu empaillé malgré votre enfance et votre jeunesse prometteuses. Je vous veux du bien, je veux vous voir heureux.

– Gentil à vous. Cocktail ?

– Si vous m'accompagnez.

– J'en ai déjà pris un.

– Eh bien, prenez-en un autre.

– Je crois que oui. Phoebe m'a mis hors de moi, ce matin. Son fils Cosmo semble s'être encore attiré des ennuis. Vous le connaissez ?

– Juste assez pour tourner le premier coin quand je le vois venir vers moi dans la rue.

– Il essaie d'emprunter deux cents livres.

– Vraiment ? Il voit grand, hein ? Il les a trouvées ?

– Pas de moi.

– Alors, Phoebe est déprimée ?

– Très.

– Et je suppose que vous lui avez crié dessus. C'est votre grand défaut, Beefy. Vous aboyez, vous hurlez, vous apostrophez les gens. Pas moi, car ma sévère dignité vous en empêche, mais le reste du monde en général. Aviez-vous l'habitude de hurler après Barbara ?

– Pourrions-nous changer de…

– Je parie que c'est ce que vous faisiez et que c'est pour ça qu'elle a rompu vos fiançailles. Mais, d'après la façon dont elle parlait de vous, à l'instant, j'ai l'impression que votre cote est au plus haut avec elle et que si vous arrêtiez seulement de l'éviter et de refuser de la voir, vous pourriez prendre un nouveau départ. Voyons, au nom du ciel, que sont des fiançailles rompues ? Jane a rompu les nôtres six fois. Pourquoi ne pas l'appeler et l'inviter à déjeuner ? Montrez-vous sous votre meilleur jour. Dansez devant elle. Posez-lui des devinettes.

– Si cela ne vous fait rien, Frederick, je préférerais vraiment que nous changions de sujet.

– Faites des tours de magie. Chantez des chansons d'amour en vous accompagnant à la guitare. Et, juste pour lui montrer que vous n'êtes pas aussi bête que vous en avez l'air, dites-lui que vous êtes l'auteur du roman à succès *Cocktail Time*. Ça l'impressionnera.

Il est extrêmement rare que le fumoir d'un club du West End s'éveille soudain d'une vie spasmodique et que ses murs, ses fenêtres, ses fauteuils, ses tables, ses membres et ses serveurs se mettent à pirouetter de-ci, de-là, comme si Arthur Murray venait, en vitesse, de leur apprendre à danser, mais c'est ce que le fumoir du Démosthène parut faire pour Sir Raymond Bastable à ce moment. Tout dansait le shimmy autour de lui comme si un chorégraphe avait fait répéter le pas pendant des semaines, et ce fut à travers une sorte de brume qu'il regarda en blêmissant son camarade. Ses yeux s'élargirent, sa mâchoire inférieure tomba, la transpiration jaillit de son front comme s'il était dans le sauna d'un bain turc.

– Que... Que voulez-vous dire ? haleta-t-il.

Lord Ickenham, habituellement si aimable, montra un peu d'impatience. Quand il parla, sa voix était sèche.

– Enfin, Beefy. Vous n'allez pas me dire que ce n'est pas vous, n'est-ce pas ? Mon cher ami, pour quiconque vous connaît aussi bien que moi, c'est évident. Il y a, dans ce livre, au moins trois scènes qui sont des transcriptions quasi littérales d'histoires que vous m'avez racontées vous-même. Vous avez utilisé l'épisode de la noix du Brésil. Et, à part cette preuve interne, nous avons le témoignage de Jane.

– Jane ?

– Elle est venue un jour faire du shopping à Londres, et elle a pensé qu'il serait d'une bonne demi-sœur de vous rendre une petite visite pour vous taper dans le dos, alors elle est allée chez vous. Vous étiez sorti, mais Peasemarch l'a fait entrer et l'a remisée dans le bureau. Après avoir fouillé un peu, elle a commencé, comme le font toujours les femmes, à ranger votre table de travail et, tout au fond d'un tiroir, elle a trouvé un paquet de papier brun venant de la maison d'édition Simms et Shotter, envoyé par eux à Richard Blunt, à une adresse qui m'est sortie de la mémoire. Elle l'a mentionnée en rentrant. Alors, vous feriez mieux d'avouer, Beefy. Inutile de nier. Vous êtes ce Blunt dont on parle tant, n'est-ce pas ?

Un grognement caverneux échappa à Sir Raymond.

– Oui. C'est moi.

– Eh bien, je ne vois pas pourquoi vous faites cette tête-là. Avec toute cette publicité, vous allez vous en mettre plein les poches, et s'il y a bien une chose que vous aimez, c'est l'argent. Alors ?

– Mais Frederick, supposez que ça vienne à se savoir ? Vous ne l'avez dit à personne ?

– Mon cher ami, pourquoi aurais-je fait cela ? J'ai supposé que vous aviez pris un pseudonyme pour rester dans l'ombre.

– Et Jane ?

– Oh, Jane a tout oublié depuis des siècles. Moi, ça m'a frappé parce que je me suis souvenu de vous avoir conseillé d'écrire un roman. D'ailleurs, quelle importance, si ça vient à se savoir ?

– Dieu du ciel ! Ce serait la fin de mes espérances de faire une carrière politique.

– Pourquoi diable voudriez-vous faire une carrière politique ? Êtes-vous jamais allé à la Chambre des Communes ? Avez-vous jamais vu de près les malheureux qui y sont internés ? On a rarement vu une aussi terrible collection de minables et de sous-hommes. Je ne me mêlerais pas à eux pour tout l'or du monde.

– J'ai une autre opinion. J'ai mis toute mon énergie à me faire donner l'investiture pour Bottleton East, Frederick. Et il n'y a pas une chance qu'ils me la donnent si les journaux annoncent que c'est moi l'auteur de *Cocktail Time*.

– Pourquoi serait-ce dans les journaux ?

– Ces reporters. Ils trouvent des choses.

– Oh ? Oui. Je vois. (Lord Ickenham resta un moment silencieux. D'après le froncement de ses sourcils, on voyait qu'il exerçait son esprit ingénieux à la question.) Oui, dit-il. Ils trouvent des choses. Je suppose que c'est ce qui ennuyait Bacon.

– Bacon ?

– Et qui l'a amené, d'après les Baconiens, à aller voir Shakespeare et à lui glisser un petit pourboire pour qu'il dise que c'était lui qui avait écrit ses pièces. Après en avoir troussé quelques-unes, il a eu la trouille. « Allons, Francis, s'est-il dit, ça ne va pas du tout. Qu'on sache que tu as fait des choses pareilles, et ils chercheront ailleurs leur ministre des Finances avant que tu aies le temps de dire ouf. Tu dois trouver un jeune type nécessiteux qui, moyennant finances, acceptera de se faire éreinter. » Et il a cherché, et il a fixé son choix sur Shakespeare.

Sir Raymond, dans un soubresaut convulsif, renversa son verre. Pour la première fois depuis le petit déjeuner, il lui sembla voir faiblement, comme les lumières d'un estaminet dans le brouillard londonien, un rayon d'espoir.

– Ne connaissez-vous aucun jeune nécessiteux, Beefy ? Bien sûr que si ! Il y en a un qui vient immédiatement à l'esprit. Votre neveu Cosmo.

– Bon Dieu !

– Vous venez de me dire qu'il a besoin de deux cents livres. Donnez-les-lui, et dites-lui qu'il pourra s'approprier toutes les royalties du livre, et l'affaire est dans le sac. Vous le trouverez aussi désireux de coopérer avec bonne volonté que l'était Shakespeare.

Sir Raymond Bastable respira bruyamment. Le rayon d'espoir était devenu un incendie. De l'autre côté de la pièce, il pouvait voir Howard Saxby, la première gargouille du Démosthène, parlant (probablement de l'observation des oiseaux, une pratique à laquelle il s'adonnait avec passion) avec Sir Roderick Glossop, le célèbre psychiatre, qu'on estimait généralement être la gargouille numéro deux de l'institution, et il paraissait n'avoir jamais admiré de spectacle plus ravissant.

– Frederick, dit-il, vous avez tout résolu. C'est une idée magnifique. Je ne sais pas comment vous remercier... Oui ?

Un serveur s'était matérialisé à ses côtés, l'un des serveurs qui, un instant auparavant avaient semblé danser le shimmy avec les murs, les tables et les chaises.

– Un gentleman demande à vous voir, Monsieur.

Autant que cela lui était possible en position assise, Sir Raymond se permit une forme modifiée de shimmy. Un reporter ? Déjà ?

– Qui est-ce ? demanda-t-il en pâlissant.

– Un Mr Cosmo Wisdom, Monsieur.

– Quoi !

– Beefy, dit Lord Ickenham en levant son verre en signe de félicitations. C'est dans la poche. Voilà l'homme.

CHAPITRE 5

En entrant, un moment plus tard dans la petite salle où étaient déposés les visiteurs en attente, Sir Raymond avait le pas élastique et l'humeur joyeuse. Il trouva son neveu tapi sur une chaise en train de sucer nerveusement le pommeau de son parapluie et ressentit un élancement amer comme chaque fois qu'il le rencontrait. Une souillure de la société, pour lequel il fallait toujours que l'on fasse quelque chose, n'avait pas, à son avis, le droit d'être aussi bien habillé. Salomon dans toute sa gloire dépassait peut-être un peu Cosmo Wisdom, mais pas de beaucoup. Sir Raymond n'aimait pas non plus ces yeux brillants, ni cette petite moustache noire.

– Bonjour, dit-il.

– Oh... Euh... Hello, dit Cosmo en se levant sur une jambe.

– Tu voulais me voir ?

– Euh... Oui, dit Cosmo, en passant sur l'autre jambe.

– Eh bien, me voilà.

– Tout à fait, dit Cosmo en revenant sur la première jambe. Il n'était que trop conscient que son oncle était bien là.

C'était à la suite d'une conversation téléphonique avec sa mère que le jeune homme s'était aventuré au Club Démosthène ce matin-là. Phoebe, en sanglotant, s'était excusée de son incapacité à trouver plus de quinze shillings et trois pence sur les deux cents livres demandées, mais avait fait une suggestion constructive. « Pourquoi ne demandes-tu pas à ton oncle, cher ? » avait-elle dit, et Cosmo, bien qu'il eût grandement préféré entrer dans la cage d'un tigre endormi pour l'éveiller d'un coup de badine, avait compris que c'était le seul moyen. Un tête-à-tête avec Sir Raymond Bastable lui donnait toujours l'impression de se faire éviscérer par un chirurgien novice maladroit qui aurait appris son métier par correspondance, mais quand on cherche deux cents livres, il faut bien oublier ses préférences personnelles et aller voir l'homme qui possède la somme. Après tout, le charme n'est pas tout, dans la vie.

Alors, ayant avalé une autre bouchée du pommeau de son parapluie, il prit son courage à deux mains, raidit ses muscles, et dit :

- Euh… Oncle.

– Oui ?

– Euh… Oncle, je ne voudrais pas t'ennuyer, mais je me demande si tu pourrais… si tu pourrais t'arranger… si tu pourrais trouver un moyen de me faire avoir…

– Quoi ?

– Hein ?

Sir Raymond adopta la seconde des deux méthodes qui le rendaient si impopulaire auprès des témoins au tribunal, le lourd sarcasme.

– Laisse-moi te rafraîchir la mémoire, mon cher Cosmo. Après avoir exprimé une certaine crainte de m'ennuyer (une crainte stupide, car tu ne m'ennuies pas le moins du monde), tu as continué en disant : « Je me demande si tu pourrais… si tu pourrais t'arranger… si tu pourrais trouver un moyen de me faire avoir… » et tu t'es interrompu, apparemment bouleversé par l'émotion. Naturellement ma curiosité s'est éveillée et je t'ai demandé « Quoi ? », signifiant, par cette question, que je désirais savoir ce que je pourrais trouver le moyen de te faire avoir. Ta visite aurait-elle, par hasard, quelque chose à voir avec la lettre que ta mère baignait de ses larmes ce matin ?

– Euh… Oui.

– La pauvre femme était quelque peu incohérente, mais j'ai cru comprendre que tu avais besoin de deux cents livres.

En réalité, Cosmo en voulait deux cent cinquante, mais il n'avait pas eu le courage de demander toute la somme. Et puis, alors que le bookmaker auquel il devait deux cents livres demandait à être payé immédiatement, son ami Gordon Carlisle, auquel il était débiteur du reste, accepterait sûrement d'attendre un peu son argent.

– Euh… Oui. Tu vois…

Sir Raymond s'amusait maintenant royalement. Il saisit le pan de son veston, comme s'il avait été une robe de soie et adressa un regard en coin à un jury invisible, comme pour lui indiquer d'écouter soigneusement ce qui allait suivre, car ça allait être intéressant.

– Avec mon plus profond respect, dit-il, tu fais erreur. Je ne vois pas. Je suis perdu. Boots et Brewer te paient un bon salaire, n'est-ce pas ?

– Je ne dirais pas « bon ».

Sir Raymond lança un autre regard au jury.

– Tu dois me pardonner, à moi, homme sans culture, si j'ai, par inadvertance, choisi un adjectif qui n'a pas ton approbation. Je ne suis pas Flaubert. J'ai toujours considéré tes émoluments, comment dirai-je ? adéquats.

– Ils ne le sont pas. Je n'arrive pas à joindre les deux bouts. Si je n'ai pas ces deux cents livres aujourd'hui, je ne sais pas ce que je vais faire. Je me demande s'il ne vaut pas mieux en finir.

– C'est ce que me disait ta mère. Une excellente idée, à mon avis, que tu devrais considérer sérieusement. Mais je crois qu'elle n'est pas vraiment d'accord avec moi sur ce point alors, comme je l'aime beaucoup en dépit de son habitude de pencher la tête en disant « Quoi, cher ? », je suis prêt à t'empêcher de faire le sacrifice suprême.

Cosmo revint vers la surface. Il avait toujours du mal à comprendre les propos de son parent mais quelque chose, dans sa dernière phrase, semblait prometteur.

– Tu veux dire…

– Deux cents livres, c'est beaucoup d'argent, mais il est possible que j'arrive à les trouver. Pourquoi en as-tu besoin ?

– Je les dois à un bookie et il euh… il devient plutôt désagréable.

– Je l'imagine facilement. Les bookmakers savent être déplaisants à l'occasion. Bon, je pense que je vais pouvoir t'aider.

– Oh, Oncle!

– À certaines conditions. Parlons un peu de littérature. As-tu lu un bon livre, récemment, Cosmo ? Ce roman, *Cocktail Time*, par exemple ?

– Le truc dont on parle tant dans l'*Express* de ce matin ?

– Précisément.

– Non, je ne l'ai pas encore lu, mais je ne vais pas tarder. On dirait que c'est plutôt salé. Personne n'a l'air de savoir qui l'a écrit.

– C'est moi.

C'était si évidemment une blague que Cosmo se sentit obligé de sourire poliment. Mais son oncle le pria de ne pas grimacer comme un singe attardé.

– C'est moi qui l'ai écrit, je le répète. Je suppose que tu peux comprendre ces simples mots.

Cosmo en resta bouche bée. Sa main, comme toujours dans les moments de surprise, se porta à sa lèvre supérieure.

– Ta moustache a l'air d'une tache d'encre, dit Sir Raymond méchamment. Arrête de la tripoter et écoute-moi. J'ai écrit *Cocktail Time*. Ton pauvre cerveau est-il capable de saisir cela ?

– Oh, bien sûr. Tout à fait. Mais…

– Mais quoi ?

– Euh… Pourquoi ?

– Peu importe pourquoi.

– Eh bien, que je sois damné !

– Je le serai aussi, si ça vient à se savoir.

– Il est si mauvais que ça ?

– Il n'est pas mauvais du tout. Il est franc et carré, mais c'est une excellente œuvre de fiction, dit Sir Raymond qui se demanda s'il y avait lieu de citer le *Peebles Courier* et le *Basingstoke Journal*. Il pensa que ce serait perdre son temps avec un tel auditeur. Cependant, ce n'est pas le genre de livre qu'on attend d'un homme dans ma position. Si ces reporters l'apprenaient et le révélaient, ma carrière politique serait ruinée.

– C'est un peu limite, tu veux dire ?

– Exactement.

Cosmo hocha la tête. Il commençait à comprendre.

– Je vois.

– Je supposais bien que tu saisirais. Maintenant, la pensée qui te vient immédiatement, bien entendu, c'est que tu es en position, en me quittant, de filer vendre cette information à la presse à scandale et je ne doute pas que tu en sois capable. Mais ce serait une politique à court terme. Tu peux faire bien mieux que ça. Annonce que tu es l'auteur de *Cocktail Time*…

– Hein ?

– Je veux que tu dises que c'est toi qui as écrit ce livre.

– Mais je n'ai jamais rien écrit de ma vie.

– Mais si. Tu as écrit *Cocktail Time*. Je crois que je peux faire comprendre, même à une intelligence aussi limitée que la tienne, que nos intérêts se rejoignent. Nous bénéficierons tous deux de ce que je te propose. Je retrouve la paix de l'esprit et tu as tes deux cents livres.

– Tu vas vraiment me les donner ?

– C'est cela.

– Waouh !

— Et, en plus, tu pourras disposer comme tu le voudras des royalties qui viendront de cet ouvrage.

— Waouh ! répéta Cosmo.

Son oncle le pria de décider s'il était un homme ou un chien.

— Elles devraient, dit Sir Raymond, après la publicité qu'on vient de lui faire, être considérables. Mon contrat m'accorde dix pour cent du prix de vente et, avec toutes ces histoires dans les journaux, j'imagine que la chose va se vendre… voyons, soyons modestes… disons à dix mille exemplaires, ce qui devrait faire… je ne suis pas mathématicien, mais je suppose que ça pourrait donner entre six et sept cents livres.

Cosmo eut l'impression d'avoir reçu un coup sur la tête.

— Entre six et sept cents ?

— Plus, sans doute.

— Et c'est pour moi ?

— Pour toi.

— Waouh ! dit Cosmo dont l'aboiement, cette fois, passa sans réprimande.

— Je déduis de tes manières, dit Sir Raymond, que tu es d'accord pour coopérer. Excellent. Tout peut s'arranger très simplement. Je te suggère une lettre à chacun des journaux qui ont commenté l'affaire, avec une contestation sévère des propos de l'évêque, que tu considères comme insultants, exagérés et injustes, et la révélation que tu es Richard Blunt. Si tu veux venir avec moi dans la salle de correspondance, je te ferai un brouillon convenable.

Cette tâche achevée, Sir Raymond revint au fumoir pour dire à Lord Ickenham que l'affaire, comme il l'avait prédit, était dans le sac.

CHAPITRE 6

Comme on pouvait s'y attendre, l'annonce qui parut deux jours plus tard dans les journaux, disant que Cosmo Wisdom était l'auteur du roman *Cocktail Time* maintenant au sommet de sa notoriété, ne passa pas inaperçue. L'un des premiers à la remarquer fut J.P. Boots, de Boots et Brewer, et il ne lui fallut qu'un instant, lorsqu'il arriva dans son bureau de St Mary Axe, pour convoquer le jeune homme et pour l'informer que ses services, quels qu'ils fussent, n'étaient plus nécessaires. Les commerçants dans l'import-export, de St Mary Axe ou d'ailleurs, doivent penser à la réputation de leur firme et ne peuvent pas se permettre de garder parmi leurs employés des gens capables d'écrire le chapitre 13 de cet ouvrage. J.P. Boots n'utilisa pas autant de mots mais dit seulement à Cosmo d'aller et de ne plus pécher, mais tout était dans la façon de l'exprimer.

Il n'y eut, cependant, de note discordante que chez l'importateur-exportateur. Partout ailleurs les réactions furent uniformément plaisantes. Alfred Tomkins Limited écrivit à Cosmo une lettre pleine d'affection pour lui demander de passer un de ces jours, et une missive aussi

affectionnée arriva d'Edgar Saxby et fils, les agents littéraires, qui lui recommandaient de placer ses affaires entre
les mains de l'organisation Saxby (bureaux à Londres,
New York et Hollywood). Cosmo, qui sentait bien que,
dans sa situation, un type avait besoin d'amis, s'y résolut,
quoi qu'il frémît un tantinet à la pensée des dix pour cent
de commission.

Deux petites filles, Ava Rackstaw (dix ans), et Lana
Cootes (douze) lui écrivirent pour lui demander son
autographe, disant qu'il était, depuis longtemps, leur
auteur préféré et qu'elles avaient lu tous ses livres. Il
fut invité à donner une conférence à la Société littéraire
de Herne Hill sur « Les aspects du roman moderne ».
Six auteurs non publiés lui envoyèrent leurs œuvres
mises au rebut en lui demandant une critique détaillée.
Et Ivor Llewellyn, président de la compagnie de cinéma
Superba-Llewellyn, qui allait rentrer à Hollywood après
un séjour à Londres, demanda à son secrétaire d'aller
lui acheter un exemplaire de ce roman pour qu'il le lise
dans l'avion. Mr Llewellyn cherchait toujours le maté-
riel capable, s'il passait à travers la censure, d'exciter la
clientèle ; et *Cocktail Time*, d'après ce que tout le monde
en disait, semblait être justement le genre de chose qu'il
recherchait.

Et finalement, Mrs Gordon Carlisle, qui prenait son
petit déjeuner dans le salon de l'appartement qu'elle
partageait avec son mari, ouvrit le journal du matin,
regarda la première page, sursauta, dit quelque chose
qui ressemblait à « Chouette ! » et, levant sa ravissante
tête, cria : « Eh ! Oily ! »

– Oui, ma douce ?

– Viens par-là, dit Mrs Carlisle, et un homme mince, svelte, presque trop élégant dans sa robe de chambre à fleurs, qu'on pouvait croire ou le fils d'une noble maison, ou un danseur professionnel latino-américain, entra.

En fait, il n'était rien de tout cela. C'était un artiste en abus de confiance auquel sa virtuosité valait un respect considérable dans le milieu louche qu'il fréquentait.

– Ouais ? dit-il, espérant que sa bien-aimée ne l'avait pas appelé pour lui dire de mettre son maillot de corps. Elle y tenait quand l'été anglais se faisait un peu frisquet, et il le démangeait. Qu'y a, ma douce ?

– Je veux te montrer quek'chose.

Gertrude (« Ma douce ») Carlisle était une robuste jeune femme au regard noisette et effronté et au menton volontaire. Ses yeux, en ce moment, jetaient des éclairs, et le menton pointait. Il était évident que ce qu'elle venait de lire l'avait émue.

– Dis, Oily. Tu ne m'avais pas raconté que tu avais gagné cinquante livres à un nommé Cosmo Wisdom, l'autre nuit ?

Mr Carlisle hocha la tête. C'était le hochement sombre d'un homme se rappelant, à regret, une triste expérience.

– Oui, j'ai gagné. Mais il ne m'a pas payé. J'ai découvert que ce n'était qu'un employé à quarante dollars par semaine. Le coin en est plein. Ils te trompent en s'habillant comme des ducs et, quand il est trop tard, tu apprends qu'ils sont garçons de bureau ou quelque chose. Voilà ce qui arrive quand on va à l'étranger ; ça n'arriverait pas chez nous.

– Qu'est-ce que tu as fait ?

– Rien du tout.

– Moi, je lui en aurais mis une bonne.

Mr Carlisle la croyait bien volontiers. Les principaux traits de caractère de sa compagne étaient l'impulsivité et la foi en l'action directe. Du temps avait passé depuis l'incident, mais il se souvenait encore parfaitement de la fois où, ayant imaginé il ne savait quel écart de conduite de sa part, elle l'avait cogné derrière la tête avec un grand vase contenant des glaïeuls. Ce qui avait, d'après lui, gâché leur lune de miel.

– Eh bien, trop tard pour faire quelque chose maintenant, dit-il, morose. Y a qu'à l'inscrire à profits et pertes.

– Profits et pertes, mon œil. Il t'a pris pour un gogo.

Mr Carlisle sursauta. Son amour-propre était blessé.

– Un gogo ? Moi ?

– Certainement. Il t'a fait marcher. Lis ça.

– Lire quoi ?

– Mais ça.

– Où ?

– Ce truc, dans le journal sur l'homme qui a écrit ce livre dont tout le monde parle. Il gagne des tas de fric. C'est un best-seller.

Mr Carlisle prit le journal, l'examina et dit :

– Ah la vache ! (Comme le but de sa vie était de paraître gentleman, car cela lui était professionnellement utile, il se laissait rarement aller à des propos plus forts.) On dirait bien que tu as raison.

– Sûr que j'ai raison.

– À moins, dit Oily, freiné par une pensée, qu'il n'y ait un autre Cosmo Wisdom.

Sa femme railla cette théorie. Même en Angleterre, raisonna-t-elle, il ne pouvait pas y avoir deux hommes avec un nom pareil.

– Où il habite, ton type ?

– Du côté de Chelsea. Une ou deux rues derrière King's Road.

– Alors, mange ton breakfast et va le voir.

– J'y vais.

– Et ne reviens pas sans tes cinquante billets.

– Sûrement pas.

– Sois dur.

– Sois tranquille.

– Et mets ton maillot de corps.

– Oh, ma douce ! Il le faut vraiment ?

– Certainement. Il y a un sale petit vent d'est.

– Mais il me donne envie de me gratter.

– Eh bien, gratte-toi. Tu n'iras pas en prison pour ça.

– Oh, diable ! dit Oily.

C'était un mot qu'il employait rarement, mais il lui semblait que les circonstances le justifiaient.

L'heure du lunch approchait quand il revint dans son petit nid et rien, sur son visage, n'indiquait si sa mission avait été ou non couronnée de succès. Pour mieux réussir dans la carrière qu'il avait choisie, Oily Carlisle avait entraîné ses traits à une impassibilité uniforme qui énervait souvent sa femme. Tout en reconnaissant la valeur professionnelle d'un visage de marbre, elle eût bien aimé qu'il ne le ramenât pas à la maison.

– Alors ? dit-elle.

– Prépare-moi un Old Fashioned, tu veux, ma douce ? dit Oily. J'ai la bouche sèche.

Mrs Carlisle lui prépara un Old Fashioned, répéta « Alors ? » et ajouta :

– Tu l'as vu ?

– Je l'ai vu.

– Qu'est-ce qu'il a dit ?

– Beaucoup de choses.

– Il t'a donné les cinquante billets ?

– Non. En fait, il m'en a emprunté vingt autres.

– Pour l'amour du ciel !

– Mais j'ai quelque chose qui vaut bien plus de cinquante livres.

– Qu'est-ce que tu veux dire ?

– Je vais t'expliquer.

Les manières d'Oily, alors qu'il prenait une autre gorgée de son cocktail et se préparait à parler, avaient quelque chose de l'Ancien Marinier dont parle le poète Coleridge. Comme lui, il savait qu'il avait une bonne histoire à raconter et il n'avait pas l'intention de la gâter par trop de hâte.

– Oui, je l'ai vu, et je lui ai dit que j'espérais de ses nouvelles plus tôt, parce que ce n'est pas une petite affaire que les cent cinquante dollars et quelques qu'il me devait et il a dit oui, que j'avais raison, et j'ai dit qu'il aurait encore plus raison s'il me remboursait, alors il a dit qu'il ne les avait pas.

– Quel culot !

Oily avala les dernières gouttes de son Old Fashioned, alluma une cigarette et posa ses pieds sur la table.

– Il ne pouvait pas les trouver, qu'il dit. Ah non ? je dis. Et avec ce livre dont on parle dans tous les journaux ? je dis. L'argent doit arriver par cargaisons pleines, je dis.

– Qu'est-ce qu'il a répondu à ça ?

– L'a dit que c'était pas comme ça. Les éditeurs paient deux fois par an, et il faudrait attendre des mois avant qu'il touche quelque chose. J'ai dit bon, pourquoi il ne demande pas une petite avance, et il a dit qu'il venait juste d'essayer et qu'ils avaient répondu qu'il serait en dehors de leur politique d'anticiper le règlement semestriel accoutumé.

– Faire quoi ?

– Ils voulaient pas. Disaient qu'il n'avait qu'à attendre.

– Alors, qu'est-ce que tu as dit ?

– J'ai dit dommage.

Un ricanement amer gâcha la beauté de Gertrude Carlisle.

– Tu devais être féroce, c'est ça ? Tu as baissé ton froc. M'étonne pas !

– J'ai dit « Dommage », poursuivit Oily sans se démonter, et j'ai dit « Ma douce sera furieuse », j'ai dit. Et il a dit « Qui est ma douce ? » et j'ai dit « Mrs Carlisle ». « Et quand ma douce est furieuse, j'ai dit, elle a l'habitude de cogner les gens sur la tête avec une bouteille. » Et je lui ai raconté ce que tu m'as fait avec ce vase.

– Oh, chéri, j'ai oublié tout ça.

– Pas moi. Pardonné, oui. Oublié, non. Je me rappelle comme si c'était hier ce qu'on ressent quand un vase plein de glaïeuls vous arrive sur la nuque, et je lui ai décrit les symptômes. Il est devenu tout vert.

– Et alors ?

– Alors je suis parti.

Les lèvres de Mrs Carlisle formaient une ligne mince et il y avait une lueur mauvaise dans ses jolis yeux. Elle avait l'air d'une femme pensant en termes de bouteilles et notant mentalement de mettre de côté la prochaine qui serait vide.

– Quelle est l'adresse de ce type ?

– Pourquoi ?

– Je me disais que je pourrais aller lui dire bonjour.

– Ce n'est pas la peine. Relax, ma douce. Tu n'as encore rien entendu. Quand je disais que j'étais parti, j'aurais dû dire que j'ai failli partir, parce qu'il m'a rappelé. Semblait inquiet, j'ai trouvé. Il avait la voix étranglée.

– Tu vas voir, si je vais l'étrangler !

– Et alors, il s'est mis à table. Tu sais ce qu'il a dit ? Il a dit qu'il n'a jamais écrit ce livre.

– Et tu l'as cru ?

– Bien sûr que je l'ai cru, après avoir entendu son histoire. Il a dit que c'est son oncle qui l'a écrit. Son oncle est un type appelé Sir Raymond Bastable. Un grand avocat qui veut faire de la politique et qui sait que si on apprend qu'il a écrit *Cocktail Time* il sera fichu.

– Pourquoi ?

– On dirait qu'en Angleterre on ne peut pas, à la fois, écrire ce genre de livre et siéger au Parlement, voilà pourquoi. Alors, il a demandé à notre Mr Wisdom de dire que c'était lui l'auteur. Bon. Inutile de te dire ce que j'ai pensé en entendant ça.

– Très utile, au contraire. Qu'est-ce que tu as pensé ?

– J'ai pensé « Voilà un moyen de me faire du fric ».

– Je ne comprends pas.

Oily sourit avec indulgence.

– Enfin, ma douce. Utilise tes méninges. Tu es ce Bastable. Tu écris un livre, et il est trop olé-olé pour toi, alors tu t'arranges pour que ce soit ton neveu qui trinque et les journaux annoncent à grand bruit que c'est lui qui l'a écrit. Tu suis, jusque-là ?

– Sûr, mais…

– Eh bien, qu'est-ce que tu feras quand tu recevras une lettre de ton neveu, où il dit qu'il a réfléchi et que sa conscience le tourmente, alors qu'il va aller raconter partout que ce n'est pas lui qui l'a écrit, mais toi ? Voilà ce que tu fais : tu paies. Tu dis : « Combien veux-tu pour garder ça secret ? » Et tu continues à payer longtemps.

Les yeux de Mrs Carlisle s'élargirent. Ses lèvres se séparèrent. Elle aurait dû savoir, bien sûr, qu'elle pouvait faire confiance à son Oily. Elle le considéra avec respect et exprima son émotion par un rapide « Waouh ! ».

– Mais, est-ce qu'il va faire ça ?

– Qui va faire quoi ?

– Ce Wisdom. Est-ce qu'il va écrire la lettre ?

– Il l'a écrite. Je l'ai là, dans ma poche. Je lui ai dit que j'allais la poster pour lui. J'ai expliqué l'idée et il a tout de suite compris. Il était très enthousiaste. Il disait que son oncle avait tellement d'argent, tu sais bien combien on les paie, ces avocats, et qu'on pourra lui faire cracher n'importe quoi.

– L'argent contre la protection.

– C'est ça. La protection. Alors, j'ai dicté la lettre et je l'ai emportée avec moi. C'est à ce moment-là que je lui ai prêté vingt livres. Il a dit qu'il voulait fêter ça. Quoi encore ? demanda Oily, en remarquant qu'un nuage assombrissait le visage de la lumière de sa vie.

– Je pensais seulement qu'il est bien dommage de devoir partager avec lui. C'est ce que tu vas faire, je suppose ?

– C'est ce qu'il suppose aussi. Mais je crois qu'il suppose mal. Je vais apporter la lettre à ce Bastable après le déjeuner, il habite dans la campagne, un endroit nommé Dovetail Hammer, et je demanderai à voir l'argent illico. Bien sûr, il est possible que je décide d'en donner la moitié à Wisdom, mais j'en doute, ma douce, j'en doute fort.

– Oily, dit Mrs Carlisle, les yeux brillant d'une douce lumière, il n'y en a pas deux comme toi. Tu es merveilleux.

– Je suis plutôt bon, dit Mr Carlisle, modeste.

CHAPITRE 7

Après avoir consulté l'indicateur des chemins de fer, Oily décida qu'il prendrait le trois heures vingt-six pour se rendre à Dovertail Hammer. Comme ça, remarqua-t-il, ils auraient le temps d'aller déjeuner au Ritz où Gertie, enthousiaste, le supplia de l'emmener. Elle avait trop souvent déjeuné de sandwichs et de cornichons à la maison et c'était une fille qui, comme le cinquième comte d'Ickenham, aimait à agir avec largesse et générosité.

Ce fut à peu près au moment où ils sirotaient leur café et où Oily allumait un coûteux cigare, que Lord Ickenham, qui avait pris son repas avec son neveu Pongo au Drones avant d'aller rendre visite à son filleul à Hammer Hall, regarda, par la fenêtre du fumoir, vers le Démosthène, de l'autre côté de la rue, et poussa un soupir.

– Bouh ! dit Pongo.

– Je te demande pardon ?

– J'essayais de te faire peur. Il paraît que c'est bon contre le hoquet.

– Il en faudrait beaucoup pour faire peur à un homme aussi intrépide que moi, Ickenham d'acier, comme ils m'appelaient autrefois au régiment. Et d'abord, je n'ai pas le hoquet. Je soupirais.

– Pourquoi soupirais-tu ?

– Parce que j'ai un pincement au cœur. Non, pardon, trois pincements. D'abord, à la pensée que, puisque je vais séjourner chez Johnny, je serai privé pour un long moment de ta société et de ces agréables et instructifs après-midi que nous avons passés si souvent ensemble. Ce serait délicieux de rester à Londres pour apprécier le panorama avec toi.

– Tu n'apprécieras aucun fichu panorama avec moi. Je sais trop bien ce que tu veux dire par là.

– Mon second pincement, pincement B, si tu veux, vient de ce que j'ai regardé le Démosthène, de l'autre côté de la rue, ce qui m'a rappelé mon demi-beau-frère, Beefy Bastable. Je pensais à quelque chose qui est arrivé cet été. Tu as probablement oublié l'incident, mais il y a près d'un an, assis à cette fenêtre, j'ai dégommé son haut-de-forme avec une noix du Brésil.

– Bon sang !

– Ah, je vois que tu t'en souviens. Eh bien, j'avais espéré que cette expérience serait un tournant dans sa vie, en ferait un Beefy plus doux, plus aimable, un Bastable plus tendre, plus agréable, plus patient, plus tolérant avec sa sœur Phoebe. J'étais trop optimiste.

– N'est-il pas devenu plus patient ou plus tolérant avec sa sœur Phoebe ?

– Loin de là. Mes efforts bien intentionnés semblent n'avoir eu aucun effet. D'après Peasemarch, son major-dome, avec qui je corresponds, ses manières envers elle rappellent toujours celles du capitaine Bligh quand il était mécontent de la conduite d'un membre de l'équipage du *Bounty* sur le gaillard d'avant. Il a des excuses, bien sûr. Phoebe, la pauvre âme, a une façon de pencher la tête comme un canari en disant « Quoi, cher ? » quand on lui parle, qui doit ennuyer un homme habitué à ce que tout un chacun soit pendu à ses lèvres. Quand elle a fait ça six ou sept fois pendant le breakfast, selon Peasemarch, il saute au plafond en crachant des flammes et commence à l'agonir sans s'occuper de son âge ou de son sexe. Oui, je peux comprendre ce qu'il ressent, mais ce doit être très mauvais pour sa tension et loin d'être agréable pour ceux qui l'entourent. Peasemarch dit que ça lui brise le cœur, quand il écoute par le trou de la serrure. Tu ne connais pas Bert Peasemarch, n'est-ce pas ?

– Non.

– Un type splendide. À peu près autant d'intelligence qu'on pourrait en trouver dans un tube d'aspirine, mais qu'est-ce que l'intelligence, quand le cœur est d'or ? La première fois que je l'ai rencontré, il était steward sur le *Cunard-White Star*. Plus tard, il a hérité d'une petite maison et a quitté la mer pour s'installer dans un village près d'Ickenham. Puis, si tu t'en souviens, la guerre a éclaté et on a fait toutes ces histoires à propos de l'invasion de l'Angleterre, alors je me suis engagé dans les Home Guards, et qui ai-je trouvé à mes côtés ? Bert Peasemarch. Nous nous en sommes sortis ensemble, assis côte à côte dans les nuits glaciales, mais en gardant le sourire malgré nos rhumatismes. Deux hommes ne traversent pas tout ça sans devenir copains. Je me suis mis à aimer Bert comme un frère, et il s'est mis à m'aimer comme un frère. Deux frères en tout. Je lui ai trouvé ce travail chez Beefy.

– Je croyais que tu avais dit qu'il était devenu propriétaire.

– Oui, et bien pourvu, si j'ai correctement compris.

– Alors, pourquoi a-t-il voulu devenir majordome ?

– L'ennui, mon garçon. L'ennui qui attaque toujours les gens qui prennent leur retraite trop jeunes. Ses anciens jours de steward lui manquaient. Des années de navigation l'avaient mal préparé à rester assis sur son gros derrière sans rien faire. Et un steward est pratiquement un majordome, alors je lui ai conseillé de se lancer dans cette carrière. Mon Coggs, à Ickenham, l'a entraîné et, quand Coggs a dit qu'il était prêt, je l'ai lancé chez Beefy.

– Et comment s'en sort-il avec lui ?

– Je crois qu'il l'a trouvé plutôt éprouvant. Mais c'était avant que Beefy ne s'installe à la campagne. Qui sait si vivre à la campagne ne va pas l'améliorer au-delà de tout espoir ? La tranquille vie rurale a souvent un merveilleux effet sur les gens. Prends mon exemple. J'admets qu'il y a des moments où, de me sentir coincé à Ickenham, me fait me sentir comme une alouette en cage, même si je n'ai pas l'air d'une alouette, mais il est certain que ça m'a fait du bien. C'est à cela que j'attribue le fait que je suis devenu l'homme sérieux, sensé, même un peu austère, que je suis aujourd'hui. Je te demande pardon ?

– Hein ?

– J'ai cru que tu parlais.

– J'ai dit « Ah ! » si tu appelles ça parler.

– Pourquoi as-tu dit « Ah ! » ?

– Parce que j'avais envie de dire « Ah ! ». Tu n'as pas d'objection à ce que je dise « Ah ! », quand même ?

– Pas du tout. Nous sommes dans un pays libre.

– Merci. Eh bien, je ne crois pas.

– Tu ne crois pas quoi ?

– Que Bastable soit devenu un homme différent. Selon toi, il taille toujours sa sœur en pièces.

– Seulement parce qu'il vient toujours à Londres pour bousculer les témoins au tribunal. Cela rend les progrès plus lents qu'on ne le voudrait. Mais j'ai confiance. La magie de Dovetail Hammer finira par agir. Donne-lui du temps. Il n'est pas facile pour les léopards de changer leurs taches.

– Mais le veulent-ils ?

– Je ne saurais le dire. Je connais peu de léopards. Mais je pense que Beefy s'améliorera. Si Barbara Crowe ne lui avait pas donné son congé, son caractère se serait sûrement réformé. Je suis convaincu que, s'il l'avait épousée, il serait redevenu l'aimable Beefy d'il y a trente ans, car elle n'aurait jamais supporté une minute sa conduite de capitaine Bligh. Quel dommage que cette union ait fait long feu. Mais, hélas, cela arrive souvent. Quand tu auras mon âge, mon cher Pongo, tu comprendras que ce qui ne va pas dans le monde est dû à ce qu'il y a trop de cœurs séparés. Je l'ai remarqué des tas de fois. Il en faut si peu pour séparer des cœurs. C'est pourquoi je suis inquiet à propos de Johnny.

– Tout ne va pas bien, pour lui ?

– Loin de là.

– Il n'est pas content d'être marié ?

– Il n'est pas marié. Voilà l'ennui. Il est fiancé à Bunny Farringdon depuis plus d'un an, mais il ne fait pas un geste pour que les cloches de son petit village sonnent pour les noces. Elle a beau lui dire qu'elle a déjà acheté au moins deux fois son trousseau, et le supplier de lui donner le feu vert, mais la seule réponse qu'elle ait est « Une autre fois ». J'en ai un pincement au cœur.

– Pincement C ?

– Comme tu dis, pincement C. Dieu du ciel ! dit Lord Ickenham en regardant sa montre. Il est aussi tard que ça ? Je vais devoir courir. Je prends le trois heures vingt-six.

– Encore une demi-seconde. Dis-m'en un peu plus. Est-ce qu'elle n'en a pas marre ?

– Absolument. Je déjeunais avec elle hier, et j'ai eu l'impression qu'elle était furieuse. Elle attend chaque jour qu'un entrefilet dans le *Times* annonce le prochain mariage de Jonathan Twistleton Pearce, de Hammer Hall, Dovetail Hammer, Berkshire, avec Belinda Farringdon de Plunkett Mews, Onslow Square, South Kensington, mais rien ne vient.

– À ton avis, qu'est-ce qu'il y a là-dessous ? L'argent ? Johnny est plutôt fauché, bien sûr.

– Pas trop bien pourvu, c'est vrai. L'ennui, c'est que Hammer Hall est une de ces demeures mi-chèvre, mi-chou. Si grande qu'elle coûte terriblement cher à entretenir, mais trop modeste pour que la populace prenne ses sandwichs et ses œufs durs pour venir en char à bancs la visiter pour une demi-couronne par tête. Mais il y reçoit des hôtes payants, et il vend un meuble de temps en temps. Et puis, il écrit des romans policiers, alors il devrait être en position de se marier s'il le veut. Spécialement maintenant qu'il touche un loyer substantiel de Beefy pour le pavillon. Je ne pense pas que ce soit à cause de l'argent.

Pongo tira pensivement sur sa cigarette. Une solution possible lui apparut. Personnellement, tout à sa Sally, il n'eût jamais regardé une autre femme, même si elle était sortie nue d'un gâteau lors d'une soirée de célibataires, mais il savait qu'il y avait d'autres hommes moins admirables qui étaient enclins à butiner de fleur en fleur comme des papillons et vivre un peu comme Don Juan ou Casanova. Son vieil ami Jonathan Pearce était-il de ceux-là ?

– Je ne vois pas beaucoup Johnny, ces temps-ci, dit-il. Il doit bien y avoir un an que je ne l'ai pas rencontré. Comment est-il en ce moment ?

– En bonne forme, je suppose.

– Je veux parler de loyauté et de constance. Je viens de penser que la raison qui l'empêche de sauter le pas peut être qu'il a rencontré quelqu'un d'autre à Dovetail Hammer.

– Connais-tu Dovetail Hammer ?

– Jamais été par là.

– Je le pensais bien. Sinon tu n'aurais pas fait une suggestion aussi saugrenue. Ce n'est pas un endroit où on rencontre quelqu'un d'autre. Il y a la fille du curé, qui est fiancée au vicaire, et la fille du docteur, qui est fiancée à un type qui plante du café au Kenya, et si on excepte Phoebe et la vieille nourrice de Johnny, Nannie

Bruce, c'est tout pour la population féminine. Il n'est pas possible que son cœur se soit égaré.

– Mais quelque chose doit être arrivé.

– Indubitablement.

– Tu devrais lui parler.

– C'est bien mon intention. Je le raisonnerai en bon parrain. Il ne faut pas jouer avec l'affection d'une fille. Et maintenant, jeune Pongo, hors de mon chemin, ou je t'écrase comme le char du Jugement dernier. Si je rate ce train, il n'y en a plus avant cinq heures quarante.

CHAPITRE 8

À moins que votre destination ne soit assez proche pour être atteinte en marchant, (comme, disons, le Sanglier Bleu, ou le Coin et le Maillet, qui sont juste en face de la gare), il importe, quand on descend du train à Dovetail Hammer, de se dépêcher pour être certain de trouver le taxi de la gare (il n'y en a qu'un : Arthur Popworth, propriétaire).

Lord Ickenham, qui était un familier du lieu et en connaissait les ficelles, se hâta donc. L'après-midi était chaud et il n'avait nul désir de se traîner pendant un mile jusqu'au Hall en portant sa valise. Il venait de retenir les services de Mr Popworth et allait entrer dans le véhicule, quand sortit de la gare un élégant gentleman qui criait : « Hep ! Taxi ! » et montra son désappointement en voyant qu'il avait été devancé. Oily Carlisle s'était attardé sur le quai pour demander à un porteur que l'absence de voûte de son palais rendait un peu confus où il pourrait trouver Sir Raymond Bastable.

Lord Ickenham, toujours plein d'attention pour son prochain, l'accueillit avec son amabilité coutumière. Il n'aimait pas particulièrement l'allure d'Oily, mais il était charitable.

– Si vous allez dans ma direction, Monsieur, dit-il, je serais ravi de vous emmener.

– C'est terriblement gentil à vous, Monsieur, dit Oily avec l'accent d'Oxford qu'il cultivait à des fins professionnelles. Je vais à un endroit appelé Hammer Hall.

– C'est également mon objectif. Vous demeurez là ?

– Non. Je…

– Je pensais que c'était possible. C'est une sorte d'hôtel, maintenant.

– Vraiment ? Non, je rentre en ville ce soir. Je viens juste voir quelqu'un pour affaires. Le porteur a dit que le nom de sa maison est Hammer Lodge et que c'est tout près du Hall.

– Juste avant d'y arriver. Je vous y déposerai.

– Terriblement aimable.

– Mais non, ce n'est rien. C'est ma façon de semer la joie et la lumière.

Le taxi fit le bruit d'une bouilloire qui explose et se mit en marche. Un silence momentané s'établit à l'intérieur, que Lord Ickenham occupa à se demander quelle affaire ce personnage douteux, dont son œil exercé avait reconnu immédiatement le caractère louche, pouvait avoir à traiter avec Beefy, tandis qu'Oily se massait le bas du dos. Depuis longtemps le lourd sous-vêtement que sa bien-aimée lui avait fait enfiler le démangeait.

– Chaude journée, dit Lord Ickenham à la fin.

– Comme vous dites, dit Oily. Et le croiriez-vous ? poursuivit-il, ayant atteint cet état d'exaspération où un homme est capable de se confier à n'importe qui. Ma femme m'oblige à porter un maillot de corps.

– Vous me choquez profondément. Pourquoi cela ?

– Dit qu'il y a un sale petit vent d'est.

– Je ne l'avais pas remarqué.

– Moi non plus.

– Vous avez la peau sensible ?

– Oui. Très.

– Je soupçonnais que c'était la raison pour laquelle vous vous comportiez comme un manchot souffrant d'urticaire. En vous regardant, je pensais à la jeune épouse de Natchez, et à ses vêtements en lambeaux qui lui faisaient dire : « ça démange, ouais, et quand ça démange, on se gratte ». Si vous voulez vous dévêtir, ne vous occupez pas de moi. Et je sais que Mr Popworth est un homme marié qui a l'esprit large.

Un sentiment d'irritation, du même genre que celui qu'il ressentait dans le dos, commença à saisir Oily. Il trouvait les façons de son compagnon frivoles et manquant de sympathie, et il avait envie de riposter, de punir ce plaisantin de sa gaieté mal à propos, d'effacer, en un mot, ce sourire idiot de ses lèvres. Et, par chance, il en avait les moyens. Dans la poche de sa veste se nichait une bague faite d'un métal ressemblant à de l'or dans laquelle était sertie une grosse pierre rouge qui ressemblait à un rubis. Il lui parut que c'était le moment de la produire.

Oily Carlisle n'avait pas toujours été au sommet de sa profession, vendant des actions de mines de cuivre inexistantes aux nantis de ce pays et faisant des marchés qui se montaient à cinq chiffres. Il avait commencé tout en bas de l'échelle, en jouant le jeune innocent qui a trouvé un rubis dans la rue et qui veut le vendre, la fichue chose ne lui étant d'aucune utilité, et une certaine sentimentalité lui faisait toujours transporter sur lui le symbole de ses débuts. Il le regardait comme un porte-bonheur.

En tripotant la bague, il dit :

– Regardez donc ça.

Lord Ickenham obéit et ressentit un frisson de plaisir. Il avait eu, avant d'hériter du titre, une intéressante carrière de jeune homme impécunieux tâchant de trouver de quoi vivre à New York, en Arizona et ailleurs, il avait alors rencontré un nombre considérable de ce qu'on appelle communément des escrocs, et il avait toujours trouvé un grand charme à leur société. Rencontrer aujourd'hui un optimiste qui, à moins qu'il ne se trompe beaucoup sur son charmant compagnon de voyage, espérait lui vendre une bague de rubis qu'il avait trouvée dans la rue lui rappelait son passé et lui aurait rendu sa jeunesse s'il ne l'avait toujours gardée bien vivace.

– Ma parole ! dit-il, plein d'admiration. On dirait que ça a de la valeur. Combien avez-vous payé ce truc ?

– Écoutez, je vais tout vous raconter, dit Oily. C'est une histoire bizarre. Vous ne seriez pas juriste, par hasard, Monsieur ?

Lord Ickenham dit qu'il n'en était rien.

– Je vous demande ça parce que, ce matin, à Piccadilly, j'ai trouvé ce machin sur le trottoir, et je pensais que vous pourriez me dire si, dans un cas comme celui-ci, on peut garder ce qu'on trouve.

– À première vue, moi je dirais que oui.

– Vous le pensez vraiment ?

– Certainement. Le conseil que je donne toujours aux jeunes gens qui débutent dans la vie et qui trouvent des rubis dans la rue est « Prends l'oseille et tire-toi ». Je suppose que vous voulez le vendre ?

– Si ce n'est pas contraire à la loi. Je ne veux rien faire d'illégal.

– Bien sûr. Naturellement. Combien pensez-vous en demander ?

C'était au tour d'Oily de frissonner de plaisir. C'était un truc élémentaire, bien sûr, et il savait qu'il aurait dû avoir un peu honte de s'abaisser à cela, mais il ressentait une émotion pleine de nostalgie à se retrouver dans la peau d'un débutant.

– C'est que je n'en sais rien, dit-il. Si c'est un vrai, il vaut une centaine de livres, mais comment savoir ?

– Oh, je suis sûr qu'il est vrai. Regardez ce rubis. Très rouge.

– C'est exact.

– Et l'or. Très jaune.

– C'est exact aussi.

– Je pense que vous auriez parfaitement raison de demander cent livres pour cette bague.

– Vous croyez ?

– Au moins.

– Vous achèteriez ça cent livres ?

– Absolument.

– Alors…

– Mais, poursuivit Lord Ickenham, je ne peux malheureusement pas acheter des bagues de rubis à des étrangers rencontrés par hasard. Il y a quelque temps mon épouse, qui est une femme qui croit en un gouvernement fort et centralisé, a décidé de prendre en charge les finances de la famille et de les administrer seule, en ne me laissant que le peu d'argent de poche dont un homme a besoin pour son tabac, ses balles de golf, son standing et tout ce qui s'ensuit. Alors, je dois faire attention à mes sous. Ma limite est un shilling. Si vous voulez toper pour cette somme, l'affaire est faite. Et même, étant donné la chaude amitié qui vient de s'établir entre nous, j'irai jusqu'à un shilling et demi.

Oily avait de trop bonnes manières pour se permettre d'être grossier, mais le regard qu'il jeta à son compagnon n'avait rien du regard qu'on adresse à quelqu'un pour qui on ressent une chaude amitié. « Vous me rendez malade », dit-il entre ses dents et sans aucune trace d'accent d'Oxford.

Quand, un moment plus tard, il descendit du taxi devant Hammer Hall, après avoir déposé son passager à Hammer Lodge, Lord Ickenham était d'excellente humeur. Il était réellement reconnaissant à son ami d'un instant pour les cinq minutes d'innocent amusement qu'il lui avait procurées et il lui souhaitait bien du plaisir s'il avait l'intention de vendre sa bague à Beefy.

Le visiteur ordinaire arrivant à la porte de la demeure ancestrale des Pearce reste en haut des marches du perron et presse le bouton de sonnette puis, comme il ne se passe rien, il le presse derechef, mais ces formalités ne sont pas pour les parrains. Lord Ickenham entra sans attendre notant, en traversant le vestibule, comme tout y était propre, quoique râpé. Le travail de Nannie Bruce, présuma-t-il, avec un peu d'aide, probablement, d'une forte-jeune-fille-du-village.

Extérieurement inchangé depuis les quatre cents ans qu'il abritait la famille Pearce, intérieurement, comme tant de manoirs campagnards de cet après-Seconde Guerre mondiale, Hammer Hall montrait qu'il avait, indiscutablement, connu des jours meilleurs. Il y avait des vides sur les murs là où avaient pendu des tapisseries, des hiatus sur le sol là où manquaient des commodes et des tables. Lord Ickenham remarqua qu'une console qu'il aimait particulièrement avait plié bagage et disparu silencieusement depuis sa dernière visite ; et il fut désolé de voir que ce hideux meuble à tiroirs en imitation de châtaignier, un survivant de l'époque victorienne, n'avait pas pris le même chemin, car il offensait toujours son œil raffiné alors qu'il avait si souvent supplié son filleul de s'en débarrasser.

Il soupira un peu et, ajoutant un quatrième pincement aux trois qu'il avait mentionnés à Pongo, il se dirigea vers la pièce où, quand il n'était pas interrompu par Nannie Bruce, Johnny Pearce écrivait ces romans policiers qui l'aidaient un peu à garder la tête de Hammer Hall au-dessus de l'eau.

Il était apparent qu'elle l'avait interrompu car la première chose qu'entendit Lord Ickenham en ouvrant la porte fut la voix de la nounou, froide et sévère.

– Je n'ai plus la patience, Maître Jonathan. Oh, bonsoir, Votre Seigneurie.

Nannie Bruce, poids lourd-léger dégingandé avec quelque chose d'un grenadier habillé pour jouer le rôle-titre de *La Tante de Charley*, était de ces serviteurs résolument fidèles qui adhèrent à la plupart des vieilles familles comme des bernacles à la coque des navires. Quand elle était ce qu'elle appelait une petite jeune fille, bien qu'il fût difficile, en la voyant maintenant, de croire qu'elle avait jamais pu être petite, elle était venue à Hammer Hall pour servir de nurse au bébé Johnny. Quand il était parti pour l'école et qu'on put croire que ses services seraient dorénavant inutiles, l'idée de se débarrasser desdits services n'était déjà plus qu'une utopie. Elle était aussi bien implantée à demeure que les lions de pierre sur les murs ou l'odeur étrange de la cave.

— Vous êtes dans votre chambre habituelle, Votre Seigneurie, dit-elle. Je vais aller voir si tout est en ordre. Mais, je voudrais bien que vous lui parliez, Maître Jonathan.

— Elle fait de son mieux, Nannie.

— Eh bien, c'est un pauvre mieux. D'abord, c'est une bavarde. Et on dit bien qu'une femme sans discrétion c'est une perle dans une porcherie. Voilà ce que l'Ecclésiaste écrit dans le Livre Saint, Maître Jonathan, dit Miss Bruce. Et il a raison.

La porte se referma derrière elle et Johnny Pearce, un avenant jeune homme au visage agréable mais soucieux, se mit à piquer tristement sa plume dans la feuille de papier sur laquelle il avait commencé à écrire les aventures de l'Inspecteur Jervis, un personnage de fiction auquel il s'intéressait particulièrement. Lord Ickenham le considéra avec inquiétude. Si les vautours ne dévoraient pas la poitrine de son filleul, se dit-il, alors il ne savait plus reconnaître une poitrine dévorée par les vautours quand il en voyait une. Seule la pensée que Belinda Farringdon avait le même genre de problème de vautours et qu'il était venu pour ramener Johnny à la raison l'empêcha d'exprimer sa sympathie et ses condoléances.

– De quoi s'agit-il ? demanda-t-il.

– Toujours la même chose. Encore une bagarre avec la cuisinière.

– Elle en a souvent ?

– Tout le temps.

– La cuisinière a-t-elle donné ses huit jours ?

– Pas encore. Mais ça ne va pas tarder. Les cuisinières ne restent jamais plus de cinq minutes. Elles ne peuvent pas supporter Nannie.

– Elle est un peu éprouvante, je suppose, bien que ce soit quelqu'un de bien utile si tu veux réviser ton Ecclésiaste. Cependant, ce n'est ni de Nannie ni de cuisinières, ni d'Ecclésiaste que je veux te parler, dit Lord Ickenham, venant droit au fait. Il y a bien plus grave. J'ai vu Bunny hier.

– Oh, vraiment ?

– Je l'ai invitée à déjeuner. Saumon fumé, poulet en casserole et salade de fruits. Elle a joué avec, dans l'ordre. Enfin, quand je dis « joué », j'exagère. Elle les a repoussés, ni plus ni moins.

– Seigneur ! Elle n'est pas bien ?

– Physiquement, ça va, mais moralement elle est considérablement au-dessous du par. C'est l'âme qui est minée. Elle s'énerve et s'impatiente parce que tu repousses sans cesse l'heureux jour. Pourquoi diable ne l'épouses-tu pas, Johnny ?

– Je ne peux pas !

– Bien sûr que tu peux ! De meilleurs hommes que toi se sont mariés. Moi, par exemple. Et je ne l'ai jamais regretté. Je ne dis pas que j'ai vraiment apprécié la cérémonie. J'avais l'impression, agenouillé devant l'autel, que les yeux de tous ces gens, dans la nef, étaient rivés sur les semelles de mes souliers, et ça me remplissait de confusion. J'ai le pied aussi bien formé que celui de n'importe qui et mes chaussures venaient de chez le meilleur bottier de Londres, mais j'avais le sentiment de porter ces machins que mettent les gens pour la chasse sous-marine. Mais ce ne fut qu'un malaise passager et la pensée qu'après encore quelques serrements de mains la plus belle femme du monde serait mienne me requinquait comme une semaine à Bognor Regis. Honnêtement, Johnny, tu devrais prendre ton courage à deux mains et y passer. Un peu de volonté, que diable ! Tu vas briser ta plume, dit Lord Ickenham, et, ce qui est bien pire, tu vas briser le cœur d'une douce enfant aux yeux bleus et aux cheveux couleur de blé mûr. Je suis un homme fort, pas facile à émouvoir, mais, en la voyant refuser le poulet en casserole comme si c'était quelque chose de concocté par les Borgia, mes yeux étaient humides de larmes rentrées. Je rougis pour toi, Johnny, et je suis surpris et blessé que tu sembles incapable de rougir toi-même. Penser qu'un de mes filleuls se moque ainsi d'une jeune fille qui a placé sa confiance en lui me donne à penser que les filleuls ne sont plus ce qu'ils étaient.

– Tu ne comprends pas.

– Et B. Farringdon non plus.

– Je suis dans une sacrée panade.

Johnny frémit en parlant et passa une plume fiévreuse sur son front. La sévérité de Lord Ickenham s'adoucit un peu. Il commençait à réaliser qu'il était le parrain d'un crapaud sous la herse, et il faut comprendre les crapauds dans cette situation.

– Raconte-moi tout avec tes propres mots, en n'omettant aucun détail, même le plus mince, dit-il. Pourquoi ne peux-tu pas te marier ? Tu n'as pas de maladie incurable, j'espère.

– Si, c'est exactement ça.

– Dieu du ciel ! Laquelle ?

– Nannie Bruce.

Lord Ickenham trouva que le crapaud au visage hagard coincé sous la herse était un crapaud qui parlait par énigmes, et il le fit remarquer.

– Que diable veux-tu dire ?

– As-tu jamais eu une nourrice fidèle collée à toi comme une patelle ?

– Jamais. Mes servantes personnelles m'ont généralement quitté au bout d'un mois, trop heureuses de ne plus me voir. Elles filaient comme le vent et remerciaient Dieu d'être débarrassées d'un tel coquin. Mais que viennent faire ici les vieilles nourrices fidèles ? Je ne comprends pas.

– C'est parfaitement simple. Nannie Bruce est ici depuis vingt-cinq ans, non, bon sang, depuis près de vingt-sept ! et c'est elle qui commande dans cette maison. Est-ce que tu supposes que, si je me marie, elle va accepter de céder le pas à ma femme ? Pas de risque !

– Non-sens !

– C'est très sensé, au contraire. Tu viens de la voir en action. Une très bonne cuisinière qui fond comme de la neige au soleil. Et pourquoi ? Parce que Nannie n'arrête pas de la provoquer, de la critiquer. Et ce serait pareil avec Bunny. Nannie lui rendrait la vie impossible d'un million de façons. On peut dire qu'elle a de la volonté, hein ?

– Nannie ?

– Bunny.

– Oh, Bunny. Oui. Beaucoup de volonté.

– Bon. Alors, est-ce que tu crois qu'elle va apprécier qu'on lui donne des ordres, qu'on lui dise que ce n'est pas comme ça qu'on doit faire, qu'il faut faire comme ça, d'être traitée comme une sous-fifre attardée ? Et ses reniflements. Tu sais comment elle renifle ?

– Bunny ?

– Nannie.

– Oh, Nannie. Oui, elle renifle.

– Et ces bruits énervants qu'elle fait, comme un pouce humide sur un poêle chaud. Il y a de quoi rendre une jeune mariée cinglée. Et il y a autre chose, dit Johnny en brandissant vigoureusement sa plume. Réalises-tu que chaque épisode peu reluisant de mon passé est enregistré dans la mémoire de Nannie ? Elle pourrait dire, et elle dirait, à Bunny des choses sur moi qui pourraient saper son amour pour moi ? Combien de temps une épouse peut-elle considérer son mari comme un roi parmi les hommes si elle entend un témoin oculaire raconter comment il a été traîné devant un tribunal et condamné à trois semaines d'argent de poche d'amende pour avoir jeté des pierres dans les fenêtres de la cuisine ou décrire, avec tous les détails répugnants, comment il a été malade le soir de son anniversaire parce qu'il avait mangé trop de gâteau aux amandes ? En deux secondes environ il sera tombé dans le trente-sixième dessous. Oui, je sais. Tu vas me dire que je dois me débarrasser d'elle.

– Exactement, dit Lord Ickenham, qui allait le dire. Cela semblait à son esprit rapide la solution logique.

– Comment le pourrais-je ? Je ne peux pas la jeter dehors d'un coup de pied au...

– S'il te plaît, Johnny. Il y a des gentlemen dans l'assistance.

– ... bas du dos.

– Oh... Bas du dos. Désolé. Mais, ne pourrais-tu pas lui offrir une petite pension ?

– Avec quoi ?

– Elle ne demandera sûrement pas une fortune. Quelques livres par semaine...

– Je sais exactement ce qu'elle veut. Cinq cents livres.

– En un seul versement ?

– Comptant.

– Cela me paraît inhabituel. J'aurais pensé qu'une petite rente hebdomadaire...

Un calme glacé s'abattit sur Johnny Pearce. Le calme du désespoir.

- Laisse-moi te raconter mon histoire sans, comme tu dis, en omettre aucun détail, même le plus mince. Je lui ai bien offert une rente hebdomadaire.

– Et elle a refusé ?

– Non. Elle a accepté. C'est à ce moment que je me suis cru en droit de demander Bunny en mariage. J'aurais dû te dire, au fait, qu'elle est fiancée avec un policier.

– Bunny ?

– Nannie.

– Oh, Nannie. Quel policier est-ce donc ?

– Celui du village. Le seul qu'on ait. Il s'appelle McMurdo.

– Un myope ?

– Pas que je sache. Pourquoi ?

– Je pensais seulement qu'il est difficile d'être attiré par Nannie Bruce quand on la voit correctement et en entier. Cependant, ce n'est pas de cela qu'il est question. Les policiers sont payés pour prendre des risques. Poursuis ton récit.

– Où en étais-je ?

– Tu lui avais offert tant par semaine et elle avait accepté. Ce qui m'a tout l'air d'une fin heureuse bien que, pour une raison encore inconnue, ce ne soit pas le cas. Que s'est-il donc passé pour détruire l'édifice ?

– McMurdo a parié sur les matchs de football, et l'hiver dernier il a gagné. Cinq cents livres.

– Et pourquoi est-ce un désastre ? demanda Lord Ickenham, car son filleul avait annoncé la chose d'une voix rauque avec l'air de quelqu'un qui vient de voir arriver la fin du monde. Je voudrais bien gagner une telle somme moi-même. Nannie n'a pas été contente ?

– Non. Pas du tout. Sa fierté a été blessée, et elle a dit qu'elle n'épouserait pas un homme qui a cinq cents billets à gauche sauf si elle en a autant de son côté. Elle a dit que sa tante Emily, qui n'avait pas d'argent, avait épousé un homme bien nanti, et qu'il la traitait comme une orpheline pauvre. Il fallait qu'elle lui rende des comptes pour tout. Si elle voulait un nouveau chapeau, il disait qu'elle en avait déjà acheté un il y avait seulement cinq ou six ans et lui servait des vannes en lui demandant si elle croyait s'être mariée chez les Rothschild. Et Nannie a dit qu'elle ne voulait pas de ça.

— Mais enfin, mon cher Johnny, les deux cas sont complètement différents. En pensant à Emily, on retient son souffle et on verse une larme silencieuse, mais Nannie, avec sa rente hebdomadaire, ne serait pas du tout dans la même position. Elle pourrait faire toutes les folies dont elle aurait envie. N'as-tu pas fait remarquer ce fait à cette écervelée ?

— Bien sûr que si. Mais tu sais bien qu'on ne peut pas faire entendre raison à Nannie une fois qu'elle a une idée en tête. Ou elle a ses cinq cents livres, ou tout est fini. Point final. Et c'est là que nous en sommes aujourd'hui, dit Johnny. (Il enfonça sa plume dans le dernier dialogue de l'Inspecteur Jervis et reprit.) J'ai cru trouver un moyen d'arranger les choses. Il fallait prendre un risque, bien entendu, mais le temps n'était plus à la prudence. As-tu lu mon dernier livre, *Inspecteur Jervis aux abois* ?

— Eh bien, une chose en entraînant une autre, comme j'essaie de finir Proust et Kafka, et tout ça…

— Ne t'excuse pas. Les Îles Britanniques sont pleines de gens qui ne l'ont pas lu. On en voit partout. Mais il y en a quand même assez qui l'ont lu pour me permettre de gagner cent onze livres, six shillings et trois pence.

– Pas mal.

– Alors, j'ai pris les cent livres et je les ai mises sur un outsider dans le Derby. Ballymore.

– Malheureux garçon ! Battu par Moke Deux après photo-finish.

– Oui. Si son nez avait été plus long, mes ennuis étaient terminés.

– Et tu n'as pas d'autre moyen de trouver cinq cents livres ?

– Aucun, à ma connaissance.

– Et les meubles ?

– J'ai vendu tout ce dont j'avais le droit de me séparer. Tout le reste fait partie de l'apanage, sauf le meuble en faux châtaignier, bien sûr, le cadeau du Grand-Oncle Walter à Hammer Hall.

– Cette horreur !

– Je peux le vendre sans me mettre hors la loi. Je vais bientôt le mettre aux enchères. J'en tirerai peut-être cinq livres.

– Si l'acheteur est astigmate.

– Mais, comme tu allais le faire remarquer, il me manquera encore quatre cent quatre-vingt-quinze livres. Oh, enfer ! As-tu déjà cambriolé une banque, Oncle Fred ?

– Pas que je me souvienne. Pourquoi ?

– Je me demande si ce n'est pas la seule solution. Mais, avec ma chance, si je m'attaque à la Banque d'Angleterre, je m'apercevrai qu'ils n'ont même pas cinq cents livres dans les coffres. Enfin, il y a toujours une consolation.

– Laquelle.

– Ça ne sera pas pire dans cent ans. Et maintenant, si tu veux bien m'excuser et te retirer, je vais revenir à l'Inspecteur Jervis.

– Oui. Il est temps que je file. Mon grand chef m'a recommandé de ne pas manquer d'aller présenter mes respects à Beefy Bastable, et je veux surtout bavarder avec mon vieux copain Albert Peasemarch. Des tas de souvenirs à nous rappeler. Je serai de retour dans une heure et je serai à ton entière disposition.

– Tu ne pourras absolument rien faire.

– Voilà une chose qu'il ne faut jamais dire à un Ickenham. Nous ne sommes jamais à court de moyens. J'admets que ton problème présente certains aspects intéressants, mais j'ai confiance. Quand je l'aurai retourné en tous sens, mon intelligence trouvera une formule.

– Toi et tes formules !

– Très bien. Moi et mes formules. Mais attends. Je ne dirai rien de plus. Attends.

Et, en saluant amicalement son filleul et en lui conseillant avec bienveillance de ne pas accepter de fausses pièces, Lord Ickenham repoussa légèrement son chapeau sur l'arrière de son crâne avant de traverser le parc vers Hammer Lodge.

CHAPITRE 9

Les sourcils de Lord Ickenham étaient pensivement froncés et son regard était rêveur tandis qu'il contournait le lac, de l'autre côté duquel commençaient les jardins de Hammer Lodge. Une vache pataugeait sur le rivage et normalement il se fût arrêté pour lui jeter un bout de bois, mais il poursuivit son chemin, trop préoccupé pour être poli.

Il était inquiet pour Johnny. Son histoire eût rendu évident, même au parrain le moins intelligent, qu'il était dans une sacrée panade. N'étant pas un intime de Nannie Bruce, il la connaissait cependant suffisamment pour reconnaître que, quand elle avait une idée en tête, il était impossible de la faire changer d'avis. Si Nannie Bruce voulait cinq cents livres cash, elle aurait cinq cents livres, ou pas de mariage pour l'officier McMurdo. Et, comme Johnny ne possédait pas cinq cents livres, la situation avait toutes les caractéristiques d'une impasse. Il n'était pas exagéré de dire que, bien que son chapeau fût penché sur sa tête, Lord Ickenham, quand il sonna à la porte de Hammer Lodge et fut introduit par son ami Albert Peasemarch, avait l'âme en peine.

Il y a trois tailles de majordomes : le grand, le petit et le moyen. Albert Peasemarch faisait partie des petits. Court et quelque peu obèse, il avait une face ronde de pleine lune dans laquelle étaient plantés, comme des raisins secs dans la graisse d'un pudding, deux yeux bruns. Un critique difficile, ne voyant comme la plupart des critiques difficiles que le mauvais côté des choses, aurait commenté l'absence absolue, dans ces yeux, de la moindre lueur d'intelligence humaine ; mais pour quelqu'un de moins difficile ce fait était amplement compensé par leur douceur et leur honnêteté. Ses amis, s'ils l'oubliaient quand ils cherchaient quelqu'un pour leur expliquer la théorie d'Einstein, savaient que, quand ils avaient des ennuis, ils pouvaient compter sur son aide. C'est vrai, cette aide rendait presque infailliblement les choses pires qu'elles ne l'étaient avant son intervention, car, s'il y avait un moyen de tout embrouiller, il le trouvait, mais ses intentions étaient excellentes et son cœur bien placé.

L'habituelle impassibilité professionnelle de son visage fit place à un sourire de bienvenue quand il reconnut le visiteur.

– Oh, bonsoir, Mylord.

– Hello, Bert. Vous avez l'air coquin. Le vieux gaillard est là ?

– Sir Raymond est dans son bureau, Mylord, mais un gentleman est avec lui pour le moment. Un Mr Carlisle.

– Je connais le type dont vous parlez. Il essaie sans doute de lui vendre une bague de rubis. Bon, alors, si le grand patron est en conférence, nous avons le temps pour un petit coup de porto dans votre office, et ce sera bien agréable après ce voyage poussiéreux et chaud. Vous n'êtes pas à court de porto ?

– Oh non, Mylord. Si vous voulez me suivre, Mylord.

– Californie, me voilà ! Ceci, dit Lord Ickenham quelques instants plus tard, est du bon. C'est probablement à lui que pensait le poète quand il parlait de son Port au Paradis. « Si les Dons viennent en vue du Devon, je quitterai mon Port au Paradis et je battrai le rappel contre eux comme nous l'avons battu il y a bien longtemps. » Sir Henry Newbolt. *Le Tambour de Drake*. Connaissez-vous *Le Tambour de Drake* ? Mais bien sûr, à quoi pensais-je ? Je vous l'ai entendu chanter une douzaine de fois autour de notre bon vieux feu de camp, au temps des Home Guards.

– J'ai toujours beaucoup aimé *Le Tambour de Drake*, Mylord.

– Et comme vous l'interprétiez ! On aurait dit un loup sibérien appelant un autre loup sibérien. Je me souviens que je me disais, à l'époque, comme il est étrange que les petits hommes ont souvent des voix fortes et profondes. Je crois que les nains ont invariablement des voix de basse. Très bizarre. Une compensation de la nature, sans doute.

– C'est bien possible, Mylord.

Lord Ickenham abaissa le verre qu'il portait à ses lèvres et secoua la tête d'un air de reproche.

– Écoutez, Bert. Tous ces « Mylord ». Il y a longtemps que je voulais vous en parler. Je suis un lord, c'est vrai, on ne peut pas le nier, mais ce n'est pas la peine d'y faire allusion sans arrêt. Ne nous leurrons pas. Nous savons bien ce que sont les lords. Des parasites anachroniques sur le corps de l'État, voilà la façon la plus aimable de les décrire. Eh bien, un homme sensible n'aime pas qu'on lui rappelle à chaque seconde qu'il est l'un de ces intouchables, qu'on peut, à tout moment, accrocher à un lampadaire ou étriper pour voir son sang couler à flot dans Park Lane. Ne pourriez-vous pas y substituer quelque chose de plus amical et de moins blessant pour mon amour-propre ?

– Je pourrais difficilement appeler Votre Seigneurie « Ickenham ».

– Je pensais plutôt à « Freddie ».

– Oh, non, Mylord !

– Alors, peut-être, « Mon vieux », ou « Mon pote » ?

– Certainement pas, Mylord. Votre Seigneurie n'a-t-elle pas d'objection à « Mr I. » ?

– La solution idéale. Alors, Bert, comment vont les choses à la maison, en ce moment ? Pas beaucoup d'amélioration, d'après vos lettres. Notre ami commun est toujours aussi sévère pour son propre sang, hein ?

– Ce n'est pas à moi de critiquer Sir Raymond.

– Ne jouez pas au majordome avec moi, Bert. C'est une rencontre officieuse. Vous pouvez parler franchement.

– Alors, je vous dirai que je considère qu'il traite très mal Madame.

– Il lui crie après ?

– Presque chaque jour, Mr I.

– Ces avocats ! Il faut toujours qu'ils ramènent leurs mauvaises manières de cour à la maison. J'ai entendu, une fois, au tribunal, Beefy contre-interroger un pauvre petit homme qui ressemblait à Bill le Lézard, dans *Alice au pays des merveilles*. J'ai oublié ses paroles exactes, mais le type avait émis une remarque tout à fait anodine et Beefy le fixa d'un œil étincelant et tonna : « Allons, allons, Monsieur, n'essayez pas de m'intimider ! » Et il est comme ça à la maison, n'est-ce pas ?

– Maintenant plus que jamais. Madame est déprimée parce que Mr Cosmo a écrit ce livre dont on parle tant. Elle désapprouve son peu de morale. Cela la fait abondamment pleurer.

– Et il l'enguirlande ?

– Très violemment. Il paraît exaspéré par ses larmes. Je sens souvent que je ne pourrai plus supporter cela longtemps.

– Pourquoi ne pas rendre votre portefeuille ?

– Et la laisser ? Je ne le pourrais pas.

Lord Ickenham le considéra avec un vif intérêt. Habituellement, le visage de son hôte, comme celui d'Oily Carlisle, était un masque dénué d'expression. Mais il arborait, à cet instant, une expression bizarre de violence qui ressemblait plus au Home Guard de jadis qu'au majordome d'aujourd'hui.

– Voyons, dit-il, qu'y a-t-il ?

Albert Peasemarch passa un moment à chercher ses mots. À la fin, retrouvant la parole, il dit d'une voix basse et rauque, très différente de celle avec laquelle il interprétait *Le Tambour de Drake*.

– Je l'aime, Mr I.

Il est toujours très difficile de surprendre Lord Ickenham. Là où un autre homme, en entendant ce cri du cœur, eût bondi de sa chaise et renversé son verre de porto, il dédia seulement à son interlocuteur un regard plein de sympathie et de compréhension. Il tut son avis personnel qu'aimer Phoebe Wisdom dépassait le pouvoir du Roméo le plus déterminé. Apparemment, c'était possible.

– Mon pauvre vieux Bert, dit-il. Dites-moi tout. De quand date ce sentiment ?

Le regard d'Albert Peasemarch se fit rêveur, le regard de quelqu'un qui revit un tendre passé.

– Ce sont nos rhumatismes qui nous ont rapprochés, tout d'abord, dit-il d'une voix un peu tremblante.

Lord Ickenham leva un sourcil interrogateur.

– Je ne suis pas sûr de vous suivre. Les rhumatismes, dites-vous ?

– Madame souffre de l'épaule gauche et moi de la jambe droite, et nous avons pris l'habitude d'en discuter. Chaque matin, Madame me demande : « Comment va votre rhumatisme, Peasemarch ? » et je le lui dis, puis je demande : « Comment va votre rhumatisme, Madame ? » et elle me le dit. Et ainsi de suite.

– Je vois. Vous échangez des propos d'hôpital. Oui, je comprends. Naturellement, si vous parlez, jour après jour, à une femme de la curieuse brûlure dans votre jambe droite et qu'elle vous fait part de l'étrange sensation de gêne dans son épaule gauche, ça crée des liens.

– Et puis, l'hiver dernier…

– Oui ?

Une note de respect s'insinua dans la voix d'Albert Peasemarch.

– L'hiver dernier, j'ai eu la grippe. Madame m'a soigné tout au long de ma maladie.

– Redressé votre oreiller ? Apporté des boissons fraîches ?

– Et elle m'a lu Agatha Christie. Alors quelque chose m'a envahi, Mr I., et j'ai su que c'était l'amour.

Lord Ickenham resta un moment silencieux, buvant son porto en retournant ces révélations dans son esprit. Il se demandait encore comment quiconque pouvait avoir reçu la sublime étincelle pour Phoebe Wisdom. D'une manière vague, bien qu'il sût qu'elle avait près de dix ans de moins que lui, il l'avait toujours regardée comme de beaucoup son aînée. Il trouvait qu'elle avait l'air d'avoir quatre-vingts ans. Mais probablement n'était-ce pas l'opinion d'Albert Peasemarch et, de toute façon, une femme qui tenait depuis si longtemps la maison de Beefy Bastable avait des raisons d'en paraître cent.

Il souffrait pour Albert Peasemarch. Ce devait être sacrément désagréable pour un majordome de tomber amoureux de la châtelaine des lieux. Devoir dire « Oui, Madame », « Très bien, Madame », « La voiture attend, Madame » et autres choses de ce genre, alors que chaque fibre de son être l'incitait à lui déclarer qu'elle était l'arbre sur lequel poussait le fruit de sa vie et que, pour l'amour d'elle, il eût décroché les étoiles du ciel, ou ce que déclarent les majordomes quand ils sont mus par leur feu intérieur. Lord Ickenham, personnellement, pensait que cela l'eût beaucoup embêté. Il résolut de faire tout ce qui était en son pouvoir (et, pour ce genre de choses, il avait énormément de pouvoirs) pour pousser à la roue et donner douceur et lumière à ces deux vies encore séparées.

– Avez-vous fait quelque chose ? demanda-t-il.

– Oh non, Mylord, je veux dire, Mr I. Ce ne serait pas correct.

– Il n'est plus temps de penser à être correct, dit carrément Lord Ickenham. Vous n'arriverez nulle part si vous ne faites rien.

– Que me conseillez-vous, Mr I ?

– J'aime mieux ce ton. Je pense qu'aucun homme vivant n'est plus à même de vous conseiller que moi. Je suis le spécialiste de ce genre de choses. Si on mettait bout à bout les couples que j'ai réunis (bien que je ne croie pas que ce soit possible) on irait de Piccadilly Circus jusqu'à bien au-delà de Hyde Park Corner. Vous ne connaissez pas Bill Oakshott, n'est-ce pas ? Ce fut l'un de mes clients. Mon neveu Pongo en fut un autre. Et il y avait ce type tout rose, là-bas, à Mitching Hill, j'ai oublié son nom. Et Polly Pott et Horace Davenport et Elsie Bean la femme de chambre, oh, et des douzaines d'autres. Si je suis derrière lui, le soupirant le plus timide peut amener la plus fière beauté à signer sur les pointillés. Dans votre cas, les relations entre vous et l'objet adoré étant quelque peu inhabituelles, il faudra agir prudemment. Le système Ickenham, par exemple, semblerait un peu rapide.

– Le système Ickenham, Mr I ?

– Je l'appelle comme ça. Pour vous en donner une vague idée, vous vous précipitez sur le sujet, l'attrapez par le poignet, la serrez sur votre poitrine et déposez des baisers brûlants sur son visage offert. Inutile de dire autre chose que « Ma femme ! » ou une phrase de même inspiration et, bien sûr, en prenant son poignet, il ne faut pas avoir l'air de manipuler une porcelaine fragile. Agripper fermement et tirer vers vous, voilà le secret. Ça rate rarement, et je le recommande habituellement, mais dans votre cas, comme je le disais, il vaudrait mieux amener la chose un peu plus graduellement. Je pense que, pour commencer, vous pourriez lui apporter des fleurs chaque jour, encore humides de la rosée du matin. Et quand je dis « apporter », je ne veux pas dire les lui donner comme si vous lui livriez un paquet. Mettez-les secrètement dans sa chambre. Pas de message. Un cadeau anonyme d'un admirateur mystérieux. Cela piquera sa curiosité. « Hello ! se dira-t-elle à elle-même, c'est en quel honneur ? » et, au moment propice, vous révélerez qu'elles viennent de vous, et elle en sera toute retournée. Attendez ! dit Lord Ickenham. (Une pensée venait de naître sous son front, comme une rose tout éclose.) On peut encore faire mieux. Connaissez-vous le langage des fleurs ? Je suis sûr que j'ai lu quelque chose là-dessus. Vous savez, vous envoyez à une fille des capucines ou des lobélies ou autre chose et ça signifie : « On vous adore respectueusement de loin » ou « Attention, voilà Albert ! » ou quelque chose. Déjà entendu parler de ça ?

– Oh oui, vraiment. Il y a des livres sur ce sujet.

– Trouvez-en un et faites-en votre compagnon de tous les instants. (Lord Ickenham réfléchit un moment.) Y a-t-il autre chose ? Ah oui. Le chien. A-t-elle un chien ?

– Un cocker, Mr I. Il s'appelle Benjy.

– Conciliez-vous ce chien, Bert. N'omettez ni parole ni acte pour amener un rapprochement entre vous et lui. Le mot gentil. L'os amical. La caresse sur la tête ou les côtes, selon ses préférences. Il n'y a pas de plus sûr moyen de gagner le cœur d'une femme que de faire ami-ami avec son chien.

Il s'interrompit. Par la fenêtre de l'office, il venait de voir passer la silhouette d'un gentleman.

– La conférence du patron est terminée, dit-il en se levant. Je ferais mieux d'aller le voir. N'oubliez pas, Bert. Une atmosphère de haute cordialité en ce qui concerne le chien Benjy, et des fleurs tous les jours.

– Oui, Mr I.

– Chaque matin, sans faute, ça marchera forcément. Une petite dose quotidienne fait inévitablement de l'effet, dit Lord Ickenham, qui prit le couloir menant au bureau où, il le présumait, il trouverait Sir Raymond Bastable en train, peut-être, de s'extasier sur le rubis qu'il venait d'acheter.

Ses façons étaient encore plus préoccupées que quand il avait ignoré la vache pataugeante. Tant de problèmes se présentaient l'un derrière l'autre. Il n'avait pas l'habitude de grommeler ou de faire des histoires quand cela arrivait, mais il trouvait parfois, comme en ce moment, que le travail auquel il avait voué sa vie (semer la douceur et la lumière ou, comme certains préféraient l'exprimer, se mêler de ce qui ne le regardait pas), était presque trop pour un seul homme. En plus de son filleul Johnny, il devait maintenant s'occuper de la vie amoureuse agitée d'Albert Peasemarch et promouvoir l'union d'un majordome avec la sœur de son employeur était, en soi, une tâche à plein temps, qui demandait toute sa résolution et son ingéniosité. Et il y avait encore la nécessité de réformer Beefy Bastable, dont l'attitude envers sa sœur Phoebe, tellement semblable à celle d'une tortue hargneuse souffrant d'ulcères.

Un programme complet. Mais il se disait « Haut les cœurs, Ickenham. Souviens-toi de tes triomphes passés ». Ce n'était pas la première fois, au cours de sa carrière, que ça allait être difficile.

Il avait raison en pensant trouver Sir Raymond dans son bureau, mais il avait tort à propos de la bague de rubis. Son demi-beau-frère était effondré sur une chaise, la tête dans les mains, tel un homme qui, en se promenant dans un sentier campagnard sans le moindre souci, eût pris une automobile inattendue au bas des reins, et son aspect reflétait exactement son état intérieur. Vers trois heures quinze, par un après-midi de novembre à Oxford, alors que l'équipe de rugby de l'université jouait contre Cardiff, un Gallois dont la tête était apparemment faite d'ivoire ou d'autre métal lourd, avait une fois heurté Sir Raymond dans le plexus solaire, et lui avait donné l'impression que le monde venait de prendre abruptement fin et que le jugement dernier était d'une sévérité imprévue. C'était arrivé quelque trente ans auparavant, mais le souvenir en était resté vivace et, jusqu'à ce soir-là, il avait toujours considéré cet événement comme le plus désagréable de sa vie.

Mais, voilà cinq minutes, lorsque Oily Carlisle, lui montrant la lettre de Cosmo Wisdom, avait révélé son contenu et était sorti pour lui donner, avait-il expliqué, le temps d'y réfléchir, il avait connu pire.

CHAPITRE 10

Quand Lord Ickenham entra dans la pièce, chacun des poils de ses sourcils levés exprimait la compassion. Bien des hommes à sa place se fussent dit à eux-mêmes : « Mon Dieu, encore un crapaud sous la herse ! » et se fussent hâtés de disparaître pour éviter d'avoir à entendre la malheureuse histoire que de tels crapauds ont toujours envie de raconter, mais l'altruiste pair ne songea même pas à adopter une telle attitude. Il avait le cœur grand et, quand il voyait un crapaud, non seulement sous la herse, mais souffrant, apparemment des effets d'une de ces explosions de gaz si meurtrières de nos jours, il ne se souvenait pas brusquement qu'il avait rendez-vous ailleurs, mais se préparait à faire tout ce qui était en son pouvoir pour adoucir la détresse du malheureux.

– Beefy, s'écria-t-il. Mon pauvre vieux, que se passe-t-il donc ? Vous avez l'air d'une zone sinistrée.

Il fallut un petit moment à Sir Raymond pour lui narrer ce qui se passait, car il avait beaucoup à dire sur la vile noirceur de son neveu Cosmo et, également, un nombre non négligeable de remarques caustiques sur Oily Carlisle. Comme il concluait le récit de leur magouille, son auditoire, qui avait été suspendu à ses lèvres, claqua sa langue. Lord Ickenham était choqué de penser que l'humanité pouvait tomber aussi bas, et il s'en voulait d'avoir permis que ce nouveau développement le prît par surprise.

– Nous aurions dû prévoir quelque chose de ce genre, dit-il. Nous aurions dû nous dire que c'était de la folie que de placer notre confiance en quelqu'un comme le jeune Cosmo, qui est tellement tortueux que, comparés à lui, les tire-bouchons sont droits et les escaliers en spirales sont le plus court chemin d'un point à un autre. En voyant sa petite moustache noire, nous aurions dû lui refuser la nomination et chercher ailleurs un coauteur. « Ne mets jamais rien sur le papier, mon fils » me disait mon vieux père, « et ne fais jamais confiance à un homme avec une petite moustache noire ». Et vous, mon pauvre Beefy, vous avez fait les deux.

La réponse de Sir Raymond fut un peu étouffée, car il avait des ennuis avec ses cordes vocales, mais Lord Ickenham crut comprendre que tout ça était entièrement de sa faute, à lui, Lord Ickenham.

– C'est vous qui l'avez suggéré.

– Certainement pas ? Si, par Jupiter, vous avez raison. J'étais assis ici, et vous étiez assis là, en train d'avaler des martinis comme un aspirateur, et j'ai dit… Oui, ça me revient. Je suis désolé.

– À quoi bon ?

– Les remords sont toujours utiles, Beefy. Ils stimulent le cerveau. Le mien marche comme une scie électrique, et j'ai déjà un plan d'action tout tracé. Vous disiez que le type est sorti ? Où est-il allé ?

– Comment diable saurais-je où il est allé ?

– Je demande cela parce que je sais qu'il a la peau sensible et qu'il souffre d'un considérable inconfort car sa femme lui a fait porter un maillot de corps épais ce matin. Je pensais qu'il pourrait bien être quelque part dans le jardin, nu comme un ver, afin de se gratter plus efficacement, et que, dans ce cas, sa veste pourrait être par terre, ou accrochée à une branche, et que je pourrais me glisser derrière lui, sans faire craquer une brindille, et lui faire les poches. Mais je doute qu'il soit aussi peu soigneux avec un vêtement contenant des documents importants. Je vais devoir essayer l'autre plan dont je vous parlais, celui dont j'ai dit qu'il était tout tracé. Depuis tout à l'heure je l'ai peaufiné et il est maintenant parfaitement au point et, j'en suis convaincu, ne peut manquer de réussir. Vous êtes certain qu'il va revenir ?

– Bien sûr qu'il va revenir, qu'il soit damné !

– Par ces portes-fenêtres, certainement. Il ne va pas sonner à la porte d'entrée pour se refaire annoncer. Cela embrouillerait Albert Peasemarch et le ferait se tourmenter. Très bien, Beefy, recevez-le avec courtoisie, demandez des nouvelles de sa peau sensible et entretenez la conversation jusqu'à ce que je revienne.

– Où allez-vous ?

– Peu importe. Je reviendrai dès que les prés seront blancs de pâquerettes, dit Lord Ickenham qui passa dans le couloir une minute environ avant qu'Oily Carlisle ne passât par la porte-fenêtre.

On ne peut pas vraiment dire que Sir Raymond reçut Mr Carlisle avec courtoisie, à moins qu'il ne soit courtois de fixer quelqu'un comme un basilic et de l'appeler sale maître chanteur. Il ne s'enquit pas non plus de sa peau ni n'engagea la conversation. Oily fit seul les frais du bavardage qui suivit. Il était d'excellente humeur et, manifestement, d'avis que tout était pour le mieux dans le meilleur des mondes. La lettre de Cosmo, nichée dans la poche intérieure de sa veste, faisait un petit craquement quand il la tapotait, une musique bien agréable à ses oreilles. Il affecta, en parlant prix, une amabilité un peu brusque qui blessa son interlocuteur comme un couteau.

Il venait juste de donner son tarif et de suggérer que Sir Raymond sorte son chéquier et prenne la plume, pour que tout soit rapidement fini à la satisfaction générale, quand il douta soudain que tout allât pour le mieux dans le meilleur des mondes. La porte s'ouvrit et Albert Peasemarch parut.

– Inspecteur Jervis, annonça-t-il.

Et, avec un sentiment de malaise intérieur, comme s'il avait récemment avalé une bonne cuiller à soupe de papillons, Oily reconnut, dans la longue silhouette mince qui entrait, son compagnon de taxi. En remarquant que ses yeux, aimables dans la voiture, étaient devenus durs, et que ses lèvres, naguère souriantes, étaient sévères et serrées, il défaillit visiblement. Il se rappela une chiromancienne de Coney Island qui lui avait prédit, jadis, pour cinquante cents, qu'un étranger croiserait son chemin et qu'il ferait bien de se méfier de lui ; mais la pensée qu'il semblait bien qu'elle ne lui avait pas volé son demi-dollar ne suffit pas à lui remonter le moral.

Si les yeux de Lord Ickenham étaient durs et ses lèvres sévères, c'était parce que c'était ainsi qu'il voyait le rôle qu'il jouait. Sa connaissance de l'œuvre littéraire de son filleul était un peu incomplète, mais il en avait lu assez pour savoir que, quand l'inspecteur Jervis était en présence des classes criminelles, il ne leur souriait pas. Les yeux durs, les lèvres sévères, la voix sèche et officielle, voilà comment il envisageait l'inspecteur Jervis.

– Sir Raymond Bastable ? dit-il. Bonsoir, Sir Raymond. J'arrive du Yard.

Et il rayonnait d'autosatisfaction. C'était un homme qui avait joué de nombreux rôles et qui mettait son point d'honneur à les jouer correctement. Il se vantait de pouvoir tout interpréter (sauf, peut-être, un nain de cirque, à cause de sa taille, ou Gina Lollobrigida, à cause de sa forme particulière), n'importe quand et sans répétition, avec un plein succès. En un seul après-midi, aux Cèdres, Mafeking Road, dans la banlieue nommée Mitching Hill, au bénéfice du type rose dont il avait parlé à Albert Peasemarch, il avait personnifié non seulement un employé d'oisellerie venu couper les griffes du perroquet de la maison, mais Mr Rodder, le propriétaire des Cèdres, et un Mr J.G. Bulstrode, l'un des voisins, et avait été très déçu de ne pas avoir l'occasion de se faire passer pour le perroquet ce qu'il eût, il en était convaincu, réussi avec talent.

Oily continuait de défaillir. « Pas bon ça, se disait-il *in petto*, pas bon du tout. » Il n'avait jamais tellement apprécié les inspecteurs mais le moment où il avait le moins envie de leur société était celui où il était sur le point de conclure un important marché. Il n'aimait pas la façon dont celui-ci le regardait et, quand il parla, il aima encore moins ce qu'il dit.

– Retournez vos poches, dit brièvement Lord Ickenham.

– Hein ?

– Et ne dites pas « Hein ? ». Je surveille cet homme de près, dit Lord Ickenham en se tournant vers Sir Raymond dont les yeux s'exorbitaient comme ceux d'un escargot, depuis que je l'ai vu sur le quai de la gare à Londres. Sa conduite furtive a éveillé mes soupçons. « Ce type pique dans les poches de droite et de gauche », voilà ce que je me suis dit. « Il se sert dans les portefeuilles de tout un chacun. »

Oily sursauta et le rouge lui monta au front. Sa fierté professionnelle était atteinte. Nulle couche de la société n'a de classes aussi rigides que celle qui gagne malhonnêtement sa vie par le crime. Le cambrioleur n'a que dédain pour le braqueur, le braqueur pour le praticien plus humble qui vole des bouteilles de lait. Accusez un artiste de l'abus de confiance de vulgaires larcins et vous réveillerez le snob qui sommeille en lui.

– Et, quand j'ai partagé un taxi avec lui pour venir à Hammer Hall et que j'ai découvert, en descendant de voiture, que mon porte-cigarettes avait disparu, ainsi que mon épingle de cravate, une boîte de pastilles pour la toux et un stylo, j'ai su que mes soupçons étaient fondés. Allons, venez ici. Qu'attendez-vous ?

Oily étouffait.

– Est-ce que vous dites que je vous ai fait les poches ? Vous êtes fou. Je ne saurais même pas comment faire.

– Quelle idiotie. C'est parfaitement simple. Vous plongez la main. Inutile de plaider l'incapacité. Si Peter Piper, dit Lord Ickenham qui, dans ses rôles, aimait improviser, Peut Picorer des Piments Poivrés, je ne vois pas pourquoi vous ne Pourriez Pas Piquer dans des Poches Pleines. Ce type a-t-il été laissé seul ici ? demanda-t-il à Sir Raymond qui cligna des yeux et répondit que non. Ah ? Alors il n'a pas eu l'occasion d'empocher quelques-uns de vos petits bibelots, même s'il avait eu la place de les cacher. Mais, voyons donc ce qu'il a sur lui. Ça doit valoir le coup d'œil.

– Oui, dit Sir Raymond comprenant enfin. Il avait toujours l'esprit un peu lent en dehors de l'exercice de sa profession. Retournez donc vos poches, l'ami.

Oily vacilla, ne sachant que faire. S'il avait été un peu plus calme, il aurait remarqué que cet inspecteur était vraiment spécial, tout à fait différent, en paroles comme en manières, des inspecteurs auxquels il avait eu affaire au cours de ses activités professionnelles dans son pays natal, et ses soupçons aussi auraient été éveillés. Mais il était très agité et n'avait rien de son calme habituel. Et peut-être, après tout, les inspecteurs anglais étaient-ils tous comme ça. Il n'en avait jamais rencontré. Sa connaissance de Scotland Yard était purement littéraire, le fruit de la lecture de romans à énigmes auxquels il prenait un grand plaisir.

Ce fut peut-être le fait que Sir Raymond se tenait entre lui et la fenêtre qui le décida. Le Beefy Bastable qui venait de célébrer son cinquante-deuxième anniversaire n'était plus l'athlète complet d'il y avait trente ans, mais c'était encore un client peu commode avec lequel on n'engageait pas un corps-à-corps de gaieté de cœur quand on était soi-même spécialisé dans la persuasion plutôt que dans la violence. Sa masse impressionnante emporta la décision d'Oily. Lentement, avec un soupir triste en pensant combien ce serait différent si Gertie était là avec son vase de glaïeuls, il vida ses poches.

Lord Ickenham sembla surpris de la maigreur de leur contenu.

– Il doit avoir caché son butin quelque part. Sans doute dans un endroit secret marqué d'une croix, dit-il. Mais, tiens ! Qu'est ceci ? Une lettre qui vous est adressée, Sir Raymond.

– Vraiment ?

– Écrite, puis-je déduire de cette étude superficielle, par un homme affublé d'une petite moustache noire.

– Eh bien, eh bien.

– Juste ce que j'allais dire moi-même.

– C'est extraordinaire.

– Très. Voulez-vous porter plainte contre cet homme pour vous l'avoir fauchée ?

– Je ne pense pas.

– Vous ne voulez pas le voir, dans un donjon aux murs suintants, se faire grignoter lentement jusqu'aux os par les rats ? Vous allez main dans la main avec le Barde d'Avon à propos de la qualité de la Mansuétude ? Très bien. C'est à vous de voir, bien sûr. Alors, Mr Carlisle, vous pouvez aller.

Ce fut à ce moment, lorsque, comme l'eût dit Oily, tout semblait se terminer rapidement à la satisfaction générale, que la porte s'ouvrit de nouveau et que Mrs Phoebe

Wisdom entra tranquillement, tellement semblable à un lapin blanc que la première idée de tout amoureux des animaux était de lui offrir une laitue.

– Raymond, cher, dit-elle. As-tu vu mon cochon ?

Depuis une demi-heure, Sir Raymond Bastable avait subi tellement de stress que, bien que le succès de l'intervention de son demi-beau-frère l'eût un peu soulagé, il en ressentait encore les effets. Cette soudaine introduction d'un cochon dans la conversation l'emmena dans un cauchemar où rien n'avait plus de sens et, pendant un moment, tout devint noir. Vacillant un peu sur ses bases, il dit, dans un murmure :

- Ton cochon ?

– Le petit cochon en or de mon bracelet porte-bonheur. Il est tombé et je ne le trouve nulle part. Tiens, Frederick, ravie de vous voir, après tout ce temps. Peasemarch m'a dit que vous étiez là. Quand êtes-vous arrivé ?

– Je suis venu par le train de trois heures vingt-six. Je vais résider chez mon filleul, Johnny Pearce, au Hall. Vous n'avez pas l'air trop bien, Phoebe. Qu'est-ce qui ne va pas ? Vous manquez de vitamines ?

– C'est le livre de Cossie, Frederick. Je n'arrive pas à comprendre comment il a pu écrire une chose pareille. Un évêque l'a dénoncé !

– Les évêques seront toujours des évêques.

– Je suis allée à Londres hier pour lui dire combien j'étais fâchée, mais il n'était pas là.

– Ailleurs, peut-être ? suggéra Lord Ickenham.

Oily écoutait ce dialogue avec un ahurissement croissant. Il avait, dès le début, pensé que cet inspecteur était bizarre, mais il voyait maintenant jusqu'où allait sa bizarrerie.

– Dites, qui est ce type ? demanda-t-il.

– Mon frère ne vous l'a pas présenté ? dit Phoebe. C'est le mari de ma demi-sœur, Lord Ickenham. Vous n'avez pas vu mon cochon, n'est-ce pas, Frederick ?

– Phoebe ! dit Sir Raymond. Sors d'ici !

– Quoi, cher ?

– Dehors !

– Mais, je venais chercher mon cochon.

– Peu importe ton cochon ! DEHORS ! hurla Sir Raymond de la voix qui faisait tomber le plâtre du plafond d'Old Bailey et faisait avaler leur chewing-gum aux greffiers nerveux.

Phoebe se retira en sanglotant doucement, avec l'air d'un lapin blanc qui vient de recevoir de mauvaises nouvelles de chez lui, et Oily fit face à Lord Ickenham. Son visage était sévère, mais son cœur était fort, comme le sont toujours les cœurs des hommes qui voient la défaite se muer en victoire.

– Eh bien ! dit-il.

– Eh bien quoi ? dit Lord Ickenham.

– Je crains bien que vous n'ayez de gros ennuis.

– Moi ? Pourquoi cela ?

– Pour vous être fait passer pour un policier. Se faire passer pour un policier est un crime très grave.

– Mais, mon cher ami, quand donc me suis-je fait passer pour un policier ? Je ne songerais jamais à faire une chose pareille.

– Le majordome vous a annoncé comme l'inspecteur Jervis.

— Ce que dit le majordome n'est pas une preuve. Dois-je être blâmé parce que le majordome essaie d'être drôle ? Ce n'était qu'une petite plaisanterie privée habituelle entre nous.

— Vous avez dit que vous étiez du Yard.

— J'ai dit que j'arrivais du yard, qui est le nom que nous donnons à la petite cour, derrière la porte de la cuisine. J'étais allé là pour fumer une cigarette.

— Vous m'avez fait vider mes poches.

— Je vous ai fait ? Non. Je vous ai demandé de vider vos poches et vous avez obtempéré de bonne volonté.

— Donnez-moi cette lettre.

— Mais, elle est adressée à Sir Raymond Bastable. Elle lui appartient donc de plein droit.

— Oui, intervint Sir Raymond. Elle m'appartient et, quand vous parlez de crime grave, abominable excroissance, laissez-moi vous rappeler que le détournement de courrier en est un. Donnez-moi cette lettre, Frederick.

Lord Ickenham, qui se dirigeait vers la porte, s'arrêta, une main sur la poignée.

— Non Beefy, dit-il. Pas encore. Vous devez mériter cette lettre.

— Quoi ?

— Je peux parler franchement devant Mr Carlisle, car j'ai vu que la façon dont vous parliez à votre sœur Phoebe l'a profondément ému. Moi aussi, je suis, depuis longtemps, blessé par vos manières envers votre sœur Phoebe, Beefy, et je trouve qu'elles ressemblent aux passages les plus désagréables du *Livre des Révélations*. Corrigez cette attitude. Retrouvez votre charme fraternel.

Roucoulez comme une colombe. Emmenez-la dîner à Londres, puis au théâtre de temps en temps, et quand vous lui parlez, rappelez-vous que le sourire vaut mieux que la colère, et que vous n'êtes pas un potentat oriental mécontent d'une esclave éthiopienne. Si j'apprends, par Albert Peasemarch qui vous surveillera de près, qu'il y a eu une amélioration marquée dans vos façons, vous aurez cette lettre. Jusque-là, je vais la conserver et la tenir au-dessus de votre tête comme l'épée de… qui était donc ce type ?… Non, c'est parti. Un jour j'oublierai comment je m'appelle, dit Lord Ickenham, ennuyé, qui sortit en claquant la porte derrière lui.

Un moment plus tard, il la rouvrit et sa tête apparut.

– Damoclès ! dit-il. L'épée de Damoclès.

La porte se referma.

CHAPITRE 11

Par un matin ensoleillé, deux semaines précisément après que Lord Ickenham eût installé l'épée de Damoclès au-dessus de la tête de Sir Raymond Bastable, gâchant ainsi complètement la vie de ce dernier et lui faisant entretenir envers le semeur de lumière et de douceur des pensées d'un genre que personne ne devrait entretenir envers un beau-frère, même un demi, la porte de la prison de Brixton, dans les faubourgs de Londres, fut ouverte par un gentleman en uniforme muni d'une grosse clef, et un jeune homme vêtu d'un complet bleu marine jadis élégant en émergea. Cosmo Wisdom, ayant payé sa dette à la société, venait d'être remis en circulation. Il était plus mince et plus pâle que la dernière fois que nous l'avons vu, et la première action des autorités avides d'esthétique avait été de lui raser la moustache. Ceci, cependant, n'améliorerait pas longtemps la vie de ses semblables car il était résolu, maintenant qu'il en avait la possibilité, à la laisser repousser.

La Loi, en Grande-Bretagne, fonctionne un peu à la manière d'un distributeur automatique, fournissant des peines de prison pour tous les goûts. Vous mettez votre crime dans la fente, et la punition adéquate en sort : sept ans pour détournement de fonds publics, six mois pour un coup de rasoir à un concurrent en affaires et, pour ivresse et désordre compliqués de voies de fait sur un officier de la force publique, quatorze jours sans sursis. Cosmo avait tiré cette dernière sanction.

Quand Oily Carlisle, dans un moment de générosité débridée, avait prêté vingt livres à Cosmo, ce dernier, on s'en souvient, en recevant ce don du ciel, avait exprimé son intention de célébrer ça. Et il y était allé de bon cœur. La pensée de tout l'or qui allait bientôt jaillir comme un geyser des coffres de son Oncle Raymond lui avait donné des ailes alors qu'il prenait son essor sur le chemin de la joie. La nuit avait résonné du chant de ses débauches et, une chose en amenant une autre, en un rien de temps, il donnait des coups de pied sévères dans l'estomac du constable Styles de la Division C, dont les manières, alors qu'il essayait de lui voler son casque, lui avaient paru offensantes. Des coups de sifflet avaient retenti, les collègues de l'officier agressé s'étaient précipités et finalement ces hommes sans humour avaient escorté Cosmo, menottes aux poignets, jusqu'au violon le plus proche.

Le lendemain matin, le magistrat du tribunal de police de Bosher Street indiqua que, selon lui, le cas était trop grave pour être réglé par une simple amende. Le cachot, rien que le cachot, le cachot dans toute sa rigueur apprendrait à vivre à ce jeune vaurien de fils de quelque chose, dit-il, en des mots peut-être un peu différents. Il avait même paru désolé de ne pas pouvoir le taxer de plus de quatorze jours. Il avait semblé aux spectateurs que, s'il avait été libre de ses actes, au lieu de devoir obéir au code, Cosmo aurait eu de la chance d'échapper à ce que les Chinois appelaient la Mort des Cent Mille Coupures. On voyait qu'il pensait que les Chinois savaient y faire et le constable Styles, dont l'estomac était encore douloureux, était du même avis.

Le premier acte d'un ex-détenu relâché dans le monde après avoir fait ses classes, est d'acheter un paquet de cigarettes, le second, de trouver un journal du matin, et le troisième d'aller faire le déjeuner substantiel dont il rêve depuis qu'il est au trou. Durant les deux dernières semaines, Cosmo, nourri de l'ordinaire un peu frugal de la prison, avait beaucoup pensé au repas copieux qu'il ferait dès qu'il serait dehors et, après avoir songé au Barribault, à Chez Mario, au Claridge et au Savoy, il avait décidé de porter sa clientèle Chez Simpson, dans le Strand, sachant qu'aucun autre établissement de Londres n'a des portions aussi abondantes. Alors qu'il se hâtait vers son but, l'image, devant ses yeux, de ses énormes côtelettes lui mettait l'eau à la bouche et des étincelles dans le regard, comme s'il avait été un python entendant la cloche du dîner. C'était une de ces chaudes journées d'été où la plupart des gens ne rêvent que de saumon froid et de salade de concombre, mais il voulait du rosbif brûlant avec du Yorkshire pudding et des tas de pommes de terre, suivi de quelque chose dans le genre gâteau roulé et fromage de Stilton.

Le journal qu'il avait acheté était le *Daily Gazette* et il le parcourait en engloutissant sa nourriture revigorante avec l'application d'un docker chargeant un cargo. Il remarqua, avec un peu de regret, que *Cocktail Time* avait été délogé de la première page par l'histoire d'un gamin de douze ans qui s'était rasé les cheveux pour ressembler à Yul Brynner, mais il trouva, en page quatre, une large manchette qui disait :

VRAI, OSÉ, COURAGEUX
PREMIER ÉPISODE VENDREDI !

et, en dessous, l'annonce que *Cocktail Time* allait paraître en feuilleton dans le *Daily Gazette*. « Le sensationnel roman de Richard Blunt, disait l'article, ajoutant que c'était le pseudonyme de Cosmo Wisdom, un éminent jeune homme qui est, comme chacun le sait, le neveu du maître du barreau bien connu, Sir Raymond Bastable. »

Le rosbif, le gâteau roulé et le fromage de Stilton avaient fait beaucoup pour mettre Cosmo d'excellente humeur et la façon dont était rédigée cette annonce compléta leur travail. Car manifestement, aux yeux du *Daily Gazette*, il était toujours l'auteur de *Cocktail Time*. Cela voulait donc dire que son Oncle Raymond, en lisant sa lettre, avait prudemment décidé de jouer la sécurité et de payer le prix du silence. Pas de doute, pensa Cosmo, il allait trouver avis de cette bonne nouvelle dans son appartement de Budge Street, Chelsea, et son seul regret était que la faim l'ait empêché d'y aller et de le découvrir avant de venir se goinfrer Chez Simpson.

Jusque-là, tout allait bien. Mais, après s'être réjoui un moment à l'idée d'Oncle Raymond à son bureau, la plume à la main, en train d'écrire des chiffres d'or sur son chéquier, le soleil s'effaça soudain de sa vie. Il venait de songer aux possibles activités de son ami Gordon Carlisle durant son absence forcée et cette pensée le glaçait jusqu'à la moelle. Supposons que son ami Gordon Carlisle (dont toutes les actions prouvaient qu'il n'était pas homme à garder les deux pieds dans le même sabot) ait porté personnellement cette lettre à l'oncle Raymond, expliqué son contenu, pris l'argent et soit déjà en route pour l'Amérique, les poches pleines de l'or d'Oncle Raymond. Heureusement que Cosmo avait déjà fini son gâteau roulé car, autrement, il aurait eu un goût de cendres.

Mais, en se représentant Gordon Carlisle mollement appuyé sur la rambarde d'un paquebot, occupé à contempler les marsouins en faisant le compte de ses biens mal acquis, il laissait son imagination l'induire en erreur. Oily n'était pas en route pour l'Amérique. Il était, en ce moment, en train de se lever de table à l'autre bout de la salle de Chez Simpson où il avait déjeuné avec son épouse Gertie. Et quoique, tout comme Cosmo, il eût bien mangé, il avait le cœur lourd. Là, se disaient entre eux ceux qui le voyaient, se trouvait un convive qui n'avait pas réussi à trouver l'Oiseau Bleu.

L'inexplicable disparition de Cosmo avait été une sévère épreuve pour Gordon Carlisle. Elle avait suspendu tous ses plans. Cinq minutes à peine après son départ de Hammer Lodge, son esprit astucieux avait trouvé ce qu'il fallait faire pour stabiliser la situation, mais le schéma qu'il avait en tête ne pouvait être mis en branle sans l'assistance de Cosmo, et Cosmo s'était évanoui dans la nature. Pendant les deux semaines qui venaient de passer, Oily était allé chaque jour à Budge Street pour avoir des nouvelles, mais chaque jour il en avait été renvoyé les mains vides par une logeuse qui ne cachait pas qu'elle en avait jusque-là de le voir. Il était, à peu près, dans la position d'un général qui, avec une stratégie bien au point et toute prête à être mise en œuvre, s'aperçoit que son armée a disparu sans laisser d'adresse.

Il n'est donc pas étonnant que, alors qu'il se dirigeait vers la porte, quand il entendit une voix prononcer son nom et que, se retournant, il vit, juste devant lui, l'homme qu'il cherchait depuis si longtemps, son cœur ait fait un bond aussi haut que s'il venait d'apercevoir un arc-en-ciel dans un ciel gris. Encore plus haut, en fait, car, contrairement au poète Wordsworth, il n'était pas trop amateur d'arcs-en-ciel.

– Carlisle ! s'écria Cosmo, tout exubérant. Il se reprochait d'avoir si mal jugé cet homme, et le remords donnait à sa voix quelque chose de la chaleur qu'exhibe un berger quand il voit revenir dûment au bercail une brebis égarée. Asseyez-vous, mon cher vieil ami. Asseyez-vous.

Son cher vieil ami s'assit, mais d'une façon distante et réservée qui montrait combien il avait été profondément bouleversé. Le sein d'Oily était empli de colère. En songeant au stress auquel il avait été soumis durant ces deux dernières semaines, il ne pouvait pas pardonner aisément. L'œil qu'il fixait sur Cosmo était l'œil d'un homme qui a bien l'intention d'exiger des explications.

– Mrs Carlisle, dit-il d'un ton cassant en indiquant sa compagne. Voici le nommé Wisdom, ma douce.

– Ah ! C'est lui ? dit Gertie.

Ses dents firent un petit cliquetis et, tandis qu'elle regardait Cosmo, elle semblait, elle aussi, vouloir rafraîchir cette chaude journée.

Cosmo ne remarqua pas la sévérité de leurs manières. Sa cordialité et son enthousiasme ne diminuèrent pas.

– Alors, vous voilà ! dit-il. Eh bien ?

Oily dut se souvenir qu'il était un gentleman avant de se faire assez confiance pour parler. Les mots qu'il avait appris dans sa petite enfance se bousculaient dans son esprit. Il se tourna vers sa femme.

– Il dit : « Eh bien ? »

– Je l'ai entendu, dit Gertie d'un air lugubre.

– « Eh bien ? » Il s'assied et dit : « Eh bien ? » Tu en as déjà entendu une meilleure ?

– Il a du culot, admit Gertie. Voilà un type qui ne manque pas de nerf. Écoutez, vous. Où étiez-vous pendant tout ce temps ?

C'était une question embarrassante. Un homme n'aime pas dévoiler certains petits secrets.

– Oh, euh… ailleurs, dit Cosmo, évasif.

Ces mots firent le pire des effets sur ses compagnons. Déjà froids et sévères, ils devinrent plus froids et plus sévères encore, et leur déplaisir était tellement marqué qu'il fut bien forcé de se rendre compte qu'il n'était pas parmi des amis. Il y avait une bouteille sur la table et un frisson lui parcourut l'épine dorsale quand il vit que la main de Mrs Carlisle se tendait machinalement dans sa direction. Sachant l'attraction magnétique que les bouteilles avaient pour cette femme, il décida que le moment était venu d'être vrai, osé et courageux.

– En fait, j'étais en prison.

– Quoi !

– Oui. Je me suis pinté et j'ai frappé un agent, alors ils m'ont mis au trou pour quatorze jours, sans sursis. Je suis sorti ce matin.

Un changement magique s'opéra chez les Carlisle, Mr et Mrs. Un instant auparavant sévères et hostiles, ils le regardaient maintenant de l'œil sympathique d'un Mr et d'une Mrs qui comprennent tout. La prison est l'alibi absolu.

– Alors, c'était ça, dit Oily. Je vois. Je me demandais ce qu'il était advenu de vous, mais, si vous étiez au placard…

– Comment est-ce, par ici ? demanda Gertie.

– Hein ?

– Le placard.

– Oh, le placard. Pas terrible.

– Pareil que chez nous, je suppose. La prison, ça va pour une visite, comme je dis toujours, mais je ne voudrais pas y habiter même si on m'en faisait cadeau. Vraiment dommage qu'ils vous aient pincé. Maintenant, ne perdons plus de temps. Donne-lui les dernières nouvelles, Oily.

– Tout de suite, ma douce. Les choses ne se sont pas bien passées, Wisdom. Vous connaissez un nommé Ickenham ?

– Lord Ickenham ? Oui. Il a épousé la demi-sœur de mon oncle. Pourquoi ?

Oily n'avait pas l'habitude de prendre des gants pour asséner les mauvaises nouvelles.

– C'est lui qui a cette lettre.

– Ma lettre ?

– Ouais.

– C'est le vieil Ickenham qui l'a ?

– Ouais.

– Mais, je ne comprends pas.

– Vous allez comprendre.

Le récit, par Gordon Carlisle, des événements de Hammer Lodge fut un peu long mais, bien avant qu'il ne fût fini, la mâchoire inférieure de Cosmo était tombée au plus bas. Il avait tout compris et son moral était aussi bas que sa mâchoire.

– Mais, qu'allons-nous faire ? demanda-t-il d'une voix rauque, car il ne voyait pas de lumière entre les nuages.

– Oh, maintenant que je vous ai retrouvé, tout est pour le mieux.

– Tout est pour le mieux ?

– Ouais.

– Je ne vois pas pourquoi, dit Cosmo.

Oily gloussa d'un petit rire de gentleman. C'est pourtant simple, je vous le dis. Et ça me semble clair. Vous écrivez à votre oncle une autre lettre, où vous dites que vous y avez encore réfléchi et que vous êtes toujours dans le même état d'esprit, que vous voulez toujours que tout le monde sache que c'est lui qui a écrit ce livre, et que vous allez révéler le pot aux roses dans un jour ou deux. Est-ce que ça ne renverra pas la balle dans son camp ? Bien sûr que si.

Le copieux déjeuner avec lequel se débattaient ses sucs gastriques surmenés avait pas mal alourdi les dons spirituels de Cosmo, mais il était encore assez intelligent pour voir la beauté de la chose.

– Bien sûr ! Peu importe qu'Ickenham ait la lettre, n'est-ce pas ?

– Effectivement.

– Une seconde de ma main aura le même effet.

– Sûr.

– Je rentre chez moi et je l'écris tout de suite.

– Ne vous pressez pas. Je vois que vous avez la *Gazette*, là. Vous avez lu ce qu'ils disent sur le feuilleton ?

– Oui. Je suppose que Saxby le leur a vendu. J'ai reçu une lettre, venant d'un agent littéraire appelé Saxby, qui me demandait s'il pouvait s'occuper du livre, et ça m'a semblé une bonne idée. Je lui ai dit qu'il pouvait.

– Eh bien, la première chose à faire, c'est d'aller le voir pour prendre l'argent.

– Et la seconde, dit Gertie, c'est de rendre son fric à Oily. Soixante-dix billets. Vous lui en deviez cinquante, il vous en a encore prêté vingt. Soixante-dix en tout.

– C'est vrai. Tout me revient.

– Et maintenant, dit Gertie avec une note métallique dans la voix, ça doit revenir à Oily. Il sera chez vous dans une heure pour ramasser le pognon.

CHAPITRE 12

Le vieux Mr Howard Saxby était assis à son bureau de l'agence littéraire Edgar Saxby quand Cosmo y arriva. Il tricotait une chaussette. Il tricotait beaucoup et vous aurait dit, si vous le lui aviez demandé, que c'était pour s'empêcher de fumer, ajoutant qu'il fumait aussi pas mal pour s'empêcher de tricoter. C'était un vieux gentleman septuagénaire long et mince, dont le regard lointain ressemblait assez à celui qu'adresse au passant une morue sur l'étal du poissonnier. C'était un regard qui donnait à beaucoup de ceux qui le rencontraient l'impression d'être des esprits désincarnés tant il était manifeste qu'ils ne faisaient aucun effet sur sa rétine. Cosmo, tout plein qu'il était de rosbif, de gâteau roulé et de fromage de Stilton, eut l'illusion éphémère, en rencontrant ce regard vide et vague, d'être quelque chose de diaphane, un ectoplasme à peine assemblé.

– Mr Wisdom, dit la fille qui venait de l'introduire.

– Ah, dit Howard Saxby. Et il y eut une pause de peut-être trois minutes durant laquelle les aiguilles cliquetèrent activement. Elle a dit Wisdom ?

– Oui. J'ai écrit *Cocktail Time*.

– Vous n'auriez rien pu faire de mieux, dit aimablement Mr Saxby. Comment va votre femme, Mr Wisdom ?

Cosmo dit qu'il n'avait pas de femme.

– Vous êtes sûr ?

– Je suis célibataire.

– Alors Wordsworth avait tort. Il disait que vous étiez marié. *The wisdom is married to immortal verse*[1]. Excusez-moi un instant, murmura Mr Saxby en s'intéressant à nouveau à sa chaussette. Je tourne le talon. Tricotez-vous ?

– Non.

– Le sommeil le fait, lui. Il tricote l'écheveau embrouillé de nos vies.

Au club Démosthène où il déjeunait tous les jours, il y avait bien des spéculations pour savoir si le vieux Saxby était aussi complètement cinglé qu'il le paraissait, ou si, pour une raison mystérieuse, il s'en donnait seulement l'air. La vérité gisait probablement quelque part entre les deux. Quand il était enfant, il avait toujours eu tendance à laisser vagabonder son esprit (« a besoin de se concentrer », disait son livret scolaire) et, en entrant dans les affaires de la famille, il avait cultivé cette habitude parce qu'elle donnait des résultats. Il est déconcertant, pour un éditeur qui parle tarifs avec un agent, de voir l'agent le fixer longuement avant de lui demander s'il joue de la harpe. Il devient nerveux, dit cinquante pour cent quand il veut dire dix, et oublie même de mentionner les droits subséquents.

---

1. La Sagesse est mariée aux vers immortels.

Sur Cosmo, les manières de Saxby eurent un effet irritant. Bien que timide en présence de son Oncle Raymond, il avait sa fierté et n'aimait pas être traité comme s'il était une forme de vie insectoïde négligeable sortant du bois du mur. Il toussa sèchement et la tête de Mr Saxby se leva dans un sursaut. Il se croyait seul.

– Dieu du ciel ! Vous m'avez fait peur, dit-il. Qui êtes-vous ?

– Mon nom, comme je vous l'ai déjà dit, est Wisdom.

– Comment êtes-vous entré ? demanda Mr Saxby, intrigué.

– J'ai été introduit.

– Et vous êtes resté. Je vois, Tennyson avait raison. *Knowledge comes, but Wisdom lingers*[2]. Prenez un siège.

– Je suis déjà assis.

– Prenez-en un autre, dit Mr Saxby avec hospitalité. Y a-t-il, demanda-t-il, frappé par une pensée soudaine, quelque chose que je puisse faire pour vous ?

– Je suis venu pour le feuilleton que la *Gazette* va publier en série. Elle…

Mr Saxby fronça les sourcils. Voilà un sujet sur lequel il avait beaucoup à dire.

– Quand j'étais jeune, dit-il sévèrement, il n'y avait pas de céréales. Nous mangions un bon porridge pour le breakfast et ça nous calait l'estomac. Et puis, les Américains sont arrivés avec leurs Crispies et leurs Crunchy Whoopsies et ainsi de suite ; et quel est le résultat ? La dyspepsie, voilà. C'est la mort de l'Angleterre.

2. Le Savoir passe, mais la Sagesse demeure.

– Le feuilleton, dans le journal.

– Qu'on en parle dans le journal ne fait que rendre les choses pires, dit Mr Saxby qui retourna à sa chaussette.

Cosmo déglutit une fois ou deux. La pression intellectuelle de la conversation lui donnait le vertige.

– Je suis venu, dit-il en détachant les syllabes, pour parler de mon roman qu'on va publier en feuilleton dans le *Daily Gazette*.

Mr Saxby poussa un petit cri de triomphe.

– Voilà ! J'ai tourné mon talon ! Je vous demande pardon ? Que disiez-vous ?

– Je-suis-venu-pour-parler-de-mon-roman-qu'on-va-publier-en-feuilleton-dans-le-journal.

– Et vous voulez mon opinion là-dessus ? Je vous la donnerais de bon cœur, mais il y a un problème. Je ne lis jamais les feuilletons dans les journaux. Il y a des années, j'ai promis à ma mère de ne pas les lire et je tiens fidèlement ma promesse. Vous me direz que c'est d'une sentimentalité stupide, puisque ma mère, qui est depuis longtemps au paradis, n'en saurait rien, mais c'est ainsi. C'est une de mes règles de vie. Et maintenant, dit Mr Saxby en posant sa chaussette dans un tiroir avant de se lever, j'ai bien peur de devoir vous quitter. J'ai trouvé votre conversation très intéressante, extrêmement intéressante même, mais c'est l'heure de ma promenade. Une bonne petite marche après le déjeuner, rien de tel pour aider la digestion. Si davantage de gens s'astreignaient à cet exercice, il y aurait deux fois moins de morts ici-bas, peut-être même n'y en aurait-il pas du tout.

Il quitta la pièce, pour y revenir un moment plus tard et considérer Cosmo de son regard vague et bienveillant.

– Jouez-vous à saute-mouton ? demanda-t-il.

Cosmo répondit, un peu brièvement, qu'il n'en avait pas l'habitude.

– Vous devriez. Ne négligez aucune occasion de jouer à saute-mouton. C'est le meilleur des jeux, et il ne deviendra jamais un sport professionnel. Eh bien, au revoir, mon cher ami, ravi de vous avoir rencontré. N'hésitez pas à revenir et, cette fois, amenez votre femme.

Pendant un moment après la disparition du vieux gentleman, le sentiment dérangeant d'être dans un monde de cauchemars bizarres, qui saisissait si souvent les gens après un tête-à-tête avec Howard Saxby, pesa lourdement sur Cosmo qui resta assis, immobile, respirant par à-coups entre ses lèvres entrouvertes. Puis la torpeur fit place à l'indignation. Comme l'eût exprimé Roget dans son excellent Thésaurus, il était en colère, agité, courroucé, déchaîné, enragé, furax, furibard, furibond, furieux et violent ; et il entendait le faire savoir. Il se leva et pressa la sonnette sur le bureau de Mr Saxby, gardant son pouce pressé sur l'instrument avec tant de force que la fille qui répondit à l'appel le fit à l'allure d'un athlète en train de battre le record du kilomètre, avec l'idée qu'à la fin, le vieux Mr Saxby avait eu l'attaque à laquelle tout le personnel s'attendait depuis si longtemps.

– Je veux voir quelqu'un, dit Cosmo.

Reculant devant son regard qui étincelait comme un projecteur, elle haleta un peu et dit : « Oui, Monsieur. » Puis, comme elle aimait la précision, elle ajouta : « Qui ? »

– N'importe qui. N'importe qui. N'importe qui. N'importe qui !

– Oui, Monsieur, répéta la sous-fifre avant de s'éclipser.

Elle arriva à la deuxième porte du couloir et frappa. Roget l'eût décrite comme confondue, déconcertée, désorientée, estomaquée (fam.) et, quand ils étaient dans cet état, les employés de l'agence littéraire Edgar Saxby venaient toujours trouver Barbara Crowe, sachant qu'ils pouvaient compter sur sa sympathie et ses conseils constructifs.

– Entrez, dit une voix musicale, une voix semblable à un vieux cru de Bourgogne rendu audible. Tiens, bonjour, Marlène, vous semblez agitée. Que se passe-t-il ?

– Il y a un gentleman, dans le bureau du vieux Mr Saxby, qui dit qu'il veut voir quelqu'un.

– Il ne peut pas voir le vieux Mr Saxby ?

– Il n'est pas là, Mrs Crowe.

– Enfer et damnation ! dit Barbara. (Elle connaissait les habitudes du vieux Mr Saxby.) Il a laissé tomber ce pauvre gentleman, c'est ça ? Bon. Je vais aller le calmer.

Elle parlait avec confiance et cette confiance était justifiée car, dès qu'il la vit, la juste indignation de Cosmo diminua notablement. Un instant auparavant, il eût volontiers passé tout le personnel de l'agence au fil de l'épée, mais il était maintenant enclin à faire une exception en faveur de ce membre précis. Il vit tout de suite qu'il n'était plus en présence d'une vieille pièce de musée tricoteuse dont la façon de conduire une conversation d'affaire vous faisait tourner en bourrique.

On peut parier que n'importe qui, même un monstre à deux têtes évadé d'une foire, aurait paru agréable à Cosmo après le vieux Mr Saxby, mais il avait de bonnes raisons de marquer Barbara Crowe du sceau de son approbation. Lord Ickenham, en parlant de cette femme à Pongo, avait utilisé l'adjectif « ravissante ». Même si elle ne le méritait pas tout à fait, elle était réellement très attirante. Des yeux bruns, des cheveux bruns, un nez parfait et une grande bouche pleine d'humour qui souriait facilement, et souriait justement à ce moment. Sa personnalité aussi était séduisante. Il y avait, en elle, une aimable vivacité qui semblait dire : « Oui, oui, vous avez des ennuis, je le vois bien, mais laissez-moi m'en occuper. » Les féroces auteurs qui entraient dans les bureaux de Saxby comme des lions, en ressortaient toujours comme des agneaux après avoir parlé avec Barbara Crowe.

– Bon après-midi, dit-elle. Puis-je faire quelque chose pour vous ? On me dit que vous avez eu une conférence avec le vieux Mr Saxby. Éprouvant, n'est-ce pas ? Pourquoi vouliez-vous le voir ?

– C'est lui qui m'a écrit. Il disait qu'il voulait s'occuper de mon roman *Cocktail Time*.

– *Cocktail Time ?* Grands dieux ! Seriez-vous Cosmo Wisdom ?

– Oui.

– Je connais votre oncle. Je suis Mrs Crowe.

Ne fréquentant pas le cercle des intimes de son Oncle Raymond, Cosmo n'avait jamais vu Barbara Crowe, mais il savait tout d'elle par sa mère et, en la voyant maintenant, il était surpris que quelqu'un qui avait réussi à se fiancer avec elle ait fait la sottise de la laisser partir. Cela confirma l'opinion qu'il avait toujours eue que son Oncle Raymond, même s'il possédait peut-être quelques vagues talents en matière légale, était, pour tout le reste, le champion du monde des imbéciles.

– Comment va-t-il ? demanda Barbara.

– L'Oncle Raymond ? Eh bien, il y a un certain temps que je ne l'ai pas vu, mais quelqu'un qui l'a rencontré il y a deux semaines m'a dit qu'il semblait préoccupé.

– Préoccupé ?

– Un peu irritable.

Un nuage assombrit le visage chaleureux de Barbara. Comme l'avait indiqué Lord Ickenham, elle n'avait pas chassé Sir Raymond Bastable de ses pensées.

– Il travaille trop. Il n'est pas malade, au moins ?

– Oh non. Simplement… nerveux, dit Cosmo trouvant enfin le mot juste.

Un silence momentané s'installa. Puis Barbara se souvint qu'elle était l'employée consciencieuse d'un agent littéraire et que ce jeune homme n'était pas seulement le neveu de l'homme que, malgré toute sa bêtise, elle aimait encore, mais aussi un auteur qui avait besoin qu'elle lui tienne la main.

– Vous n'êtes pas venu pour parler de votre oncle, n'est-ce pas ? Vous êtes venu parler affaires. Je suppose que vous n'êtes pas allé bien loin avec le vieux Mr Saxby ? Non. C'est bien ce que je pensais. Il tricotait ?

Cosmo frémit. Cette question touchait un nerf à vif.

– Oui, dit-il froidement. Une chaussette.

– Et comment allait-elle ?

– J'ai cru comprendre qu'il avait tourné le talon.

– Très bien. Toujours le moment difficile. Une fois le talon passé, vous en êtes sorti. Mais, à part le fait que la chaussette se présente bien, vous n'avez pas dû obtenir grand-chose de lui. C'est le cas de la plupart de nos clients. Le vieux Mr Saxby aime venir se promener par ici, bien qu'il soit supposé avoir pris sa retraite à peu près au moment où Gutenberg a inventé l'imprimerie, mais il n'est plus ce qu'on pourrait appeler un rouage actif de la machine. Les seuls auteurs qui le voient encore sont ceux qui, par un lapsus, demandent Howard Saxby. C'est ce que vous avez fait, je suppose ?

– Oui. C'était le nom qui était sur la lettre que j'ai reçue.

– Elle aurait dû être signée Howard Saxby Junior. Le jeune Mr Howard Saxby est le fils du vieux Mr Howard Saxby. C'est lui qui fait marcher l'affaire, avec l'assistance que je peux lui donner. Il est sorti aujourd'hui, alors je suis votre unique ressource. Pourquoi êtes-vous venu ?

– Le feuilleton dans le *Daily Gazette*.

– Oh oui. On vous a envoyé un chèque il y a plus d'une semaine. Vous ne l'avez pas reçu ?

– J'étais, euh… ailleurs.

– Oh, je vois. Eh bien, il vous attend certainement à votre adresse. Et nous espérons avoir de bonnes nouvelles pour vous d'un moment à l'autre. Du côté cinéma.

Il n'était jamais venu à l'idée de Cosmo qu'il pût y avoir un côté cinéma.

– Vous pensez que le livre pourrait faire un film ?

– Notre agent à Hollywood en semble certain. Il envoie des câbles à ce propos presque quotidiennement. Le dernier, qui est arrivé hier, disait… Oui ?

141

La jeune Marlène venait d'entrer, apportant une enveloppe brune. Elle regarda nerveusement Cosmo et se retira. Barbara Crowe ouvrit l'enveloppe et poussa un cri.

– Eh bien, quelle coïncidence !

– Hein ?

– Que vous soyez ici quand ceci arrive et que je sois en train de vous parler des possibilités cinématographiques. C'est notre agent à Hollywood et... il vaut mieux vous asseoir. Oh, vous êtes déjà assis. Eh bien, cramponnez-vous à votre chaise. Il dit qu'il a maintenant une offre ferme pour les droits de *Cocktail Time* de la part du Studio Superba-Llewellyn. Avez-vous envie de savoir ce qu'ils proposent ?

Cosmo précisa qu'il en avait extrêmement envie.

– Cent cinq mille dollars, dit Barbara.

CHAPITRE 13

Environ un quart d'heure plus tard, Cosmo Wisdom sortit en titubant des bureaux de l'agence littéraire Saxby, stupéfait et ébloui. Il héla un taxi et y monta en chancelant. Son état ressemblait assez à celui de son Oncle Raymond quand, lors de ce lointain après-midi à Oxford, il avait pris ce Gallois en pleine poitrine. Mais, alors que les émotions de Sir Raymond, en cette occasion, avaient été de nature sombre, celles de Cosmo, alors qu'il roulait vers Budge Street, Chelsea, seraient mieux décrites par l'adjectif « extatiques ». Il n'est pas courant, quand on est dans un taxi millésimé 1947, d'avoir l'impression de flotter au milieu de l'empyrée sur un nuage rose, mais c'était pourtant son cas. Et ceci, en dépit du fait que sa tête lui faisait un mal de chien.

Au moment où Barbara avait ouvert le câble de l'agent d'Hollywood, il avait renversé sa chaise et le spasme convulsif qui l'avait saisi quand elle avait annoncé la somme, l'avait amené à se faire une sacrée bosse en se cognant l'occipital avec une force considérable sur le coin du bureau du vieux Mr Saxby. Mais, une fois remis dans le bon sens, il avait rapidement oublié son inconfort physique dans le ravissement de ce que Roget eût appelé l'heur (vieilli) d'entendre ce qu'elle avait à ajouter.

Car l'offre du Studio Superba-Llewellyn n'était, paraissait-il, pas une fin mais un début. L'agent à Hollywood, l'assura-t-elle, n'allait pas se reposer sur ses lauriers avec un « Voilà ! » satisfait. C'était, comme tant d'agents d'Hollywood, un vif-argent qui, une fois lancé, repartait de plus belle. Il allait y avoir, avait-elle dit, des enchères. Il mentionnerait à un studio rival que S-L offrait cent cinq mille dollars, ce qui amènerait ce studio rival à faire une offre de cent quinze mille. Il retournerait voir Superba-Llewellyn avec cette information et... «Vous voyez l'idée », avait dit Barbara.

Cosmo voyait parfaitement et se blessa presque à nouveau l'occipital quand cette femme, un ange descendu du ciel, continua en parlant d'un des clients de l'agence pour lequel l'agent à Hollywood avait réussi à obtenir trois cent cinquante mille dollars. En approchant de Budge Street, il se disait qu'il ne pouvait espérer que *Cocktail Time* atteigne de pareilles hauteurs, mais même deux cent mille valaient la peine. Et, ce qui montre bien l'effet enivrant que ces bavardages sur Hollywood ont sur les écrivains, il considérait maintenant l'offre originale de Superba-Llewellyn avec une ironie amusée. Pourquoi cette parcimonie, se demandait-il. L'argent n'est-il pas fait pour être dépensé ? Avait-on jamais expliqué au Superba-Llewellyn qu'on ne l'emporte pas avec soi ?

Mais il y a toujours une paille dans le meilleur acier, dans chaque bonne chose, il y a un hic. Tout ravi qu'il était, Cosmo était bien forcé de se rappeler qu'il avait écrit cette lettre (de sa propre écriture, et signée de sa main) pour dire expressément qu'il n'était pas l'auteur de *Cocktail Time*, et que cette lettre était entre les mains de Lord Ickenham. Pour le moment, cette honte de la noblesse ne dévoilait pas son contenu au public mais qui pouvait dire combien de temps ce silence allait durer ? D'une façon ou d'une autre, par tous les moyens, il devait reprendre possession de ce fatal papier et le brûler, détruisant ainsi toute preuve que le livre était l'œuvre d'un autre.

Il n'était pas trop difficile d'élaborer un plan à cette fin. Par Oily, au cours de son récit chez Simpson, il avait appris que Lord Ickenham résidait à Hammer Hall, où on recevait des hôtes payants. Son premier mouvement devait donc être de devenir l'un de ces hôtes payants. Un document aussi vital que cette lettre devait probablement être caché quelque part dans la chambre de cette vieille fripouille car, dans une maison à la campagne, où aurait-il pu trouver une autre cachette ? Une fois sur les lieux, il aurait tôt ou tard l'occasion de fouiller la chambre. Dans les histoires qu'il aimait lire, les gens fouillaient sans arrêt des chambres, généralement avec d'excellents résultats.

Son moral était donc au plus haut quand il entra au n° 11 Budge Street. Dans le hall il rencontra sa logeuse, une Mrs Keating, une femme mélancolique que deux semaines de visites ininterrompues d'Oily avaient rendue plus mélancolique encore. Oily faisait souvent cet effet aux gens.

– Tiens, bonjour ! dit-elle, manifestement surprise de son retour au bercail. Où étiez-vous, tout ce temps ?

– Ailleurs, dit Cosmo qui se demandait combien de fois il devrait répondre à cette question. Je suis allé chez des amis.

– Vous n'aviez pas pris de bagages.

– Ils m'ont prêté ce dont j'avais besoin.

– Vous avez minci.

Cosmo admit qu'il avait perdu un peu de poids.

– La tuberculose, je dirais, dit Mrs Keating en se déridant un peu. C'est de ça qu'est mort Keating. Il y a des tas de lettres pour vous, et il y a un type qui est passé tous les jours pour vous voir depuis deux semaines. Carmichael ou quelque chose comme ça.

– Carlisle. Je l'ai rencontré.

– L'avait l'air de croire que j'avais rien d'autre à faire. Vous voulez dîner, ce soir ?

– Non. Je repars ailleurs. Je venais juste faire mes valises.

– Bizarre comme les gens ne peuvent pas rester deux minutes au même endroit. Moi, je vis ici depuis vingt ans et je n'ai jamais été plus loin que King's Road, sauf pour le cimetière de Kensal Green, quand on y a conduit Keating. Il était devenu tout maigre, comme vous, et deux mois après je portais le deuil. La tuberculose. Comme vous. Où vous allez, cette fois ?

– Dovetail Hammer, dans le Berkshire. Faites suivre mon courrier à Hammer Hall.

– Encore du travail ! dit Mrs Keating qui rentra dans sa cuisine pour s'occuper de ce qui bouillait sur le poêle et faisait croire à toute la maison qu'elle préparait une pâtée pour une meute de chiens.

Un courrier très abondant attendait Cosmo dans son salon. La table croulait sous les lettres. La plupart d'entre elles avaient transité par Alfred Tomkins Limited et il les lut avec plaisir, un auteur aime toujours entendre parler de ses fans, mais celle qui lui plut le plus fut celle de l'agence littéraire Edgar Saxby et le chèque qu'elle contenait. C'était un chèque substantiel et il le mit dans une enveloppe qu'il adressa à sa banque. Après quoi, sentant que les choses prenaient un bon départ, il alla à sa chambre et commença ses bagages. Il avait rempli une grosse valise et se tenait devant le perron pour attendre un taxi quand Oily arriva sans, il fut soulagé de le constater, sa douce accro à la bouteille.

Les indices de son départ imminent surprirent Oily.

– Où allez-vous ? demanda-t-il.

Cela changeait. D'habitude on lui demandait où il avait été. Mais Cosmo fit sa réponse accoutumée.

– Ailleurs. J'ai envie de passer quelques jours à Bournemouth.

– Pourquoi Bournemouth ?

– Pourquoi pas Bournemouth ? dit Cosmo, assez adroitement ; et Oily sembla voir la justice de ses propos.

– Eh bien, je suis content de vous avoir attrapé avant votre départ, dit-il, après avoir exprimé l'opinion que son jeune ami pourrait aussi bien aller s'enterrer tout vif. Oily était du type métropolitain, jamais à l'aise en dehors des grandes villes.

– Qu'est-ce que vous avez fait de la lettre ?

Cosmo, en répétant la scène dans sa chambre, avait décidé d'être nonchalant. Ce fut donc nonchalamment qu'il répondit :

– Oh, la lettre ? J'allais justement vous en parler. J'ai changé d'avis. Je ne vais pas l'écrire.

– Quoi !

– Non. Je crois que je vais laisser les choses comme elles sont. Oh, au fait, je vous dois de l'argent, n'est-ce pas ? Je vous ai fait un chèque. Il est quelque part... Ah, le voilà. Taxi ! cria Cosmo en agitant la main.

Oily était debout parmi les ruines de ses rêves et de ses espoirs.

– Mais...

– Inutile de dire « Mais », dit Cosmo vivement. Si vous voulez savoir, j'aime bien être l'auteur de *Cocktail Time*. C'est agréable de recevoir toutes ces lettres d'admirateurs de mon œuvre.

– Votre œuvre, hein ?

– Enfin, l'œuvre d'Oncle Raymond. C'est pareil. Être l'auteur de *Cocktail Time* améliore ma position sociale. Pour vous donner un exemple, j'ai reçu une lettre de Georgina, Lady Witherspoon, qui m'invite à prendre le thé, dimanche après-midi. Elle tient une sorte de salon, et il faut être quelqu'un pour y participer. Je n'ai pas envie de renoncer à tout ça pour quelques centaines de livres qu'on pourrait soutirer à Oncle Raymond. Moins, probablement, faillit-il ajouter, que la misérable proposition des studios Superba-Llewellyn. Alors, voilà. Au revoir, Carlisle. J'ai été heureux de vous connaître. Je dois filer, dit Cosmo et Oily le regarda disparaître en se demandant si de telles choses étaient réellement possibles. Même les grands artistes de l'abus de confiance devaient s'attendre à une déception de temps en temps, bien sûr, mais ils n'aiment pas ça. Et les manières de Gordon Carlisle quand, une demi-heure plus tard, il retrouva son épouse Gertie, ressemblaient à celles de Napoléon de retour de Moscou.

Gertie, ayant écouté son récit, les sourcils froncés, exprima l'opinion que Cosmo était un ignoble traître de rat ce qui, bien entendu, était parfaitement exact.

– Il y a de la magouille dans l'air, dit-elle.

– De la magouille ?

– Ouais. Sa position sociale, c'est ça ?

– C'est ce qu'il a dit.

Gertie fit un bruit qui, chez une femme moins attirante, eût pu passer pour un grognement.

– Position sociale, mon œil ! Quand il nous a quittés, il allait voir son agent, c'est ça ? Eh bien, ce qui est arrivé est aussi clair pour moi que si je le voyais écrit. L'agent lui a dit qu'il avait une offre pour un film.

– Bon sang !

– C'est sûr. Et ça doit être gros.

– Je n'aurais jamais pensé à ça. Mais tu as mis dans le mille. Ça explique tout.

– Et il ne va pas à Bournemouth. D'ailleurs, qui diable voudrait aller à Bournemouth ? Il va à Dovetail-Machin-Truc pour essayer de faucher cette lettre au nommé Ickenham, parce que, s'il peut la détruire, plus rien au monde ne pourra prouver qu'il n'a pas écrit ce livre. Alors, il faut aller aussi à Dovetail-Je-Ne-Sais-Quoi et la trouver avant lui.

– Je comprends. Si nous l'avons, nous sommes en position de force.

– Si on l'a, on commande. On les aura tous à nos bottes, le Wisdom fera ses enchères, le Bastable en rajoutera, et ça peut monter sacrément haut. Et ça ne devrait pas être si dur de trouver où cet Ickenham range la chose. On passera sa chambre au peigne fin et si elle n'est pas là, on saura qu'il l'a sur lui. Alors, on n'aura plus qu'à lui cogner un bon coup de gourdin sur la tête et lui faire les poches. Tu vois ce que je veux dire ?

Oily voyait très bien. Elle aurait difficilement pu être plus claire. Il respira avec émotion et, même le pire des myopes aurait vu, dans ses yeux, une lueur d'amour.

– Quel réconfort tu es pour moi, ma douce, dit-il.

– J'essaie, dit Gertie d'un air vertueux. Je pense que c'est le rôle d'une épouse.

CHAPITRE 14

Deux jours après que les vautours eurent décidé de se rassembler à Hammer Hall, une petite procession émergea de la porte de Hammer Lodge, la maison de campagne de Sir Raymond Bastable, Q.C. Elle était menée par Mrs Phoebe Wisdom, suivie du vétérinaire local, lui-même suivi par Albert Peasemarch. Le vétérinaire monta dans sa voiture, dit quelques mots d'adieu encourageants et démarra. Il était venu soigner Benjy, le cocker de Mrs Wisdom qui, comme c'est souvent le cas des cockers, avait « attrapé quelque chose ». Phoebe et Albert, qui avaient passé la nuit, ensemble, au chevet du malade, paraissaient avoir besoin de repos, mais leur moral était meilleur et ils se regardaient l'un l'autre tendrement, comme deux hommes de troupe qui auraient subi la mitraille épaule contre épaule.

– Je ne sais pas comment vous remercier, Peasemarch, dit Phoebe.

– Ce n'est rien, Madame.

– Mr Spurrell a dit que, si vous n'aviez pas été là pour lui faire avaler cette eau à la moutarde, le pire pouvait arriver.

La pensée vint à Albert Peasemarch que le pire n'eût pas été vraiment pire que ce qui était arrivé quand le malade avait réagi au vomitif. Ce moment, il en était convaincu, resterait inscrit dans les tablettes de sa mémoire longtemps après que tout le reste s'en serait effacé, exactement comme l'éruption du grand geyser du parc de Yellowstone, Old Faithful, demeure dans la mémoire du touriste qui y a assisté.

– Je suis heureux de donner satisfaction à Madame, dit-il, se souvenant d'une bonne réplique que lui avait enseignée Coggs, le majordome de Lord Ickenham quand il le coachait pour le délicat travail auquel il était destiné. Et, en pensant à Lord Ickenham, il se rendit compte à quel point ce perspicace pair avait eu raison en lui conseillant de n'épargner aucun effort pour opérer un rapprochement entre lui-même et le cocker. À moins qu'il ne se trompe énormément, il y avait, dans les yeux de Phoebe, une nouvelle lueur quand elle le regardait, le genre de lueur que pouvait observer dans les yeux d'une damoiselle en détresse un chevalier de la Table ronde du roi Arthur lorsqu'il se brossait les mains pour les dépoussiérer après avoir envoyé *ad patres* le dragon qui lui causait de l'ennui. La veille de cette nuit les avait beaucoup rapprochés. Il s'aperçut que ses pensées se tournaient vers ce que son mentor avait appelé le système Ickenham. Était-ce le moment de le mettre en œuvre ?

Il était sûr d'avoir le schéma parfaitement clair à l'esprit. Comment était-ce, déjà ? Ah oui. Marcher vers elle, l'attraper par le poignet, tirer un peu, dire « Ma femme ! » en la serrant sur son cœur et couvrir de baisers son visage offert. Très simple, en vérité, et cependant il hésitait. Et, comme toujours quand un homme hésite, le moment passa. Avant qu'il ne trouve le courage de faire quelque chose de constructif, elle se mit à parler de lait chaud avec une goutte de cognac. Mr Spurrell, le vétérinaire, l'avait spécifiquement recommandé.

– Voudriez-vous en faire chauffer un peu dans une casserole, Peasemarch ?

Albert Peasemarch soupira. Pour mettre en œuvre le système Ickenham avec quelque chance de succès, un homme a besoin d'être stimulé, mais il ne peut tirer aucune incitation si le sujet des casseroles s'introduit dans la conversation. Roméo lui-même aurait été découragé si, au début de la scène du balcon, Juliette avait parlé de casseroles.

– Très bien, Madame, dit-il d'une voix morne.

– Et puis vous irez vous allonger pour vous reposer un peu.

– J'allais vous suggérer la même chose, Madame.

– Oui, je me sens fatiguée. Mais je veux d'abord parler à Lord Ickenham.

– Sa Seigneurie est en train de pêcher sur le lac, là-bas, Madame. Puis-je lui porter un message ?

– Non. Merci beaucoup, Peasemarch. C'est quelque chose que je dois lui dire personnellement.

– Très bien, Madame, dit Albert Peasemarch qui partit faire chauffer une casserole avec le cœur lourd d'un homme qui sait qu'il a raté le coche. Peut-être les vers de James Graham, marquis de Montrose chantaient-ils à ses oreilles,

Ou bien il a trop peur de la fatalité,
Ou ses mérites sont faibles et limités,
Celui qui n'ose pas, sur un seul coup de dés,
Mettre sa vie en jeu pour tout perdre ou gagner.
ou peut-être pas, bien sûr.

La pêche était, pour Lord Ickenham, ce qu'était le tricot pour le vieux Mr Saxby. Il n'avait encore rien attrapé, et ne l'espérait d'ailleurs pas, mais, s'asseoir dans un canot en regardant flotter un bouchon, avec les nuages blancs filant dans le ciel bleu au-dessus de lui et une douce brise d'ouest jouant sur ses tempes, l'aidait à penser ; et les récents événements à Hammer Hall lui donnaient énormément à penser. Le rassemblement de vautours n'avait pas échappé à sa sagacité mais, même si cela avait été le cas, le fait qu'on avait mis sa chambre sens dessus dessous deux fois en deux jours aurait attiré son attention. Les chambres ne se dévastent pas toutes seules. Il doit y avoir une force agissante pour expliquer cet événement. Alors, quand il y a des vautours dans les environs, on sait où chercher des suspects.

À part l'ennui d'avoir à tout ranger derrière les vautours, leur arrivée, loin de le perturber, avait plutôt fait plaisir à Lord Ickenham. C'était un homme qui aimait qu'il se passe des tas de choses autour de lui, et il trouvait que l'incursion de Cosmo Wisdom, suivie de près par celle de Gordon Carlisle et de sa femme, était un interlude plaisant dans un séjour qui menaçait d'être ennuyeux. Aimant la compagnie de ses semblables, il en manquait singulièrement à Hammer Hall. Il pouvait difficilement, après ce qui s'était passé, frayer avec Beefy Bastable ; il avait du mal à mettre la main sur Albert Peasemarch ; et Johnny Pearce, qui se tourmentait au sujet de Belinda, n'avait été, pendant toute la semaine, qu'un bien piètre compagnon.

Alors, dans l'ensemble, il n'était peut-être pas si mal d'avoir un ou deux vautours dans la maison. Ils animaient le paysage. Ce qui l'intriguait, à propos de leur venue, c'était de savoir ce qui les avait amenés à Hammer Hall, et la raison qui les avait poussés à fouiller sa chambre. Apparemment ils cherchaient avec passion cette lettre du jeune Cosmo, mais il ne voyait pas pourquoi elle avait tant de valeur pour eux. Comme Oily, il avait immédiatement compris que Cosmo n'avait qu'à en écrire une autre qui aurait exactement le même effet que la première. De drôles d'oiseaux, ces vautours, se disait-il.

Un autre sujet de perplexité venait de ce qu'ils semblaient en si mauvais termes entre eux. On ne pouvait pas se méprendre sur la froideur qui existait entre Mr et Mrs Carlisle d'une part et Cosmo Wisdom de l'autre. On s'attend à ce que les vautours, quand ils se rassemblent, forment une bande soudée, échangeant sans cesse des notes et des idées, et travaillant ensemble à un projet commun. Mais chaque fois que le regard de Gordon Carlisle se posait sur Cosmo, il s'y posait avec dégoût, et si Cosmo croisait Gordon dans le hall il le faisait sans avoir l'air de le voir. Très curieux.

Il fut sorti de ses méditations par une voix qui l'appelait et vit Phoebe debout sur la rive. À regret, car il eût préféré rester seul, il remonta ses lignes et rama vers la berge. Quand il débarqua et la vit de plus près, il fut ému par son apparence. Elle lui rappelait des femmes qu'il avait vues au Touquet, titubant dans l'air matinal après une nuit entière passée au casino.

- Ma chère Phoebe, s'écria-t-il, vous semblez avoir l'air de tomber en morceaux, si vous me passez cette expression. Vous n'êtes pas vous-même. Qu'est-il arrivé ?

– J'ai passé la nuit au chevet de Benjy, Frederick. Le pauvre chéri était terriblement malade. Il a attrapé quelque chose.

– Mon Dieu, je suis désolé de l'apprendre. Va-t-il mieux, maintenant ?

– Oui, grâce à Peasemarch. Il a été merveilleux. Mais je suis venu vous parler d'autre chose, Frederick.

– Tout ce que vous voudrez, ma chère. Avez-vous un sujet particulier à l'esprit ? dit Lord Ickenham, qui espérait qu'elle ne venait pas reprendre la conversation qu'ils avaient eue la veille au sujet de son fils Cosmo, et comme il avait maigri, et comme il était bizarre qu'il habite Hammer Hall et pas chez sa mère, à Hammer Lodge. Il pouvait difficilement lui expliquer que Cosmo demeurait à Hammer Hall parce qu'il voulait être sur place pour ravager la chambre des gens.

– C'est à propos de Raymond, Frederick.

– Oh, Beefy ? dit Lord Ickenham, soulagé.

– Je suis horriblement inquiète à son propos.

– Ne me dites pas qu'il a attrapé quelque chose ?

– Je pense qu'il perd la tête.

– Oh, voyons !

– C'est qu'il y a de la folie dans la famille, vous savez. George Winstanley a fini ses jours dans un asile.

– Je ne suis pas aussi au fait de George que je devrais l'être. Qui était-ce ?

– Il était dans la diplomatie. Il a épousé la cousine issue de germaine de ma mère, Alice.

– Et il est devenu zinzin ?

– On a dû l'enfermer. Il croyait être le neveu de Staline.

– Ce qu'il n'était pas, bien entendu ?

– Non, mais c'était très gênant pour tout le monde. Il n'arrêtait pas d'envoyer des papiers secrets en Russie.

– Je vois. Eh bien, je doute que l'aliénation mentale d'un cousin issu de germain par alliance soit héréditaire, dit Lord Ickenham pour la consoler. Je ne crois pas que vous ayez à vous en faire pour Beefy. Qu'est-ce qui vous fait croire qu'il a perdu les pédales ?

– Perdu quoi ?

– Pourquoi pensez-vous qu'il est fou ?

– C'est la façon dont il se conduit.

– Racontez-moi ça.

Phoebe essuya les larmes qui lui montaient si facilement aux yeux.

– Eh bien, vous savez combien... ce que je veux dire... combien il est toujours impatient avec moi, ce cher Raymond. C'est comme ça depuis que nous sommes enfants. Il a toujours eu une intelligence si rapide, et comme moi je ne pense pas vite, ça a toujours paru l'exaspérer. Il disait quelque chose, alors je disais « Quoi ? » et il commençait à crier. Jour après jour, il me faisait pleurer au petit déjeuner, et ça semblait l'exaspérer encore plus. Eh bien, un jour, tout d'un coup, il y a environ deux semaines, il a complètement changé. Il est devenu si gentil, si doux, que ça m'a coupé la respiration. Je suis sûre que Peasemarch l'a remarqué aussi, car il était souvent dans la pièce quand ça arrivait. Il s'est mis à me demander des nouvelles de mes rhumatismes, et si je voulais un tabouret pour mes pieds, à me dire comme ma robe verte m'allait bien. C'était un homme différent.

– Mais en mieux, il me semble.

– Je l'ai cru aussi, tout d'abord. Mais, comme les jours passaient, j'ai commencé à me sentir mal à l'aise. Je sais qu'il travaille trop, alors j'ai pensé qu'il faisait une dépression nerveuse, sinon pire. Frederick, (sa voix se perdit dans un murmure) il m'envoie des fleurs ! Chaque matin. Je les trouve dans ma chambre.

– Très civil. Je ne vois aucune objection aux fleurs, avec modération.

– Mais, c'est tellement peu naturel. Cela m'a alarmée. J'ai écrit à Sir Roderick Glossop. Vous le connaissez ?

– Le docteur cinglé ? Si je le connais ! Je pourrais vous en raconter sur ce vieux Roddy Glossop !

– C'est un ami de la famille et j'ai pensé qu'il pourrait me donner des conseils. Mais je n'ai pas envoyé la lettre.

– J'en suis ravi, dit Lord Ickenham. (Son avenant visage était grave.) Vous auriez fait la pire des gaffes. Il n'y a rien d'anormal au changement d'attitude de Beefy, ma chère enfant. Je peux vous en donner l'explication en un mot : Peasemarch.

– Peasemarch ?

– Il agit ainsi pour se concilier Albert Peasemarch. En homme observateur, il a remarqué la réprobation silencieuse d'Albert Peasemarch quand il se conduisait mal, et il a réalisé que, à moins qu'il ne s'amende en vitesse, il serait bientôt à court de majordome ; et personne ne veut perdre son personnel, en ces années d'après-guerre. Comme disait ce type – l'Ecclésiaste, je crois. Il faudra que je demande à Nannie Bruce – celui qui trouve un majordome, a trouvé la perle rare. Je ne sais pas ce que je serais capable de faire si Coggs voulait me quitter.

Les yeux de Phoebe s'arrondirent. Elle avait l'air d'un lapin blanc qui ne saisit pas.

– Vous voulez dire que Peasemarch lui aurait donné sa démission ?

– Exactement. Vous ne l'auriez plus eu pour épousseter.

– Mais pourquoi ?

– Incapable de supporter de vous voir traînée plus bas que terre chaque matin. Nul homme n'aime voir un avocat de cent kilos étriper la femme qu'il aime.

– Aime ?

– Vous avez certainement compris depuis longtemps qu'Albert Peasemarch vénère jusqu'au sol que vous avez foulé.

– Mais... mais c'est extraordinaire !

– Je ne vois rien de remarquable là-dedans. Quand vous n'avez pas veillé toute la nuit au chevet de votre cocker, vous êtes très attirante, ma chère Phoebe.

– Mais Peasemarch est un majordome !

– Ah, je vois ce que vous voulez dire. Vous pensez que vous n'avez jamais eu de majordome amoureux de vous jusqu'à présent. On fait de nouvelles expériences. Mais Albert Peasemarch est un majordome atypique. C'est un propriétaire qui s'est mis à majordomer uniquement pour être près de vous, pour pouvoir échanger des propos sur vos mutuels rhumatismes, pour que vous lui posiez des cataplasmes quand il a la grippe. Vous souvenez-vous, dit Lord Ickenham, en lâchant la bride à son imagination vivace, cette fois, il y a deux ans, quand Beefy, vous et moi déjeunions au grill du Savoy, et que j'ai fait signe à un homme assis à la table voisine ?

– Non.

Lord Ickenham n'en était pas surpris.

– Cet homme, dit-il, était Albert Peasemarch. Il vint me voir, plus tard, c'est un de mes vieux amis, et m'a demandé qui vous étiez. Il était tout fiévreux et je n'ai pas mis longtemps à le confesser. C'était l'amour, ma chère Phoebe, le coup de foudre. Comment, demanda-t-il, pourrait-il faire votre connaissance ? J'ai proposé de le présenter à Beefy, mais il paraissait penser que ça ne marcherait pas. Il dit que ce qu'il avait vu de Beefy ne lui avait pas donné l'impression qu'il était homme à l'inviter passer de longs week-ends et à lui dire de faire comme chez lui. J'étais d'accord avec lui. Beefy, quand on lui présente quelqu'un, est trop enclin à dire « Salut, salut » avant de le laisser tomber comme une vieille chaussette. Nous avions besoin d'un mécanisme qui permettrait à Albert Peasemarch d'être constamment en votre société, de vous regarder tendrement et, occasion-nellement, de pousser un gros soupir, et, pour un homme de mon intelligence, la solution était évidente. Qui, me demandai-je, est le type toujours sur place, plus proche qu'un frère ? Le majordome, me répondis-je. Albert Peasemarch, dis-je, m'adressant toujours à moi-même, doit devenir le majordome de Beefy. Aussitôt dit, aussitôt fait. Quelques simples leçons de Coggs, et il était prêt à entrer en fonction.

Phoebe était toute bouleversée. La façon dont le bout de son nez remuait montrait combien cette histoire l'avait émue. Elle dit qu'elle n'avait jamais rien entendu de pareil, et Lord Ickenham admit que la situation était quelque peu inhabituelle.

– Mais romantique, ne pensez-vous pas ? ajouta-t-il. C'est la politique qu'auraient suivie tous les grands amoureux à travers les âges, s'ils y avaient pensé. Tiens, dit-il, s'interrompant, je crains bien de devoir vous quitter, Phoebe.

Il avait vu le taxi de la gare s'arrêter devant la grand-porte et Johnny Pearce en descendre.

– Mon filleul est rentré, expliqua-t-il. Il était allé à Londres pour déjeuner avec sa fiancée et j'ai hâte de savoir comment ça s'est passé. L'amour vrai n'a pas grande chance, ces temps-ci, d'après ce que j'ai compris. Quelque chose comme une fissure dans le luth, je suppose, et vous savez ce qui se passe quand les luths sont fissurés. Petit à petit la musique s'affaiblit et, finalement, le silence s'installe. Je serais heureux de recevoir un bulletin encourageant.

CHAPITRE 15

Sur l'allée de graviers, à côté de Johnny Pearce, il y avait une valise cabossée. Lord Ickenham présuma que cela signifiait qu'un autre hôte payant était arrivé, et il fut ravi de voir que les affaires marchaient si bien. Avec lui-même, le nouvel arrivant et les trois vautours déjà en résidence, Johnny, en tant que jovial aubergiste, devenait prospère. Cependant, maintenant qu'il était assez près pour l'étudier attentivement, il avait des doutes sur le fait que « jovial » soit un adjectif bien choisi. Le visage du jeune homme, même s'il n'était pas positivement hagard, était certainement inquiet. Il avait l'air d'un aubergiste qui en a gros sur le cœur et, quand il parla, sa voix était sans timbre.

– Tiens, bonjour, Oncle Fred. Je viens juste de rentrer.

– C'est ce que je vois. Et tu parais, dans tes voyages, avoir ramassé des bagages. À qui est cette valise ?

– Elle appartient à un type avec qui j'ai partagé le taxi. Je l'ai déposé au pavillon. Il voulait voir Bastable. Il a dit qu'il s'appelait Saxby.

– Saxby ? Est-ce un homme d'une quarantaine d'années, avec un menton en galoche et le crâne comme le dôme de la cathédrale Saint-Paul, ou un septuagénaire raplapla qui a l'air d'être passé sous un rouleau compresseur ? Le deuxième ? Alors, ce doit être Saxby senior, le père du menton en galoche. Je l'ai rencontré au club Démosthène. Comment t'es-tu entendu avec lui ?

– Oh, très bien. Un mec bizarre. Pourquoi m'a-t-il demandé si je jouais du trombone ?

– Il faut bien dire quelque chose pour entretenir la conversation. Tu en joues ?

– Non.

– Eh bien, n'en fais pas un complexe d'infériorité. Beaucoup de nos hommes publics les plus éminents ne jouent pas du trombone. Lord Beaverbrook, par exemple. Oui, c'était sûrement le vieux Saxby. Je reconnais son genre de conversation. Chaque fois que je le rencontre, il veut savoir si j'ai vu Flannery ces jours-ci. Qui peut bien être Flannery, je n'ai jamais pu le savoir. Quand je lui réponds que non, il me dit « Ah ? Et comment va-t-il ? » Le jour où le vieux Saxby fera quelque chose d'à peu près sensé, les cloches se mettront à sonner et on en fera un jour de fête nationale. Je me demande pourquoi il va voir Beefy. Rien qu'une visite de politesse, je suppose. En fait, ce qui m'intrigue, c'est la raison pour laquelle il vient ici. Va-t-il habiter chez toi ?

– Oui.

– Bien. Il n'y a pas de petits profits.

– Il pourrait même rester un certain temps. Il m'a dit être ornithologue amateur.

– Vraiment ? Je ne lui connaissais pas cette particularité. Nos rencontres ont toujours eu lieu au Démosthène, où les oiseaux sont plutôt rares. Je crois que le comité les admet difficilement. Es-tu ornithologue, Johnny ?

– Non.

– Moi non plus. Si je rencontre un volatile dont l'allure me plaît, je le salue de la tête et de la main, mais je n'irais jamais ramper pour épier la vie privée de nos amis ailés dans leur demeure. Quelle épreuve ça doit être pour eux ! Je ne peux rien imaginer de plus désagréable pour un pinson ou un rouge-gorge que de s'installer pour passer tranquillement la soirée avec un bon livre et une pipe et alors, juste au moment où il se dit : « Quelle belle vie ! », de lever les yeux et de voir le vieux Saxby en train de l'espionner. Quand on pense que des hommes forts faiblissent et reculent en rencontrant son regard vague et vide, on peut imaginer l'effet qu'il doit avoir sur un oiseau sensible. Mais oublions un peu le vieux Saxby. Que s'est-il passé quand tu as rencontré Bunny ? Comment va-t-elle ? Joyeuse ? Pétillante ?

– Oh oui.

– Splendide. Je craignais que, comme vos relations sont un peu tendues, elle t'ait appliqué le Traitement Pôle Nord ou, comme disent certains, la formule glacière. Froide. Distante. Le long silence et le visage tourné pour ne montrer que le profil. Tu me soulages considérablement l'esprit.

– Je voudrais bien que quelqu'un soulage le mien.

– Pourquoi ? Qu'est-ce qui ne va pas ? Tu as dit qu'elle était gaie et pétillante.

– Oui, mais ce n'était pas pour moi qu'elle pétillait.

Lord Ickenham fronça les sourcils. Son filleul semblait retomber dans son habitude de parler par énigmes, et cela l'ennuyait.

– Ne sois pas sibyllin, mon garçon. Commence par le commencement et sois clair. Tu l'as invitée à déjeuner ?

– Oui, et elle a amené avec elle un individu nommé Norbury-Smith.

Lord Ickenham fut choqué et abasourdi.

– À un rendez-vous d'amour ? À ce qui aurait dû être la réunion sacrée de deux cœurs épris après une longue séparation ? Tu m'étonnes. A-t-elle donné une explication à ce qu'on pourrait appeler une bévue sociale ?

– Elle a dit qu'il lui avait raconté qu'il avait été à l'école avec moi, et qu'elle était sûre que je serais content de le revoir.

– Bon Dieu ! Souriait-elle en parlant ?

– De toutes ses dents. Norbury-Smith ! dit amèrement Johnny. Un type que j'espérais avoir vu pour la dernière fois il y a dix ans. Il est agent de change maintenant, riche comme Crésus, et il a l'air d'une vedette de cinéma.

– Dieu du ciel ! Leurs relations t'ont-elles paru cordiales ?

– Elle n'en avait que pour lui. Ils bavardaient comme un couple en lune de miel.

– Et ils te laissaient de côté ?

– J'aurais aussi bien pu être peint sur le décor.

Lord Ickenham respira profondément. Son visage était grave.

– Je n'aime pas ça, Johnny.

– Je n'aime pas ça non plus.

– C'est le coup du Très-bien-si-tu-n'en-veux-pas-il-y-en-a-des-tas-d'autres, qui signifie souvent que la femelle de l'espèce, après avoir bien réfléchi, a décidé qu'elle était prête à laisser tomber. Sais-tu ce que je pense, Johnny ?

– Quoi ?

– Tu ferais bien d'épouser rapidement cette fille.

– Et l'amener ici avec Nannie Bruce flottant un peu partout comme un gaz empoisonné ? Nous n'allons pas y revenir, n'est-ce pas ? Je ne voudrais pas lui jouer un aussi sale tour.

Johnny s'interrompit et regarda son interlocuteur d'un air revêche.

– Pourquoi, demanda-t-il, grimaces-tu comme ça ?

Lord Ickenham lui tapota le bras parrainellement.

– Si, dit-il, tu fais allusion au doux sourire que tu vois sur mes lèvres, et je doute que Flaubert, avec sa passion du mot juste, eût appelé cela une grimace, je vais te dire pourquoi je souris doucement. J'ai de grands espoirs que la sombre menace de Nannie Bruce soit rapidement écartée.

Johnny était incapable de partager ces vues optimistes.

– Comment pourrait-elle être écartée ? Je ne peux pas trouver cinq cents livres.

– Tu n'en auras peut-être pas besoin. Tu vois cette bicyclette appuyée contre la porte de derrière ? dit Lord Ickenham en tendant l'index. C'est le coursier arabe du constable McMurdo. Il est dans la cuisine en ce moment, en train d'en venir aux faits avec elle.

– Je ne vois rien de bon là-dedans.

– Je ne suis pas d'accord avec toi. J'anticipe d'excellents résultats. Je dois mentionner que, depuis que je suis ici, j'ai pas mal vu l'officier McMurdo et il s'est confié à moi comme à un frère aîné. Il m'a fait les confidences d'un cœur de constable sans tache et j'ai été choqué d'apprendre comment il espérait venir à bout de la résistance de Nannie Bruce. Il a discuté avec elle, Johnny. Il a plaidé avec elle. Il a mis sa confiance dans des paroles de miel et la voix de la raison. Comme si des mots, fussent-ils de miel, pouvaient vaincre l'obstination d'une femme dont la mère, j'en suis convaincu, a dû être effrayée par une vipère sourde. L'action, Cyril, lui ai-je dit (son prénom est Cyril), l'action, voilà ce qu'il vous faut. Et je l'ai poussé, avec toute la véhémence dont je disposais, à la fermer et à essayer le système Ickenham.

– Qu'est-ce que c'est ?

– Une petite chose que j'ai concoctée lorsque j'étais célibataire. Je n'entrerai pas dans les détails, mais elle a des points communs avec le catch et l'ostéopathie. Je la recommande généralement aux soupirants timides, et elle marche toujours comme sur des roulettes. Devant elle, les plus fières beautés (non que ce soit une très bonne description de Nannie Bruce) s'effondrent comme des canards expirants et reconnaissent la supériorité du mâle dominant.

Johnny écarquilla les yeux.

– Tu veux dire que tu as dit à McMurdo de la… bousculer ?

– Tu dis les choses un peu crûment, mais oui, quelque chose dans ce genre. Et, comme je le disais, je m'attends à d'excellents résultats. En ce moment même,

Nannie Bruce lève probablement les yeux vers l'officier McMurdo en soupirant faiblement « Oui, Cyril chéri, comme tu voudras, Cyril chéri, comme tu as raison, Cyril chéri » lorsqu'il lui présente impérieusement ses plans pour hâter la cérémonie du mariage. Tu pourrais aller écouter à la porte de la cuisine pour voir comment ça se passe.

– Je pourrais, oui. Mais je vais plutôt aller prendre un bon bain dans le lac. Je transpire par chaque pore.

– Vas-y, mon garçon. Ton bien-être avant tout. Enfin, si tu rencontres McMurdo, dis-lui que je suis anxieux d'avoir son rapport et qu'il me trouvera dans le hamac sur la pelouse. C'est le journal du soir que tu as là ? J'y jetterais bien un coup d'œil.

– Avant de t'endormir ?

– Les Ickenham ne dorment pas. Des choses intéressantes, là-dedans ?

– Juste cette histoire de film.

– De quelle histoire de film parles-tu ?

– De celui qu'on va faire sur le roman de ce Wisdom.

– *Cocktail Time ?*

– Oui. Tu l'as lu ?

– D'un bout à l'autre. Je l'ai trouvé excellent.

– Il l'est. C'est le genre de chose que j'aimerais bien écrire, et je n'aurais aucun mal à faire aussi bien, seulement, l'ennui c'est que, une fois qu'on a commencé à écrire des thrillers, les éditeurs ne veulent plus rien d'autre. Bizarre qu'un type comme Wisdom soit capable de quelque chose d'aussi bon que ça. Il ne donne pas l'impression d'être très brillant, tu ne trouves pas ?

– Je suis de ton avis. Le livre semble être le produit d'un esprit plus mature. Mais tu parlais d'une histoire de film, quoi que ça veuille dire.

– Oh oui. Apparemment, tous les studios d'Hollywood se disputent frénétiquement les droits cinématographiques. Selon le type qui écrit la chronique cinéma dans ce journal, le moins que Wisdom puisse obtenir sera cent cinquante mille dollars. Il y a des gens qui ont de la chance, dit Johnny qui partit prendre son bain.

Le hamac auquel avait fait allusion Lord Ickenham était suspendu entre deux arbres, dans un coin ombragé à quelque distance de la maison ; et il s'y étendit, pensif, peu de temps après. Les paroles de son filleul lui avaient ouvert une nouvelle ligne de pensée et, comme il arrivait si souvent à l'inspecteur Jervis de Johnny, il comprit tout. Le mystère de ce soudain rassemblement de vautours à Hammer Hall était résolu. Les motifs de ces vautours pour vouloir récupérer la lettre qui était cousue dans la doublure de sa veste étaient clairs comme le cristal.

Manifestement, avec cent cinquante mille dollars pour l'auteur de *Cocktail Time*, Cosmo Wisdom n'allait pas voir d'un bon œil l'idée d'écrire une seconde lettre à son Oncle Raymond, pour nier la paternité du livre, et évidemment il allait tout faire pour récupérer et détruire celle qu'il avait déjà écrite. Et le duo Carlisle allait, naturellement, tout mettre en œuvre pour la trouver avant lui et faire monter les enchères entre Sir Raymond et son neveu. La froideur qu'il avait remarquée entre le premier vautour et les deux autres ne le surprenait plus.

Avec cent cinquante mille dollars en jeu, une froideur se fût élevée même entre Damon et Pythias.

Ce fut une erreur de la part de Lord Ickenham de fermer les yeux à ce moment pour réfléchir avec plus d'intensité aux nouveaux développements de ce problème car, si vous fermez les yeux dans un hamac, par une chaude soirée d'été, vous devez vous attendre à vous endormir. Il avait dit à Johnny que les Ickenham ne dormaient pas, mais il y avait des occasions où ils se laissaient aller au sommeil, et l'occasion était là. Une torpeur agréable l'envahit. Ses yeux se fermèrent tout à fait et sa respiration se mit à siffler doucement.

La brusque intrusion d'un doigt entre ses troisième et quatrième côtes, accompagnée du son d'une voix qui disait « Hé » l'éveilla un petit moment plus tard. Ouvrant les yeux, il vit que Gordon Carlisle se tenait d'un côté du hamac tandis que son épouse Gertie était de l'autre côté ; et il ne put manquer de remarquer, dans la jolie main de cette dernière, un de ces petits instruments si pratiques connus sous le nom de matraques.

Elle la balançait négligemment, comme un dandy de la Régence eût balancé sa badine.

CHAPITRE 16

Bien que rien ne le montrât dans le calme imperturbable qu'il affichait, Lord Ickenham, lorsqu'il s'assit pour accueillir les arrivants, ne se sentait pas au mieux de sa forme. Il se reprochait de s'être laissé prendre au dépourvu, tel un général qui s'éveille un matin pour se rendre compte qu'il a été tourné par l'ennemi. Les conditions à Hammer Hall étant ce qu'elles étaient, il savait bien qu'il n'était pas raisonnable de faire imprudemment la sieste dans des hamacs hors de vue et de portée d'oreille de ses amis et alliés.

L'homme sage, conscient qu'il y a des vautours tapis dans chaque buisson du parc de la maison de campagne où il est en visite, regarde où il met les pieds. Parce qu'il ne l'avait pas fait, il se retrouvait dans le genre de position où se fourrait si souvent l'inspecteur Jervis de son filleul. Il était bien rare que, au cours d'un roman de suspense de Jonathan Pearce, l'inspecteur Jervis ne se retrouve pas tôt ou tard ficelé à un tonneau plein de poudre à canon muni d'une mèche allumée, ou coincé dans une cave avec l'un de ces désagréables individus généralement connus sous le nom de Chose.

Cependant, tout en reconnaissant que la situation avait de quoi éprouver l'homme le plus courageux, il fit de son mieux pour alléger l'atmosphère.

– Tiens, tiens, tiens, dit-il avec entrain. Vous voici ! J'ai dû m'assoupir un moment je crois. Cela me rappelle l'expérience ancienne d'Abou ben Adhem qui, comme vous devez vous en souvenir, s'éveilla une nuit d'un profond rêve de paix pour trouver un ange à son chevet, qui écrivait sur un livre d'or. Moi, ça m'aurait fait sacrément peur, je dois le dire.

L'intérêt d'Oily et de son épouse pour Abou ben Adhem semblait peu vif. Aucun des deux ne paraissait avoir la moindre envie de discuter de ce curieux épisode de sa vie. Mrs Carlisle, en particulier, montra, sans laisser le moindre doute, que ses pensées étaient uniquement tournées vers les affaires.

– Je lui en mets une, Oily ? dit-elle.

– Pas encore, dit Oily.

– Très bien, dit cordialement Lord Ickenham. Il y a, à mon avis, beaucoup trop de violence dans le monde actuel. Je le regrette infiniment. Avez-vous lu Mickey Spillane ?

Cette tentative de donner un tour littéraire à la conversation tourna court, elle aussi.

– Donnez-la, dit Oily avec une certaine brusquerie.

– Je vous demande pardon ?

– Vous avez entendu. Vous vous rappelez, quand vous m'avez fait retourner mes poches ?

– Je n'aime pas le mot « fait ». Il n'y a pas eu contrainte.

– Ah non ? Eh bien, il y en a maintenant. Laissez-moi voir ce que contiennent vos poches, inspecteur Jervis.

174

– Mais certainement, mon bon ami. Certainement, dit Lord Ickenham avec une bonne volonté manifeste qui diminua la tension ambiante, même si elle ne la supprima pas complètement.

Et, en succession rapide, il produisit un mouchoir, un étui à cigarettes, un briquet, le carnet sur lequel il jetait les pensées profondes qui lui venaient à l'esprit, et un petit bouton qui s'était détaché de sa chemise.

Oily contempla cette collection d'un œil mauvais et regarda sa femme d'un air de reproche.

– Il ne l'a pas sur lui.

Gertie, avec son intuition féminine, ne se laissa pas leurrer aussi facilement.

– Pauvre andouille, tu crois qu'il transporterait ça dans sa poche ? C'est cousu dans sa veste ou ses sous-vêtements.

Comme c'était bien le cas, Lord Ickenham ressentit un profond regret que Gordon Carlisle n'ait pas choisi une épouse moins intelligente. S'il avait mené à l'autel quelque chose de plus proche d'une ravissante idiote, la situation aurait été bien plus simple. Mais il continua à faire de son mieux.

– Que cherchez-vous ? demanda-t-il innocemment. Je pourrai peut-être vous aider.

– Vous savez bien ce que je cherche, dit Oily. Cette lettre.

– Lettre ? Lettre ? (Le visage de Lord Ickenham s'éclaira.) Oh, la lettre ? Mon pauvre ami, pourquoi ne pas l'avoir dit tout de suite ? Vous n'imaginez pas que je garde sur moi un document aussi important. Elle est dans mon coffre à la banque, bien entendu.

– Ah ouais ? dit Oily.

– Ah ouais ? dit son épouse, et il était parfaitement évident que ni l'un ni l'autre n'avait cette foi simple qui, nous dit-on, vaut mieux qu'un vieux sang normand. Oily !

– Oui, ma douce ?

– Tu me laisses le cogner, maintenant ?

Lord Ickenham avait de plus en plus conscience de l'extrême embarras de la situation où l'avait placé son imprudence, et ne voyait plus ce qu'il pouvait faire. S'il avait pu se mettre sur ses pieds, ses connaissances en jiu-jitsu, acquises dans sa jeunesse et encore efficaces, quoiqu'un peu rouillées, eussent été de quelque utilité, mais ses chances d'avoir la possibilité de montrer ses talents étaient faibles, il le savait. Même dans les conditions les plus favorables, il est difficile de sortir rapidement d'un hamac. Et les conditions étaient tout sauf favorables. Il était impossible d'ignorer la matraque. Jusqu'ici, Gordon Carlisle avait découragé l'idée fixe de sa moitié qui voulait absolument lui en mettre un bon coup, mais s'il donnait le moindre signe de vouloir sortir de son petit nid, il était convaincu que l'embargo serait levé.

Comme l'adolescent qui abattit le Jabberwock, il fit une pause d'un instant pour réfléchir. Son problème, il le voyait bien, ressemblait à celui de son filleul Johnny Pearce, en ceci qu'il présentait indiscutablement des aspects intéressants, et il se sentait légèrement déprimé. Mais il ne lui fallut pas longtemps pour devenir aussi débonnaire qu'à son ordinaire. Toute appréhension disparue, il s'aperçut que le soleil brillait toujours.

Derrière ses deux compagnons, il avait vu quelque chose qui ramena le rose à ses joues et lui fit comprendre que, même s'il est dans un hamac, un brave homme n'est jamais abattu.

– Je vais vous dire… commença-t-il.

Oily, plus brusque encore qu'auparavant, exprima le souhait qu'on lui remît la veste de Lord Ickenham.

– Je vais vous dire où vous autres, des classes criminelles, si vous me permettez de vous décrire ainsi… où vous autres, disais-je, errez lamentablement. Vous tirez vos plans, vous dépensez votre argent en matraques, vous arrivez, sur la pointe des pieds, au chevet des gens, mais vous omettez quelque chose. Vous ne tenez pas compte des Marines des États-Unis.

– Donnez-moi cette veste.

– Ne vous occupez pas de ma veste pour l'instant, dit Lord Ickenham. Je veux vous parler des Marines des États-Unis. Je ne sais pas si vous êtes familier avec les façons de ces chers garçons. En un mot, ils arrivent. La chose se passe généralement de cette façon. Une bande de méchants assiègent une bande de gentils dans un enclos, ou une ambassade, ou ailleurs, et semblent sur le point de remporter l'assaut quand, soudain, tout explose et ils se retrouvent en proie aux ténèbres et au désespoir. En regardant par-dessus leurs épaules, ils voient arriver les Marines des États-Unis et je crois que rien ne peut être pire pour des méchants en train d'assiéger quelqu'un. Toute joie déserte leurs vies, le soleil disparaît derrière les nuages et, en grognant « Oh zut, oh zut, oh zut ! », ils retournent dans leurs tanières en se sentant tout penauds.

La raison pour laquelle je vous en parle, dit Lord Ickenham en accélérant son débit pour en arriver à sa conclusion, car il voyait que son audience s'impatientait, c'est que, si vous regardez derrière vous, vous allez remarquer que les Marines des États-Unis sont en train d'arriver.

Et, d'un index amical, il attira leur attention sur le constable McMurdo qui, sévèrement vêtu de son uniforme bleu et de son casque, s'approchait lourdement en traversant la pelouse, dans le soleil couchant qui faisait resplendir ses bottines réglementaires.

– Je ne suis pas un professionnel, dit Lord Ickenham, mais je crois que, dans ces cas-là, on dit : « Flûte, les flics ! » et on file à toute vitesse. Quel type magnifique, n'est-ce pas ? Ah, Cyril, vous me cherchiez ?

– Oui, Mylord. Mr Pearce m'a dit que je vous trouverais ici. Mais, si Votre Seigneurie est occupée…

– Non, pas du tout, dit Lord Ickenham en se laissant glisser hors du hamac. Nous venions de terminer notre petite conversation. Je suis certain que Mr et Mrs Carlisle m'excuseront. Au revoir, Mr Carlisle. Mrs Carlisle, je vous baise les mains. Enfin, c'est une façon de parler. Je suis à votre entière disposition, Cyril.

L'officier de police McMurdo était un homme grand au visage agréable bien que flegmatique et rien moins qu'intellectuel, et abondamment moustachu vers le centre. Il semblait déprimé et découragé, et la cause de cette détresse mentale était facile à deviner car l'une de ses joues était de la couleur rose habituelle aux constables ruraux, alors que l'autre avait pris une teinte écarlate qui semblait suggérer qu'une main de femme s'y était récemment abattue avec la violence d'une tonne de briques. Dans sa jeunesse, Lord Ickenham, en se regardant dans son miroir, avait quelquefois vu sa propre joue arborer cette nuance, et il n'avait pas besoin d'explications pour savoir ce qui s'était passé lors du tête-à-tête dans la cuisine.

– Vous m'apportez de mauvaises nouvelles, j'en ai peur, dit-il avec sympathie tandis qu'ils revenaient ensemble vers la maison. Le système Ickenham n'a pas marché ?

– Non, pas du tout.

Lord Ickenham hocha une tête compréhensive.

– C'est quelquefois le cas. Il y a occasionnellement des échecs. D'après la preuve que j'ai sous les yeux, je suppose qu'elle vous en a mis une bonne.

– Rrrrr ! dit l'officier McMurdo avec sentiment. J'ai bien cru que ma tête s'envolait.

– Je n'en suis pas surpris. Ces nourrices ont du punch. Comment l'avez-vous quittée ?

– Elle a dit que si je recommençais jamais ça, elle ne me parlerait plus de toute sa vie.

– Je ne m'en ferais pas trop pour cela, à votre place. Elle n'a pas rompu vos relations ?

– Elle m'a presque rompu moi-même.

– Mais pas sa promesse. Excellent. Je pensais bien qu'elle n'aurait pas été jusque-là. Les femmes veulent nous faire croire qu'elles n'aiment pas l'ardeur, mais c'est faux. Je vous parie qu'en ce moment, elle arpente la cuisine en murmurant « Quel homme ! » et en espérant que vous allez revenir pour un deuxième round. Vous ne voulez pas refaire un essai ? Battre le fer pendant qu'il est chaud, comme on dit ?

– J'aimerais mieux pas.

– Alors, il nous faut trouver un autre moyen d'amener l'heureux dénouement. Je vais réfléchir intensément à votre problème.

Et aussi, ajouta Lord Ickenham en lui-même, au problème de trouver un endroit sûr pour cette lettre. La récente conférence l'avait convaincu que, plus vite il trouverait un tel endroit, mieux ce serait. Un homme moins perspicace que lui se fût rendu compte, d'après l'attitude de la famille Carlisle, que les affaires se corsaient.

Non qu'il y vît la moindre objection. Il aimait quand les affaires se corsaient.

CHAPITRE 17

Le vieux Mr Saxby, debout sur la pelouse de Hammer Hall, fouillant les environs à travers ses jumelles, ressemblait à une de ces choses que l'on pose dans les champs pour éloigner les corbeaux. Au moment où il reparaît dans cette chronique, elles étaient dirigées sur une île, au milieu du lac.

L'explication de sa présence à Dovetail Hammer, que Lord Ickenham avait tant de mal à imaginer, est en fait très simple. Il était là sur l'ordre d'une femme. Quand il était rentré à son bureau après sa petite promenade, il s'était proprement fait enguirlander par Barbara Crowe pour son inqualifiable conduite envers Cosmo Wisdom et s'était entendu fermement ordonner de se rendre sans délai à Hammer Hall pour s'excuser auprès de lui.

— Non, une lettre ne fera pas l'affaire, avait dit Barbara sévèrement. Spécialement parce que vous oublierez sûrement de la poster. Vous devez y aller et vous aplatir devant lui. Léchez ses chaussures. Embrassez le revers de son pantalon. Il faut nous concilier Cosmo Wisdom. C'est quelqu'un de très important.

— C'est un morveux.

– Un morveux peut-être, mais il a écrit *Cocktail Time*, et notre chère vieille agence espère, en tirant ses dix pour cent, se payer une semaine supplémentaire au bord de la mer. Alors, pas de faux-fuyant, jeune Saxby. Quand vous reviendrez, je veux vous entendre me dire qu'il vous a serré sur sa poitrine.

Il n'y avait rien dont Mr Saxby, qui n'avait vu que vaguement la poitrine de Cosmo, eût moins envie que d'être serré dessus ; mais il faisait toujours ce que lui disait Barbara Crowe, même s'il s'agissait de se faire couper les cheveux, et il avait donc vogué, obéissant, vers Dovertail Hammer, se consolant à la pensée que quelques jours à la campagne, avec des tas d'oiseaux à observer, ne seraient pas désagréables. Agréable aussi d'être voisin de Bastable. Il aimait bien tailler une bavette avec Bastable.

Sir Raymond, qui ne tirait pas le même plaisir de son bavardage, le reçut, quand il fut introduit auprès de lui par Albert Peasemarch, avec un net serrement de cœur. Apprenant que son vieux camarade de club se proposait de faire de Hammer Hall son quartier général et n'avait pas l'intention de s'inviter au pavillon, il se dérida considérablement, l'emmena voir le panorama sur la pelouse et, s'apercevant qu'il avait oublié sa pipe à l'intérieur, il rentra la chercher. Il venait de revenir et de trouver, comme nous l'avons dit, le vieux gentleman scrutant l'île du lac à travers ses jumelles.

– Vous regardez les oiseaux ? demanda-t-il avec la bonne humeur d'un homme qui sait qu'il ne sera pas obligé de supporter indéfiniment la compagnie de Howard Saxby senior.

– Pas tellement les oiseaux, dit Mr Saxby, que le nommé Scriventhorpe.

– Le nommé quoi ?

– Scriventhorpe. L'ami de Flannery. Je l'ai rencontré avec vous au club. Il me semble que vous m'avez dit que c'était votre fils, ou votre frère, ou quelque chose.

– Vous ne voulez pas, par hasard, parler d'Ickenham ?

– C'est bien ce que j'ai dit.

– Vous avez dit Scriventhorpe.

– Eh bien, je voulais dire Ickenham. Brave garçon. Pas étonnant que Flannery l'aime tant. Il est sur cette île, là-bas.

– Oh ? dit Sir Raymond sans enthousiasme. La seule nouvelle de son demi-beau-frère qui eût pu amener une étincelle dans ses yeux eût été qu'il était tombé d'un bateau et que sa tête s'enfonçait pour la troisième fois.

– Il va dans tous les sens, poursuivit Mr Saxby. Maintenant, il s'accroupit. On dirait qu'il cherche quelque chose. Non, je vois ce qu'il fait. Il ne cherche pas quelque chose, il cache quelque chose. Il a une sorte de papier dans la main, et on dirait qu'il l'enterre.

– Quoi !

– Bizarre, dit Mr Saxby. Il vient de sauter en l'air et de se sauver. Il doit retourner à son bateau. Oui, c'est ça. On le voit ramer, maintenant.

Jamais Sir Raymond n'avait été bouleversé jusqu'à la moelle par un récit de son camarade du Démosthène, mais là il était suspendu à ses lèvres. Il avait l'impression de s'être assis dans une chaise électrique alors qu'un petit plaisantin venait de faire passer le courant.

La question de savoir ce que son parent par alliance avait fait de la lettre fatale n'avait pas, depuis plus de deux semaines, quitté les pensées de Sir Raymond Bastable. Il y avait réfléchi en se rasant, en se baignant, en prenant son breakfast, en déjeunant, en faisant son exercice de l'après-midi, en dînant, en enfilant son pyjama et en s'endormant. Il avait rejeté la solution évidente d'une cachette dans la chambre de Lord Ickenham. Avec des fouilleurs de chambre aussi déterminés que Cosmo Wisdom et Mr et Mrs Carlisle dans les environs, ç'eût été de la folie. Il pensait plutôt à une cachette vraiment ingénieuse ; un tronc creux, peut-être, ou une crevasse dans un mur. Mais qu'il ait enterré le document sur une île, comme un pirate espagnol le faisait de son trésor, la pensée n'en était pas venue à Sir Raymond. Cependant, pour qui connaissait la façon puérile dont Frederick Ickenham concevait l'existence, c'était bien dans son caractère.

Frémissant, il saisit le bras de son compagnon et Mr Saxby frémit aussi car ces doigts fiévreux lui avaient fait l'effet d'une morsure de cheval. Il dit simplement « Ouch ! ».

Sir Raymond n'avait pas de temps à perdre à écouter des gens dire « Ouch ! ». Il avait vu Lord Ickenham amener son bateau sur le rivage, en descendre et disparaître en direction de la maison et il sentait, comme l'avait fait Brutus avant lui, qu'il y a une marée dans les affaires des hommes et que, si on prend son flot, on accède à la fortune.

– Vite ! cria-t-il.

– Quand vous dites « Vite ! »... commença Mr Saxby qui ne put poursuivre car il se sentit tiré vers le bateau à une vitesse qui rendait difficile l'usage de la parole à un homme qui commençait à prendre de l'âge. Il ne se souvenait pas avoir jamais filé ainsi, ne touchant le sol que de temps en temps, depuis l'après-midi, soixante-trois ans auparavant, où, étant alors un enfant de douze printemps, il avait concouru, dans une rencontre sportive de village, dans le cent mètres des enfants de chœur, course ouverte à ceux dont la voix n'avait pas encore mué le deuxième dimanche après l'Épiphanie.

Il est donc bien naturel que, alors que Sir Raymond se courbait sur les rames comme un galérien de la vieille école, le silence s'installa à bord. Mr Saxby essayait de retrouver sa respiration et Sir Raymond réfléchissait.

Le problème qui se posait à lui était celui qui se pose si souvent aux meurtriers : que faire du corps ? (en l'occurrence, de Mr Saxby). Il avait emmené le vieux gentleman parce que, comme il avait été témoin des activités de Lord Ickenham, il pourrait indiquer l'endroit où était enterré le trésor ; mais il se demandait maintenant s'il n'avait pas fait une erreur. Il y a des hommes (le sel de la terre) qui, s'ils vous voient fouiller des îles sur des lacs, gardent un silence plein de tact et ne demandent pas d'explications ; mais Mr Saxby, il en était convaincu, n'était pas de cette espèce. Il appartenait plutôt à la race, plus nombreuse, de ceux qui veulent tout savoir et Sir Raymond n'avait nul désir d'un compagnon de travail de cette espèce. Il ne tenait pas à donner d'explications. Quand ils atteignirent leur destination, il était arrivé à la conclusion que moins Mr Saxby verrait de ce qui allait se passer, mieux cela vaudrait.

– Vous restez dans le bateau, dit-il.

Et Mr Saxby pensa que c'était une bonne idée. Il était toujours à la recherche de sa respiration et était bien content d'être exempté de tout exercice pour le moment. Il n'avait plus la même vigueur qu'à son époque d'enfant de chœur. « Woof ! » dit-il, voulant exprimer par là son plein accord. Et Sir Raymond partit seul en exploration.

Seul, si on excepte le cygne qui avait pris possession du terrain autour de la résidence bijou où couvait sa femelle. C'était sa rencontre imprévue avec ce cygne qui avait obligé Lord Ickenham à réviser son intention d'enterrer la lettre sur l'île et à retourner au bateau avec toute la célérité possible. Les Ickenham sont braves, mais ils savent quand ils doivent se retirer.

Pendant quelques minutes après le départ de son compagnon, Mr Saxby, dont la respiration paraissait être redevenue normale, se contenta de songer. Mais, bien qu'il soit du plus grand intérêt de faire le catalogue des choses auxquelles il songeait, mieux vaut peut-être en omettre la liste et en venir au moment où il reprit ses jumelles. Alors qu'il examinait la terre lointaine, il aperçut Cosmo Wisdom en train de fumer une cigarette sur le gravier devant la porte d'entrée du Hall et cette vue lui rappela qu'il avait une mission. Il se sentit coupable. Depuis longtemps il aurait dû chercher ce jeune morveux pour baiser le revers de son pantalon afin d'obéir aux ordres de Barbara Crowe.

Il n'avait plus la moindre idée de la raison pour laquelle il devait baiser des revers de pantalons quand, ayant complètement oublié Sir Raymond, il commença à ramer vers la rive. Un jeune morveux débarque chez un type occupé à tricoter une chaussette qui réclame toute son attention au moment de tourner le talon. Le type le reçoit avec une cordialité et une politesse parfaites et bavarde avec lui de choses et d'autres, alors que la plupart des hommes, interrompus en un tel moment, lui eussent plutôt sauté à la gorge. Finalement, après avoir épuisé tous les sujets de conversation, le type lui fait courtoisement ses adieux et part faire sa promenade hygiénique. Rien de mal dans tout cela, sûrement ? Mais Barbara Crowe semblait penser que si, et il faut faire plaisir aux femmes. Tout en ramant, il préparait quelques expressions d'excuses gracieuses qui, pensait-il, pourraient faire l'affaire.

Il les exprima, quelques minutes plus tard, avec son charme à l'ancienne. Elles furent parfaitement reçues. Cosmo ne le serra pas sur sa poitrine, mais sembla admettre que la blessure faite à son amour-propre était cicatrisée et lui offrit une cigarette. Ils fumèrent un moment en bonne amitié tandis que Mr Saxby, toujours une mine d'information sur son sujet favori, dissertait longuement d'ornithologie. Il était au milieu de la description de la conduite remarquable d'un martin-pêcheur qu'il avait, jadis, connu dans le Norfolk (impossible à insérer ici par manque de place), quand il s'interrompit soudain pour dire : « Dieu me bénisse ! »

– Quoi encore ? dit Cosmo un peu sèchement. Il trouvait un peu éprouvant le discours de Mr Saxby sur les martins-pêcheurs.

– Exactement, dit Mr Saxby. Quoi ? Vous avez raison de le demander. Il y a quelque chose que Barbara Crowe m'a recommandé de vous dire, mais j'ai oublié ce que c'est. Voyons, qu'est-ce que ça peut bien être ? Vous ne le sauriez pas, par hasard ?

Au nom de Barbara Crowe, Cosmo avait sursauté. Pour la première fois depuis le début de leur conversation, il avait l'impression que cette relique édouardienne était sur le point de dire quelque chose qui valait la peine d'être entendu.

– Était-ce à propos du film ? demanda-t-il.

– Du quoi ?

– Y a-t-il eu une nouvelle offre pour les droits ciné-matographiques de mon livre ?

Mr Saxby secoua la tête.

– Non. Rien de ce genre. Vous avez écrit un livre ?

– J'ai écrit *Cocktail Time*.

– Jamais entendu parler, dit cordialement Mr Saxby. Je vais vous dire ce que je vais faire. Je vais aller lui téléphoner. Elle se rappellera sûrement de quoi il s'agit. Elle a une mémoire comme un coffre-fort.

Quand il revint, il avait un morceau de papier à la main. Il rayonnait.

 - Vous aviez parfaitement raison, dit-il. C'était en rapport avec ce que vous appelez un film. Je l'ai écrit, pour ne pas oublier. Elle a dit… Connaissez-vous Mrs Crowe ?

– Je l'ai rencontrée.

– Une femme charmante, bien qu'elle me bouscule sans aucune pitié. Elle m'envoie me faire couper les cheveux. Vous ne savez pas ce qui s'est passé entre elle et votre oncle, n'est-ce pas ?

– Non.

– Ils étaient fiancés.

– Oui.

– Elle a rompu.

– Oui.

– Qui pourrait l'en blâmer ? Moi, je n'aurais aucune envie d'épouser le jeune Bastable.

Cosmo frappait le gravier d'un pied impatient.

– Qu'est-ce qu'elle a dit ?

– Ah, ça, nous ne le saurons jamais. Que disent les femmes dans ces occasions ? Elles rendent les lettres et la bague, je crois, ou quelque chose de ce genre.

– À propos du film ?

– Oh, le film ? Oui. Comme je vous le disais, j'ai ses propres paroles ici. Il regarda le papier. Elle dit « Vous êtes-vous bien excusé ? » et je dis « Oui, je me suis excusé », alors elle dit « Vous a-t-il serré sur sa poitrine ? » et je dis « Non, le jeune morveux ne m'a pas serré sur sa poitrine mais il m'a donné une cigarette » et elle dit « Bon. Dites-lui que Medulla-Oblongata-Glutz a offert cent cinquante mille et que notre agent à Hollywood est reparti voir Superba-Llewellyn pour relancer les enchères ». Vous y comprenez quelque chose ?

Cosmo respira bruyamment.

– Oui, dit-il. Je saisis.

Et soudain, Mr Saxby, malgré son œil de poisson mort et son air aplati par un rouleau compresseur, lui sembla presque beau.

Pendant ce temps, Sir Raymond Bastable, fouillant de-ci de-là comme un chien de chasse, commençait à regretter de ne pas avoir emmené son matelot dans l'opération. N'ayant aucun moyen de savoir à quel endroit de cette île infernale Mr Saxby avait vu Lord Ickenham aller partout et s'accroupir, il était dans la position de celui qui chercherait le trésor des pirates sans le secours de la carte jaunie qui dit « N.E. 20, 16 pas S » et des choses de ce genre. Et quiconque a jamais chassé l'or des pirates vous dira à quel point c'est un handicap. La carte jaunie est indispensable.

L'île était couverte d'une forêt assez dense (à moins que « buissons » ne soit un meilleur terme) et était richement dotée en épineux de toutes sortes qui accrochaient ses chevilles et en insectes qui paraissaient considérer sa nuque comme un terrain de jeux idéal. « Allons donc faire un tour sur la nuque de Bastable » semblait être le cri de ralliement des insectes du coin. Il avait chaud, il avait soif, et il entendait dans ses oreilles un son chuintant qui ne lui plaisait pas. Il pensa que sa pression sanguine était hors de contrôle. Il était toujours inquiet pour sa pression sanguine.

Ce fut alors qu'il se redressait après sa trente-deuxième tentative pour trouver un de ces endroits, si communs dans les œuvres de fiction, où vous pouvez voir, si vous regardez d'assez près, que la terre a récemment été retournée, qu'il s'aperçut qu'il avait médit de sa pression sanguine. Le son chuintant ne venait pas de ses artères, mais des lèvres d'un superbe cygne qui sortait d'un buisson derrière lui et le regardait avec un air ouvertement menaçant. Il y a des moments où, en rencontrant un cygne, vous vous dites que vous avez trouvé un ami. Ce n'en était pas un. Toute chance de fusion des âmes entre lui et le volatile étaient, il le vit d'un seul coup d'œil, des plus minces.

Il faut toujours, dans de telles circonstances, étudier le point de vue de l'autre, et celui du cygne n'était pas sans intérêt. Avec sa petite femme en train de couver dans les environs et désireuse de rester seule avec ses œufs, il n'était pas étonnant qu'il n'accueillît pas bien les intrus. Il s'était déjà montré intraitable avec Lord Ickenham et maintenant, alors qu'il croyait être tranquille avec cette engeance, voilà qu'un de ces poisons d'humains revenait l'ennuyer. C'était assez pour éprouver la patience de n'importe quel cygne et on comprend bien qu'en faisant des bruits chuintants, en jetant des regards glacials, en battant des ailes et en piétinant pour montrer l'imminence d'une attaque frontale, celui-ci était parfaitement dans son droit. Les cygnes, comme le sait tout ornithologiste, ne doivent pas être poussés trop loin.

Sir Raymond, comme Lord Ickenham, n'était pas pusillanime. Si des cambrioleurs s'étaient introduits à Hammer Lodge, il n'eût pas hésité à leur cogner dessus à coups de club de golf, et il avait fréquemment regardé dans les yeux des agents de la circulation pour les faire reculer. Mais l'homme le plus brave peut faiblir devant un cygne en colère. Peut-être Sir Raymond, qui commençait à s'en aller, pensait-il garder une démarche digne, mais, en fait, il courait comme un enfant de chœur désireux de gagner le cent mètres. Sa seule idée était de retourner aussi vite que possible au bateau dans lequel l'attendait Mr Saxby.

Il arriva au bord de l'eau avec quelque chose des émotions des Dix Mille de Xénophon quand ils atteignirent la mer, et fut déconcerté de s'apercevoir que Mr Saxby ne l'attendait pas. Et le bateau non plus. Il vit ce que le poète Tennyson a décrit comme l'onde ensoleillée du lac, mais ne put rien détecter de capable de naviguer dessus. Et le son chuintant qu'il avait, à tort, attribué à sa pression sanguine, se rapprochait d'instant en instant. Le cygne n'était pas cygne à abandonner une bataille à moitié livrée. Quand il prenait la charrue, il ne laissait pas facilement tomber l'épée. Jetant un regard hâtif derrière lui, Sir Raymond le vit arriver comme un Marine des États-Unis.

Il fallait penser rapidement et il pensa rapidement. Une fraction de seconde plus tard il était dans l'eau et nageait vigoureusement vers le rivage.

Au moment où il plongeait pour sauver sa vie, sa sœur Phoebe, dans sa chambre, essayait une nouvelle coiffure.

Le chroniqueur a si souvent eu la tâche mélancolique de présenter, dans son récit, cette femme dans un état d'agitation larmoyante qu'il trouve bien agréable maintenant de la montrer heureuse et gaie. En la voyant devant son miroir, même Sherlock Holmes n'eût pas été capable de déduire qu'elle avait passé la nuit au chevet d'un cocker malade. Son œil était brillant, son allure insouciante. Elle fredonnait un air léger.

Rien d'étonnant à cela. La sensationnelle révélation, par Lord Ickenham, du feu qui brûlait dans le cœur d'Albert Peasemarch eût été déjà assez pour la faire s'élever à une certaine hauteur, mais il avait aussi assuré que son frère Raymond n'était pas, comme elle l'avait supposé, candidat aux bons soins de Sir Roderick Glossop. Rien, à part peut-être la découverte que le sol sur lequel elle marche est vénéré par un majordome pour lequel elle a toujours entretenu des sentiments allant bien au-delà d'une simple amitié, ne peut réjouir le cœur d'une femme autant que d'apprendre que le frère qui est la prunelle de ses yeux n'a pas, en dépit des apparences, perdu les pédales. On peut comprendre que Phoebe Wisdom fredonnât. Une moindre femme eût chanté à pleins poumons.

Le miroir était près de la fenêtre qui donnait sur le lac et, en se tournant pour examiner sa nouvelle coiffure de profil, elle regarda dans cette direction, et son œil fut attiré par quelque chose de bizarre sur l'eau. Elle vit un phoque qui nageait vigoureusement vers le rivage, et cela la surprit, car elle n'eût pas cru possible de trouver des phoques dans un lac.

Mais ce n'en était pas un. Comme elle regardait la créature émerger à la fin de son voyage aquatique, elle vit qu'elle s'était trompée sur l'espèce. Loin d'être un phoque, c'était son frère Raymond. Il était vêtu, comme toujours quand il était à la campagne, d'une veste de sport, de pantalons de flanelle grise et d'une chemise de couleur.

Elle resta abasourdie. Ses anciennes craintes s'appesantirent à nouveau sur elle. Est-ce que les hommes qui savent où sont leurs pédales nagent dans les lacs tout habillés ? Très rarement, se dit Phoebe qui se prépara au pire.

CHAPITRE 18

À huit heures quarante-cinq, ce soir-là, on pouvait voir Lord Ickenham (« on » étant, en fait, Rupert Morrison, le tenancier du lieu, ayant permis de vendre bière, vin et alcool, qui polissait ses verres derrière le comptoir) assis dans l'estaminet du village, le Coin et le Maillet, devant une chope de bière maison, en train de regarder la télévision. À part une conférence occasionnelle du curé sur ses vacances en Terre sainte, illustrée de diapositives, il n'y avait guère de vie nocturne à Dovetail Hammer. La télévision du pub le Coin et le Maillet était à peu près le seul plaisir offert, après le coucher du soleil, aux sybarites de l'endroit.

En affirmant que Lord Ickenham regardait la télévision, nous risquons d'abuser nos lecteurs. Ses yeux, c'est vrai, étaient dirigés sur l'écran, mais ce qui se passait là, apparemment une tempête de neige, ne faisait nulle impression sur son esprit. Ses pensées étaient ailleurs. Il revoyait la crise actuelle dans les diverses affaires et retournait chaque pierre et explorait chaque avenue de façon à décider comment agir pour le mieux.

Bien qu'il prétendît que les Ickenham n'étaient pas facilement déconcertés, il ne pouvait pas se cacher que les bâtons que ce cygne avait mis dans ses roues le plaçaient dans un cruel dilemme. Avec un volatile aussi rapide en sentinelle là-bas, enterrer la lettre sur l'île du lac n'était manifestement pas dans le domaine des choses possibles et, avec deux Carlisle et un Cosmo Wisdom toujours en train de rôder à la manière popularisée par les troupes de Midian, aucune planque de rechange ne lui semblait sûre. Le problème avec lequel il se débattait était tellement épineux qu'il avait même, dans un moment de faiblesse, envisagé sérieusement la solution dont il avait tenté de persuader les sceptiques Carlisle, c'est-à-dire de déposer le document à sa banque.

Fortement choqué d'avoir pu, même un instant, songer à un plan aussi peu digne d'un Ickenham, il tourna son attention vers l'écran de télévision. Il sentait qu'un moment de repos pouvait lui permettre de revenir ensuite à son problème pour l'étudier d'un œil neuf.

Ils passaient, ce soir, un de ces films d'espionnage, une seconde diffusion, et il fut intéressé de remarquer que, par une étrange coïncidence, son héros était précisément dans le même dilemme que lui. Les circonstances avaient placé ce héros (D'Arcy Standish, du Foreign Office) en possession de papiers qui, s'ils tombaient entre les mains d'une puissance inamicale, rendraient inévitable une troisième guerre mondiale ; et il était pour le moment absolument incapable de trouver comment les cacher des espions internationaux qui surgissaient autour de lui comme des essaims d'insectes.

Lord Ickenham regardait d'un œil plein de sympathie D'Arcy courir en rond et se comporter comme un chat sur une poêle brûlante. Il savait exactement ce que ressentait ce pauvre type.

Et soudain, il tressaillit violemment, comme si un cygne était entré dans le bar, et se redressa avec un sursaut qui fit trembler sa chope.

– Ma foi ! dit-il.

– M'lord ? dit Rupert Morrison.

– Rien, mon cher ami, dit Lord Ickenham. Juste ma foi.

Comme le bar était ouvert à ceux qui voulaient dire « Ma Foi » à cette heure, Mr Morrison ne fit pas d'autre commentaire. Il tendit le pouce vers l'écran.

– Voyez ce qu'il a fait ? dit-il, faisant allusion à D'Arcy Standish. Il veut garder ces papiers à l'abri des espions, alors il demande à son majordome d'en prendre soin.

Lord Ickenham dit que « Oui, il avait remarqué ».

– J'dis que c'est habile.

– Très habile.

– Penseront jamais que c'est l'majordome qui les a, poursuivit Mr Morrison, qui avait vu le drame la semaine précédente. Alors, ils continuent à poursuivre ce mec comme avant. Y pensent que c'est lui qui les a. Vous voyez ? Mais il les a pas. Voyez ?

Lord Ickenham dit qu'il voyait.

– Y cambriolent sa maison et le coincent dans un moulin en ruines et le poursuivent dans les égouts, continua Mr Morrison, n'hésitant pas à dévoiler le pot aux roses. Et tout le temps, il a pas les papiers. C'est l'majordome qui les a. Ça m'a bien fait rire, ça oui.

– Je n'en suis pas surpris. Avez-vous un téléphone, ici ? Je me demande si je pourrais l'utiliser un moment, dit Lord Ickenham.

Quelques minutes plus tard, une voix moelleuse caressa son oreille. Coggs, le mentor d'Albert Peasemarch, lui avait conseillé de répondre au téléphone d'une voix aussi moelleuse que possible, dans la tradition des grands majordomes du passé.

– La résidence de Sir Raymond Bastable. Le majordome de Sir Raymond à l'appareil.

– Pas cet Albert Peasemarch dont on parle tant ?

– Oh, bonsoir, Mr I. Désirez-vous parler à Sir Raymond ?

– Non Bert. C'est à vous que je veux parler. Je suis au pub. Pouvez-vous venir sans délai ?

– Certainement Mr I.

– Volez comme le jeune cerf ou daim sur les collines où poussent les épices, dit Lord Ickenham.

Et bientôt le Coin et le Maillet fut rendu plus pittoresque encore par la présence d'Albert Peasemarch et de son chapeau melon. (« Portez toujours un melon, mon vieux. C'est ce qu'on attend de vous » : Coggs.)

– Bert, dit Lord Ickenham quand Rupert Morrison eut servi les bières qu'il était autorisé à vendre et se fut retiré à l'arrière-plan, je suis désolé de déranger votre sommeil d'après-dîner, mais j'ai besoin de vous pour mes affaires. Vous connaissez probablement l'expression « Il est temps pour tous les hommes de cœur de venir en aide au parti ». Eh bien, c'est ce que vous allez faire. Laissez-moi commencer la conversation en vous posant quelques questions. Avez-vous un intérêt actif dans la politique mondiale ?

Albert Peasemarch y réfléchit.

– Pas très actif, Mr I. Avec l'argenterie à nettoyer et le chien à brosser…

– Je sais, je sais. Votre temps est trop bien rempli. Mais vous savez qu'il existe une chose appelée politique mondiale et que certains membres de la société ont pour mission de veiller dessus ?

– Oh oui, Mr I. Des diplomates, on appelle ça.

– Diplomates. Très bien. Bon. Pouvons-nous être entendus ?

– Non, à moins que quelqu'un nous écoute.

– Je vais murmurer.

– Je suis un peu sourd de l'oreille droite.

– Alors, je vais murmurer dans votre oreille gauche. Eh bien, comme j'allais vous le dire, il faut bien savoir que ces diplomates ne vont nulle part sans papiers. Non, non, dit Lord Ickenham quand son vieil ami fit remarquer que lui non plus ne quittait jamais le pays sans se munir de son passeport. Je ne parle pas de ce genre de papiers, je parle de documents. Un diplomate sans documents est fichu dès le début. Il ferait aussi bien de rentrer chez lui faire des mots croisés. Et vous savez ce que je veux dire en parlant de documents ?

– Des documents secrets ?

– Exactement. Vous me suivez comme un chien suit une piste. Un diplomate doit avoir des documents secrets et il donne ces documents secrets à des subordonnés en qui il a toute confiance, pour qu'ils en prennent soin, en les avertissant de ne laisser, sous aucun prétexte, les espions internationaux mettre la main dessus. « Méfiez-vous des espions internationaux ! » est le cri unanime de toutes les chancelleries.

Cela semblait raisonnable à Albert Peasemarch.

– Vous voulez dire que, si ces espions les avaient, cela amènerait des problèmes ?

– Précisément. Ils mettraient leur nez dans ce qui ne les regarde pas et la troisième guerre mondiale serait inévitable.

– Wouh ! Il faut éviter ça, n'est-ce pas ?

– Je ne peux rien imaginer de plus désagréable. Vous vous rappelez ces nuits glaciales, aux Home Guards ? Je ne me suis jamais vraiment réchauffé, depuis. Vous ne voudriez pas que ça recommence, hein ?

– Certainement pas.

– Moi non plus. Pas même pour le plaisir de vous entendre chanter *Le Tambour de Drake* autour du feu de camp. Une autre bière, Bert ?

– Merci, Mr I. Il vaut mieux pas. Je dois surveiller ma ligne.

– Si le document actuellement en ma possession tombait entre les mains de la bande qui me traque, vous n'auriez plus de ligne à surveiller. Vous seriez éparpillé en miettes dans tout le pays.

Albert Peasemarch fut empêché de répondre à cela par l'arrivée de Mr Morrison qui apportait des provisions. Quand le porteur de verres se fut retiré et qu'il fut capable de parler, il le fit de la voix respectueuse d'un homme qui a du mal à en croire ses oreilles.

– Comment, Mr I ? Avez-vous dit que vous aviez ce document en votre possession ?

– Vous parlez, Bert ! Et c'est de la dynamite.

– Mais, comment…

– … Est-il venu en ma possession ? Très simplement. Je ne suis pas sûr de vous l'avoir déjà dit, quand nous étions camarade du Home Guards, mais je suis dans les services secrets. Vous l'avais-je dit ?

– Pas que je me souvienne, Mr I.

– Cela m'était probablement sorti de l'esprit. Eh bien, c'est le cas et, il n'y a pas longtemps, le patron m'a envoyé chercher. « Numéro X3476, m'a-t-il dit (les gars m'appellent numéro X3476), vous voyez ce document. Top secret s'il en est. Gardez le jour et nuit, m'a-t-il dit, et ne laissez pas ces salopards en avoir vent. » Il faisait, bien entendu, référence aux espions internationaux.

Albert Peasemarch but sa bière comme un homme en transe, si les hommes en transe boivent de la bière.

– Nom d'un chien de pétard de sort !

– Vous pouvez dire : « Nom d'un chien de pétard de sort ! » En fait, « Nom d'un chien de pétard de sort ! » est au-dessous de la vérité.

Albert Peasemarch but encore un peu de bière, comme un autre homme dans d'autres transes. Sa voix, quand il parla, montrait à quel point il était intrigué. Comme tant de ceux qui conversaient avec Lord Ickenham, il voyait s'ouvrir devant lui des horizons insoupçonnés.

– Ces espions, Mr I., ils sont nombreux ?

– Plus que vous ne pourriez l'imaginer. Le professeur Moriarty, le docteur Fu Manchu et l'As de Pique, pour n'en citer que trois. Et chacun d'eux est du genre à verser des cobras dans votre cheminée ou des poisons asiatiques inconnus dans votre bière dès qu'ils vous ont découvert. Et le pire, c'est qu'ils savent que ce document est en ma possession et ce n'est qu'une question de temps avant qu'ils ne me donnent la chasse dans les égouts.

– Vous n'aimeriez pas ça.

– C'est exactement ce que je ressens. Et alors, Bert, dit Lord Ickenham, en venant au nœud du problème, j'ai décidé que la seule chose à faire était de vous confier ce document pour que vous en preniez soin.

Albert Peasemarch perçut un curieux son étranglé. Il lui rappelait quelque chose. Puis il s'aperçut qu'il lui rappelait les gargouillis préliminaires qu'avait fait entendre le chien Benjy avant de réagir à sa dose d'eau à la moutarde. Ce fut seulement après avoir écouté un moment ce bruit bizarre qu'il réalisa que c'était lui qui le produisait.

– Vous voyez l'habileté diabolique de la chose, Bert. Les saligauds seront bien attrapés. Quand ils me courseront à travers les égouts, ils ne courront qu'après un leurre.

– Mais, Mr I !

Une expression d'étonnement incrédule se répandit sur les traits de Lord Ickenham. On aurait dit un père déçu par un fils chéri ou un oncle par un neveu aimé.

– Bert ! Vos façons sont étranges. Ne me dites pas que vous hésitez ! Ne me dites pas que vous reculez devant une tâche aussi simple ! Non, non, dit Lord Ickenham dont le visage s'éclaira. Je vous connais mieux que cela. Nous autres, vieux Home Guards, ne nous défilons pas quand il faut servir notre patrie, n'est-ce pas ? C'est pour le bien de l'Angleterre, Bert, et je n'ai pas besoin de vous dire que l'Angleterre s'attend à ce que chaque homme fasse son devoir.

Albert Peasemarch, après s'être encore étranglé, plus semblable que jamais au chien Benjy, souleva une objection.

– Mais, je ne veux pas être chassé dans les égouts, Mr I.

– Vous ne le serez pas. Je m'occupe de la séquence des égouts. Comment diable pourraient-ils savoir que c'est vous qui avez la chose ?

– Vous croyez qu'ils ne le découvriront pas ?

– Pas de risque. Ils ne sont pas voyants.

Le combat qui se livrait dans l'âme d'Albert Peasemarch se reflétait sur sa face de pleine lune. Lord Ickenham le voyait à l'œil nu, et il attendait anxieusement la décision de l'arbitre. Elle vint, après une longue pause, en quatre mots prononcés d'une voix basse et rauque, semblable aux intonations d'une voix d'outre-tombe.

– Très bien, Mr I.

– Vous acceptez ? Splendide. Capital. Excellent. Je savais que vous ne me feriez pas faux bond. Bon, je ne peux pas vous le donner maintenant, parce que des yeux ennemis pourraient nous voir, alors je vais vous dire ce que nous allons faire. Où est votre chambre ?

– Juste à côté de l'office.

– Au rez-de-chaussée. Rien ne pourrait mieux convenir. Je serai devant votre fenêtre à minuit pile. J'imiterai le cri de la chouette blanche. La chouette blanche, attention, pas la marron. Et, quand vous m'entendez huluer, vous ouvrez et le document change de mains. Il sera dans une enveloppe brune ordinaire, soigneusement scellée. Gardez-la sur votre vie, Bert.

Albert Peasemarch parut un peu mal à l'aise.

– Comment ça, sur ma vie ?

– C'est juste une expression. Bien, alors, tout est arrangé, n'est-ce pas ? Tout ce que vous avez à faire, c'est tenir bon et vous taire. Maintenant, je dois vous quitter. On ne doit pas nous voir ensemble. Écoutez ! dit Lord Ickenham. N'avez-vous pas entendu un sifflement ? Non ? Tant mieux. J'ai cru, un moment, que ces types étaient là, dehors.

Le malaise d'Albert Peasemarch s'intensifia.

– Vous voulez dire qu'ils sont ici, Mr I ? Dans les environs ?

– Par douzaines, mon cher ami, par troupes. Dovetail Hammer a des espions internationaux comme d'autres endroits magnifiques ont des mouches vertes et des moustiques. Enfin, cela donne du piment à l'affaire, n'est-ce pas ? dit Lord Ickenham avant de sortir, laissant Albert Peasemarch contempler, les yeux hagards, le fond de sa chope vide, en proie à l'émotion la plus vive.

Pongo Twistleton, s'il avait été présent, aurait compris son émotion. Lui aussi avait trop souvent ressenti ce vertige, comme si la terre se désintégrait sous vos pieds, qui prenait ceux qui fréquentaient le cinquième comte d'Ickenham, quand ce cher vieux était en pleine forme. Et Pongo, à la place d'Albert Peasemarch, aurait eu exactement la même réaction que celui-ci.

– La même chose, s'il vous plaît, Mr M., dit-il. Et Rupert Morrison se transforma de nouveau en saint-bernard humain.

Le résultat fut instantané. En fait, le mot « magique » ne serait pas trop fort. Jusqu'à maintenant, le chroniqueur a fait à peine allusion aux propriétés revigorantes de la bière maison du Coin et du Maillet. Le moment est venu de lui faire les éloges qu'elle mérite. Elle était le top. Elle avait tout. Elle courut comme du feu dans les veines d'Albert Peasemarch et fit de lui un homme nouveau. L'Albert Peasemarch prudent et timoré cessa d'être et fut remplacé par un Albert Peasemarch plein de l'esprit de l'aventure. Homme aux habitudes régulières, il aurait dû reculer à l'idée de jouer un rôle vedette dans une histoire à la E. Phillips Oppenheim, comme cela semblait le cas, mais avec les dents du fond baignant dans la bière maison, cela lui plaisait. « Qu'on m'amène ces fichus espions ! » semblait dire son attitude.

Il venait de faire remplir sa chope pour la quatrième fois et son esprit militant lui disait que tout espion voulant s'en prendre à lui le ferait à ses risques et périls, quand la porte du bar s'ouvrit pour laisser entrer Johnny Pearce et Cosmo Wisdom.

On voyait immédiatement qu'aucun des deux n'était bien joyeux. Johnny pensait du mal de son vieux camarade de classe Norbury-Smith, dont l'attitude envers Barbara Farringdon au déjeuner lui semblait trop proche de celle d'un libertin des vieux films muets ; et Cosmo songeait à la lettre en se demandant s'il pourrait jamais l'arracher à la garde de Lord Ickenham, incapable qu'il était, pour le moment, de trouver la moindre méthode pour arriver à cet heureux dénouement. Ils commandèrent distraitement deux pintes de bière maison.

Rupert Morrison apporta son élixir et tourna un regard attristé vers le téléviseur où se déroulait maintenant l'un de ces jeux réservés aux faibles d'esprit. D'Arcy Standish avait quitté l'antenne dix minutes auparavant.

– Vous avez manqué le film, Mr Pearce, dit-il.

– Film ? Quel film ?

– Le film d'espionnage, à la télé, à l'instant. C'est celui où ce gentleman du Foreign Office a des papiers si importants, commença Mr Morrison, retombant dans sa routine, et les espions sont après lui, alors il les donne à son majordome…

– Je l'ai vu la semaine dernière, dit Johnny. Il est nul. Complètement idiot, dit-il pour ne laisser aucun doute quant à son opinion. On avait adapté tant de ses ouvrages pour la télévision qu'il était devenu sévèrement critique à propos de ce média.

– Je suis bien d'accord avec vous, Monsieur, dit Mr Morrison.

En fait, il avait beaucoup aimé le film et l'aurait bien revu une troisième fois, mais un aubergiste doit oublier ses propres sentiments et se souvenir que le client a toujours raison.

– Stupide, j'l'ai trouvé. Comme si un gentleman allait donner un papier important au majordome pour qu'il en prenne soin ! Ça peut pas arriver, ces trucs-là.

– Oh, ça ne peut pas, hein ? dit Albert Peasemarch en se levant, un peu instable, et en regardant l'orateur d'un œil glauque mais fascinant.

Seul un homme d'une discrétion exceptionnelle peut se retenir de dire leur fait aux gens qui parlent sans savoir sur des sujets dont il est, lui-même, bien informé, spécialement s'il vient d'ingurgiter quatre pintes de la bière maison du Coin et du Maillet. Sachant bien que ces trois-là n'étaient pas des espions internationaux, en présence desquels il eût, évidemment, été moins loquace, Albert Peasemarch n'hésita pas à intervenir dans le débat et à parler franchement.

– Oh, ça ne peut pas, hein ? dit-il, ça montre bien que vous parlez de ce que vous ne connaissez pas, Mr M. Il vous intéressera peut-être d'apprendre qu'un papier, ou document, de la plus grande importance m'a été confié, ce soir, par un gentleman qui doit rester anonyme, avec instruction de le garder sur ma vie. Et je suis un majordome, n'est-ce pas ? Vous feriez mieux de réfléchir, avant de parler, Mr M. Je vais maintenant, dit Albert Peasemarch, avec l'air d'un bon vieil oncle condescendant à participer à une fête enfantine, vous chanter *Le Tambour de Drake*.

Et, la représentation terminée, il enfonça son chapeau melon sur sa tête et sortit, en marchant prudemment, comme le long d'une ligne faite au cordeau.

CHAPITRE 19

Le soleil était déjà haut, le lendemain, quand Cosmo, prenant un chemin détourné pour ne pas risquer de rencontrer son Oncle Raymond, arriva à la porte de service de Hammer Lodge et entra sans passer par la formalité de la sonnette. Il était très anxieux d'avoir un entretien avec Albert Peasemarch sur un sujet qui lui tenait à cœur.

L'opinion de son ancien employeur, J.P. Boots, de Boots et Brewer, négociants en import-export, opinion qu'il avait maintes fois répétée sans crainte, était que Cosmo Wisdom avait, pour ses affaires, à peu près autant d'utilité qu'un rhume de cerveau, et cette opinion était parfaitement correcte. Mais un homme peut être incapable d'importer-exporter tout en ayant une sorte d'astuce naturelle. Bien qu'il fût une épine dans la chair de J.P. Boots, Cosmo était tout à fait capable de tirer des conclusions et d'additionner deux et deux. Et c'est ce qu'il avait fait la nuit précédente. Là où Johnny Pearce et Rupert Morrison, en écoutant Albert Peasemarch, avaient simplement pensé entendre les divagations d'un majordome qui en avait un coup dans l'aile, Cosmo avait lu entre les lignes de son puissant discours. Il en avait deviné la signification cachée. Le gentleman anonyme était Lord Ickenham et le papier ou document, la lettre fatale. Il trouva tout cela fort évident. En se hâtant vers Hammer Lodge, il ne criait pas vraiment « Hallali ! » ou « Taïaut ! », mais il le pensait.

Il trouva Albert Peasemarch à l'office où il prenait son en-cas de onze heures : deux œufs durs et une bouteille de bière. Les majordomes aiment à restaurer leurs forces en mangeant un petit quelque chose au milieu de la matinée et, au moment de l'entrée de Cosmo, Albert Peasemarch avait besoin d'un reconstituant. Le seul défaut de la bière maison brassée au Coin et au Maillet, est que son stimulus, si puissant pendant une période donnée, ne dure pas longtemps. Le temps passe et les sentiments intrépides qu'elle avait induits s'effacent. Albert Peasemarch qui, la nuit précédente, était sorti du bar comme un lion, était entré, au matin, dans son office, comme un mouton, et même pas un mouton courageux. Il est un peu cru de dire qu'il avait la trouille, mais cette expression rend parfaitement compte des faits. Il était nerveux et susceptible de sursauter au moindre bruit soudain. Sa réaction au bruit soudain du « Bonjour » de Cosmo retentissant juste derrière lui, fut de s'étrangler avec son œuf dur, de pousser un cri inarticulé et de jaillir de sa chaise en direction du plafond.

Son soulagement, en découvrant que ce n'était pas le professeur Moriarty ou l'As de Pique qui venait de parler, fut extrême.

– Oh, c'est vous, Mr C., haleta-t-il tandis que son cœur, qui s'était cogné contre ses incisives, reprenait lentement sa place.

En ce moment, Albert Peasemarch avait plus envie de bière que d'œuf dur. Il but goulûment et Cosmo poursuivit.

– Vous vous êtes bien moqué du vieux Morrison, hier soir avec vos histoires de document secret, dit-il en pouffant légèrement. Il a avalé tout ce que vous avez raconté. Quelle crédulité ! Il n'a pas soupçonné un instant que vous vous payiez sa tête, dit Cosmo qui partit d'un rire joyeux. Très drôle, semblait-il suggérer.

Il y eut une pause et, durant cette pause, bien qu'elle n'ait duré qu'un instant, Albert Peasemarch décida de tout dire. Il était dans cet état d'épuisement mental où l'esprit cherche un ami avec lequel partager le fardeau qui lui pèse, et Mr I. ne verrait certes pas d'inconvénient à ce que Cosmo, l'enfant de sa demi-belle-sœur, soit mis dans la confidence. Si Cosmo avait encore eu sa petite moustache noire, il eût peut-être hésité ; mais, comme nous l'avons vu, les autorités de la prison de Brixton, éprises d'esthétique, n'avaient pas perdu de temps à la lui raser. En considérant son visage maintenant sans blâme, Albert Peasemarch ne pouvait voir aucun danger à lui confier le périlleux secret qui lui pesait sur le cœur. Si vous ne pouvez pas faire confiance au fils de la femme que vous aimez, à qui pouvez-vous faire confiance ?

– Je ne plaisantais pas, Mr C.

– Hein ?

– J'étais extrêmement sérieux.

La main de Cosmo flotta vers l'endroit dénudé où avait été sa moustache. Jadis, quand il était déconcerté, il la tortillait. On voyait bien qu'il était déconcerté. Il fixait Albert Peasemarch d'un air incrédule.

– Là, c'est de moi que vous vous moquez !

– Non, vraiment, Mr C.

– Vous ne voulez pas dire que c'est vrai ?

– Jusqu'au moindre mot.

– Eh bien, je suis assis !

– C'est comme ça, Mr C. Sa Seigneurie m'a fait venir…

– Sa Seigneurie ?

– Lord Ickenham, Monsieur.

– Vous n'allez pas me dire qu'il est impliqué là-dedans, lui aussi.

– C'est sur son document que je veille, celui qui lui a été confié par le chef des services secrets dont il fait partie.

– Le vieil Ickenham est dans les services secrets ?

– En effet.

Cosmo hocha la tête.

– Par Jupiter, c'est vrai. Je me souviens qu'il m'en a parlé. On oublie des choses, parfois. Racontez-moi toute l'histoire, du début à la fin.

Quand Albert Peasemarch eut terminé son récit, Cosmo refit le geste de tortiller sa moustache.

– Je vois, dit-il lentement. Alors, c'est comme ça. Il vous laisse vous débrouiller.

– Oui, Monsieur.

– J'ai l'impression que vous êtes dans une sacrée panade.

Albert Peasemarch acquiesça. C'était, dit-il, exactement ce qu'il pensait.

– Je me demande si les espions internationaux se laisseront avoir.

– Moi aussi, Monsieur.

– S'ils découvrent que vous avez le document, la moindre des choses que vous risquez, ce sont des allumettes enflammées sous les ongles des orteils. (Cosmo réfléchit un moment.) Attendez, dit-il, frappé par une idée soudaine, pourquoi ne pas me le donner ?

Albert Peasemarch ouvrit de grands yeux.

– À vous, Monsieur ?

– C'est le seul moyen, dit Cosmo, de plus en plus enthousiaste. Mettez-vous à la place de ces espions. Ils vont bientôt comprendre que le vieil Ickenham n'a plus le document et alors, ils vont commencer à se demander ce qu'il en a fait, et il ne leur faudra pas longtemps pour réaliser qu'il doit l'avoir mis ailleurs. Alors, qu'est-ce qu'ils se diront ? Ils se diront : « Mais d'où ? »

– Mais où ? rectifia machinalement Albert Peasemarch. C'était un puriste. Il frémit un peu car ce dernier mot lui rappela Lord Ickenham imitant le cri de la chouette blanche.

– Mais, ils vont bien deviner qu'il l'a confié à quelqu'un, et ils ne seront pas longs à trouver à qui. Ils savent que vous êtes amis, vous et lui.

– Vieux camarades du Home Guard.

– Exactement. Il sera évident pour eux que la seule personne à qui il peut avoir donné ce truc, c'est vous.

Une fois de plus, le son rappela à Albert Peasemarch l'interprétation que son vieux compagnon d'armes avait donnée de la chouette. Il répondit avec une animation croissante, car l'idée commençait à l'intéresser.

– Je vois ce que vous voulez dire, Mr C. Ils ne pourraient pas se douter que vous l'auriez.

– Bien sûr qu'ils ne pourraient pas. Je connais à peine le vieil Ickenham. Est-il probable qu'il donne son document important à un type qui est pratiquement un étranger pour lui ? Quel que soit ce papier, il sera aussi en sécurité avec moi que s'il était à la Banque d'Angleterre.

– C'est certainement une idée, Mr C.

– Où est la chose ?

– Dans ma chambre, Monsieur.

– Le premier endroit où regarderaient des espions. Allez la chercher.

Albert Peasemarch alla la chercher. Mais, quand Cosmo tendit la main d'un air d'invite, il ne plaça pas immédiatement l'enveloppe dedans. Il avait l'allure d'un homme qui laisse le « Je n'ose pas » prendre le pas sur le « Je devrais », comme le font si souvent les chats dans les proverbes.

– Il n'y a qu'un problème, Mr C. Je dois avoir la permission de Sa Seigneurie.

– Quoi !

– Je ne peux pas prendre cette décision sans consulter Sa Seigneurie. Mais ça ne prendra qu'un instant d'aller au Hall pour avoir son aval. Cinq minutes, tout au plus, dit Albert Peasemarch en tendant la main vers son chapeau melon.

Il arrive parfois, au Coin et au Maillet, qu'un client, demandant de la bière maison en se léchant les lèvres par anticipation, est informé par la voix du Destin, parlant par la bouche de Rupert Morrison, qu'il en a déjà eu assez et ne peut plus être servi. En de telles occasions, le client a l'impression que le grand globe lui-même a disparu soudain sans laisser de trace et que, comme dans le cas des méchants interrompus dans leurs activités par l'arrivée des Marines des États-Unis, il est en proie aux ténèbres et au désespoir. Un tel sentiment envahit Cosmo Wisdom. Cette requête imprévue, alors qu'il se félicitait d'avoir livré la grande bataille avec un complet succès, induisit un vertige soudain, lui fit tourner la tête, si bien qu'il crut voir deux Albert Peasemarch, avec deux faces rondes, tendant les mains vers une brassée de chapeaux melons.

N'y avait-il, se demanda-t-il avec désespoir, aucun moyen de persuader cet homme d'oublier la bureaucratie ?

Il y en avait un. À côté des restes des deux œufs durs qui, dans son soudain spasme d'angoisse, lui avaient paru être quatre œufs durs, il y avait un poivrier. Le saisir et en jeter le contenu au visage d'Albert Peasemarch fut pour Cosmo l'affaire d'un instant. Puis, laissant sa victime à ses éternuements, il fila vers les grands espaces, là où il serait seul avec, dans sa poche, la seule preuve existante qu'il n'était pas l'auteur de *Cocktail Time* pour les droits cinématographiques duquel les studios Superba-Llewellyn allaient, espérait-il, bientôt faire une offre de deux cent mille dollars.

Mais, en supposant qu'il serait seul dans les grands espaces, il se trompait. À peine y était-il arrivé qu'une voix qui aurait pu être celle d'un vieux mouton s'éleva à son côté.

– Bienvenue au clair de lune, fier Wisdom, bêla-t-elle et, pivotant sur son axe, il aperçut le vieux Mr Saxby.

– Oh, hello, dit-il quand il put articuler. Belle matinée, n'est-ce pas ? Le soleil et tout ça. Bon, eh bien, au revoir.

– Ne prononçons pas ce triste mot, dit Mr Saxby. Rentrez-vous au Hall ? Je vais faire route avec vous.

Il est dommage que Cosmo n'ait jamais eu le moindre intérêt pour les oiseaux car il avait là une admirable opportunité d'obtenir toutes informations concernant leurs habitudes et leurs façons. Mr Saxby parla, avec énormément de détails, des fauvettes d'hiver qu'il avait observées au nid et des pipits des prairies qu'il avait surpris au bain et, si Cosmo avait été ornithologiste, il aurait trouvé passionnante la conversation du vieux gentleman. Mais, comme tant d'entre nous, il se fichait pas mal des pipits des prairies et c'est avec quelque chose d'assez proche du sentiment qu'il avait éprouvé quand on l'avait relâché de la prison de Brixton qu'il vit ce sparadrap humain s'en aller enfin à ses affaires.

Ceci n'arriva que dans le hall de la demeure ancestrale de Johnny Pearce et, au moment du départ de Mr Saxby, il était debout à côté de l'un des fauteuils confortables, bien que râpés, dont il était abondamment pourvu. Il s'effondra dedans. La contrainte nerveuse à laquelle il avait été soumis, intensifiée par la compagnie de cet aficionado des oiseaux, l'avait laissé tout hébété. Tellement qu'il lui fallut plusieurs minutes pour réaliser qu'il ne devait pas rester assis comme ça. Il devait agir. La lettre était encore dans sa poche, intacte. Il la sortit et déchira l'enveloppe brune. Avant tout, y mettre le feu. Pas la déchirer et la déposer dans la corbeille à papier, parce qu'une lettre déchirée peut être reconstituée.

Derrière le fauteuil, il y avait une table et, dessus, un cendrier et des allumettes. Il saisit ces dernières et se mettait en devoir d'en gratter une quand il perçut un parfum exotique qui semblait venir de derrière lui, le genre de parfum porté par les mystérieuses femmes voilées qui volent toujours les traités navals aux officiels du gouvernement à Whitehall. Se tournant rapidement, il aperçut Mrs Gordon Carlisle et, avec une émotion considérable, remarqua qu'elle portait, et faisait le geste de brandir, un de ces instruments petits mais si utiles nommés matraques. À son côté, avec, sur le visage, l'air de contentement de ceux qui sentent que leurs affaires sont dans d'excellentes mains, se tenait son mari.

Presque immédiatement après, le toit s'écroula et Cosmo perdit connaissance. J.P. Boots, à sa manière sardonique, aurait fait remarquer qu'il connaissait déjà si peu de choses avant que ça ne faisait pas grande différence.

CHAPITRE 20

– Beau travail, ma douce, dit Mr Carlisle en regardant les restes avec satisfaction. Juste derrière l'oreille, c'est là qu'il faut frapper.

– Ça ne rate jamais, dit Gertie.

– Il n'est pas mort, n'est-ce pas ?

– Oh, je ne crois pas.

– C'est aussi bien. Donne-moi la lettre. Et, ajouta Oily, pressant, donne-moi ce casse-tête.

– Hein ?

– Quelqu'un vient. Il faut les faire disparaître en vitesse.

– Glisse-les dans ta poche.

– Pour qu'ils les trouvent s'ils me fouillent ? Dis des choses sensées.

– Ouais, je vois ce que tu veux dire.

Les yeux de Gertie sondèrent le hall.

– Tiens, fourre-les dans ce truc, là-bas.

Elle faisait allusion au meuble en imitation de châtaignier, l'héritage du Grand-oncle Walter de Johnny Pearce, qui offensait toujours tellement l'œil de Lord Ickenham ; et Oily approuva la suggestion. Il traversa le hall comme une flèche, ouvrit et referma l'un des tiroirs, s'épousseta les mains et revint, juste quand Johnny apparaissait.

Johnny allait prendre un peu d'air frais après une conversation avec Nannie Bruce à propos de la nouvelle cuisinière, sur les défauts de laquelle, plus marqués encore, selon elle, que ceux de celle qui avait quitté ses fonctions deux semaines auparavant, elle avait fait un discours impromptu contenant au moins trois extraits de l'Ecclésiaste. Il était d'humeur sombre car il en avait jusque-là de Nannie Bruce, de l'Ecclésiaste et des hôtes payants ; et la vue de l'un de ces derniers, apparemment endormi dans un fauteuil, ne l'eût pas intéressé si, à ce moment, Cosmo n'avait glissé sur le sol. Un homme qui accueille des hôtes payants peut les ignorer quand ils sont verticaux. Quand ils deviennent horizontaux, il doit se poser des questions.

– Que se passe-t-il ? demanda-t-il. Une observation qu'il eût dû laisser au constable McMurdo qui arrivait à cet instant par le corridor, en grande conversation avec Nannie. Il avait attendu devant la porte du bureau de Johnny près de vingt minutes dans l'espoir de trouver l'opportunité de plaider sa cause auprès d'elle.

Gertie donna volontiers l'explication demandée.

– On dirait que ce type a eu une attaque.

Oily dit qu'en effet, on dirait bien.

– Mon mari et moi, on passait pour aller dans notre chambre, et il est tombé tout d'un coup. Avec un grognement.

– Plutôt un gargouillis, ma douce.

– Enfin, avec quelque chose comme ça. C'était peut-être un râle, bien sûr.

Johnny fronça les sourcils. La vie, ces jours-ci, pensat-il, n'était faite que de fichus embêtements. D'abord Nannie avec ses cuisinières et son Ecclésiaste, puis Norbury-Smith, avec qui aucune femme n'était en sécurité, et maintenant cet hôte payant, avec ses grognements, ou ses gargouillis, ou même peut-être ses râles. Même Job, dont les ennuis ont fait l'objet d'une publicité universelle, a-t-il jamais eu à se dépatouiller avec des problèmes à cette échelle ?

Il se mit à brailler.

– Nannie !

Nannie Bruce apparut, suivie de l'officier McMurdo, dont l'allure était celle d'un constable dont les affaires n'ont guère avancé.

– Nannie, téléphone au docteur Welsh. Dis-lui de venir tout de suite. Mr Wisdom vient d'avoir une attaque ou quelque chose. Et pour l'amour du ciel, ne commence pas à nous bassiner avec ce que ton ami biblique aurait pensé de la situation. Bouge-toi !

L'officier McMurdo le regarda avec une admiration pleine de nostalgie. C'était comme ça qu'il fallait lui parler, il le sentait bien. C'était la seule façon de parler à l'autre sexe.

Nannie Bruce, qui n'était pas du même avis, regimba.

– Il ne sert à rien de me crier dessus, Maître Jonathan, ni de vous moquer des Saintes Écritures. Et je ne suis pas d'accord avec vous quand vous dites que Mr Wisdom a eu une attaque. Regardez comment il est couché. Ses jambes sont étendues. Mon Oncle Charlie avait des attaques, et il se roulait toujours en boule.

Elle alla jusqu'à l'endroit où gisait Cosmo, l'examina soigneusement et fit courir un doigt expert sur sa tête.

– Cet homme, dit-elle, a été frappé avec un instrument contondant !

– Quoi !

– Il y a une bosse grosse comme une noix derrière son oreille. C'est une affaire pour la police, dit Nannie Bruce en regardant l'officier McMurdo d'un air glacial. Enfin, quand vous dites de téléphoner au docteur Welsh, ça n'est pas idiot. J'y vais tout de suite.

Elle se retira avec la dignité d'une femme qui n'entend pas qu'on lui donne des ordres mais qui veut bien rendre service et, longtemps avant qu'elle n'eût disparu, le carnet du constable McMurdo était ouvert, son crayon léché et pointé.

– Oh ! dit-il. Voilà qui jette sur cette affaire une lumière bien différente. Je vais maintenant commencer mon enquête. Il est important de savoir qui est responsable de ceci.

– L'Ecclésiaste, dit amèrement Johnny.

Le crayon du constable McMurdo bondit comme une chose vivante. Autant que cela était possible à un homme avec une tête pareille, il avait l'air vif et alerte. Il considéra Johnny d'un œil pénétrant.

– Avez-vous une preuve de ce que vous avancez, Mr Pearce ?

– Non. Ce n'était qu'une suggestion.

– J'aimerais connaître l'adresse du suspect Ecclésiaste.

– Je crains de ne pas pouvoir vous aider.

– Est-ce un délinquant juvénile ?

– Plus âgé que ça, je dirais.

Le constable réfléchit.

– Je commence à penser que vous avez raison, Monsieur. Maintenant que je remets ensemble les pièces du puzzle, je vois ce qui est arrivé. Le gentleman était assis là, assoupi, comme on dit, et la porte d'entrée s'ouvre, et voilà Ecclésiaste qui entre. Le cogner sur la nuque avec un instrument contondant a dû être facile, puisqu'il était endormi.

Oily intervint avec toute la suavité dont il était capable.

– Je ne vois pas très bien comment votre théorie pourrait être correcte, officier. Ma femme vous a dit que, comme nous traversions le hall, nous avons vu Mr Wisdom…

– Tomber dans les pommes, dit Gertie.

– Exactement. Avec un gargouillis.

– Ou un grognement.

– Avec un grognement ou un gargouillis.

– Comme si quelque chose n'allait pas chez lui.

– Précisément. Vous vous souvenez qu'elle l'a mentionné.

– Non. Elle ne l'a pas mentionné devant moi.

– Ah non. C'était à Mr Pearce, avant que vous n'arriviez. Nous avons, tous deux, eu l'impression qu'il avait une attaque.

– Alors, pourquoi n'est-il pas roulé en boule ?

– Là, vous me posez une colle, constable.

– Et comment expliquez-vous la bosse derrière l'oreille, aussi grosse qu'une noix ?

– C'est certainement facile à expliquer. Il s'est cogné la tête sur le bord du fauteuil en…

– Tombant dans les pommes, dit Gertie.

– … en tombant dans les pommes. Il est bien plus probable…

Il ne devait pas réussir à mentionner ce qui était bien plus probable car, à ce moment, Cosmo Wisdom s'étira, grogna (ou gargouilla) et s'assit. Il regarda autour de lui avec ce que le poète a appelé une stupeur conjecturale, et dit :

– Où suis-je ?

– Hammer Hall, Dovetail Hammer, Berkshire, Monsieur, l'informa l'officier McMurdo qui aurait certainement ajouté le numéro de téléphone s'il s'en était souvenu. Restez allongé, calme et relaxé ; le docteur sera là dans un moment. Vous avez eu une attaque ou une crise quelconque, Monsieur. Ce gentleman, Mr…

– Carlisle.

– Ce gentleman, Mr Carlisle, passait dans le hall, accompagné de Mrs Carlisle…

La mention de ce nom rendit la mémoire à Cosmo. Le passé cessa d'être enveloppé de brume. Il se redressa, s'accrocha d'une main au fauteuil et pointa l'index de l'autre d'un air accusateur.

– Elle m'a frappé !

– Monsieur ?

– Cette femme Carlisle. Elle m'a frappé avec une matraque et, dit Cosmo en fouillant fiévreusement ses poches, elle et son damné mari m'ont volé un papier de la plus grande importance. Attrapez-les ! Ne les laissez pas s'enfuir.

Les sourcils d'Oily se levèrent. Il ne sourit pas, bien sûr, car le moment était sérieux et la légèreté hors de propos, mais sa bouche se tordit un peu.

– Enfin, vraiment, officier ! On peut tolérer bien des choses d'un malade, mais quand même…

L'attention de Johnny Pearce vagabondait. Ses pensées revenaient à ce déjeuner. Avait-il, ou n'avait-il pas vu Norbury-Smith serrer la main de Belinda Farringdon ? À un certain moment, quand le pied de Norbury-Smith avait rencontré le sien sous la table, l'objectif de ce pied n'était-il pas la chaussure de Belinda ?

Conscient maintenant que le ton montait, il sortit de sa rêverie.

- Pourquoi cette dispute ? s'enquit-il.

Le constable McMurdo le mit au courant. Ce gentleman ici, dit-il, avait fait une déclaration accusant la dame, là, de l'avoir cogné sur la nuque avec une matraque. Cela, ajouta-t-il, ne lui semblait pas plausible.

– Une femme aussi délicate, expliqua-t-il.

Johnny ne pouvait le suivre sur cette voie. Dans les histoires qu'il écrivait on ne pouvait jamais disculper les femmes parce qu'elles étaient délicates. Pas une fois, mais à de nombreuses reprises, l'inspecteur Jervis avait été mis K.O. par des blondes qui répondaient exactement à cette description. Elles attendaient qu'il leur tourne le dos et y allaient de bon cœur avec la crosse de leur pistolet ou un presse-papiers. Il considéra Gertie d'un air dubitatif.

Mais Oily savait comment prouver l'innocence de sa bien-aimée.

– C'est complètement absurde, dit-il avec civilité, mais on peut décider très simplement qui a raison, je crois. Si ma femme a frappé Mr Wisdom avec une… quel est le mot que vous avez utilisé, officier ?

– Matraque, Monsieur.

– Merci. Je pense que vous devez parler de ce que, dans mon pays natal, on appelle un casse-tête. Tu sais ce qu'est un casse-tête, ma douce ?

– J'en ai entendu parler.

– On en utilise pas mal dans les classes criminelles. Eh bien, comme je le disais, si ma femme a frappé Mr Wisdom avec un objet de ce genre, il doit être en sa possession, ou alors en la mienne. Vous serez probablement d'accord avec moi pour dire que Mrs Carlisle portant, comme vous le voyez, un bermuda et une chemise, aurait bien du mal à cacher une arme de cette taille sur sa personne, alors il ne vous reste plus qu'à la chercher sur moi, officier. Fouiller, je crois que c'est comme ça qu'on dit techniquement, ah, ah. Fouillez-moi, constable, jusqu'aux os. Vous voyez, dit-il quand le bras de la loi se fut exécuté en s'excusant, rien du tout ! Donc, nous en revenons à notre conclusion première. Mr Wisdom a eu une attaque.

Le constable McMurdo se gratta la tête.

– Pourquoi n'était-il pas roulé en boule ?

– Ah là, je vous l'ai déjà dit, vous me posez une colle. Sans doute ce gentleman sera-t-il capable de vous l'expliquer, dit Oily, alors que Nannie Bruce revenait, précédant le docteur Welsh muni de son sac noir.

CHAPITRE 21

Le hall se vida peu après l'arrivée du docteur Welsh comme un théâtre quand le spectacle a pris fin. Le docteur soutint la théorie d'Oily en disant que Cosmo devait s'être cogné la tête sur le côté du fauteuil, pansa la blessure et, aidé de Johnny, raccompagna le blessé jusqu'à sa chambre. Mr et Mrs Carlisle, certains que le meuble en imitation de châtaignier garderait leur secret, regagnèrent la leur. Quand Lord Ickenham rentra de la promenade qu'il avait faite dans le parc, seul l'officier McMurdo était présent. Il était debout à côté du fauteuil qu'il considérait avec une intensité toute professionnelle. Lord Ickenham le salua avec sa bienveillance coutumière.

– Ah Cyril, mon vieux. Je vous souhaite bien le bonjour, joyeux constable. À moins, ajouta-t-il en le regardant de plus près, que vous ne soyez pas aussi joyeux que cela. Je crains bien que non. Vous avez un air sévère, officiel, comme si vous veniez de voir quelqu'un déplacer des porcs sans permis, ou refuser d'abattre une cheminée condamnée. A-t-on commis un crime, par ici ?

L'officier McMurdo était trop heureux de trouver un confident pour le QI duquel il avait le plus profond respect. Ce qu'il appelait déjà le cas Wisdom le mettait dans l'embarras.

– C'est bien ce que je voudrais savoir, M'lord. Des choses bizarres sont arrivées à Hammer Hall. Je me demande bien pourquoi il n'était pas roulé en boule.

– Je vous demande pardon ? Je crains de ne pas saisir.

– Mr Wisdom, M'lord. Quand on a une attaque, on se roule en boule.

– Ah bon ? Ravi de connaître le processus. Mais, qu'est-ce qui vous fait croire qu'il a eu une attaque ?

– C'est ce qu'a dit le docteur. Il était couché par terre avec les jambes étendues.

– Ah bon ? Des gens bizarres, ces docteurs. On ne sait jamais ce qu'ils vont faire.

– Vous m'avez mal compris, M'lord. Ce n'est pas le docteur Welsh qui était couché par terre, c'était Mr Wisdom. Et Mr Carlisle a fait une déclaration disant que... J'ai tout dans mon carnet... une demi-seconde, oui, voilà... a déclaré que lui et Mrs Carlisle traversaient le hall et ont observé Mr Wisdom qui tombait de son fauteuil et se cognait la tête sur le côté dudit siège, ce qui lui a causé, derrière l'oreille, une bosse de la taille d'une noix. Une sorte d'attaque, à ce qu'ils ont pensé. Mais remarquez, M'lord. En reprenant conscience, Mr Wisdom a fait, à son tour, une déclaration, accusant Mrs Carlisle de l'avoir frappé à la nuque avec une matraque.

– Quoi !

– Oui M'lord. De sorte qu'il est difficile de passer les preuves au crible pour tirer des conclusions, n'est-ce pas ? S'il avait été roulé en boule, j'aurais dit qu'on ne peut pas accorder grande confiance à ses paroles, mais comme ses jambes étaient étendues, on se demande, en quelque sorte, s'il n'y a pas quelque chose de vrai dans ce qu'il dit. D'un autre côté, est-il probable qu'une femme délicate puisse cogner...

Il s'interrompit et son visage, qui avait ressemblé à celui d'un limier sur une piste, prit l'expression d'un mouton amoureux. Une autre femme délicate, en la personne de Nannie Bruce, venait d'entrer. Elle lui adressa un regard hautain et s'adressa à Lord Ickenham.

– On demande Votre Seigneurie au téléphone, Mylord. Sir Raymond Bastable, de Hammer Lodge. C'est la troisième fois depuis ce matin qu'il appelle Votre Seigneurie.

Tout en se dirigeant, le long du couloir, vers le bureau de Johnny où se trouvait le téléphone, Lord Ickenham ressentait des élancements autour des tempes et une impression de vertige habituellement induits seulement par la conversation de Mr Saxby. L'histoire de l'officier McMurdo l'avait intrigué. Pour lui, en passant les preuves au crible, comme disait le constable, il était évident que, pour une raison quelconque, Mrs Carlisle avait asséné un coup de matraque sur le crâne de Cosmo Wisdom (qu'elle lui en avait mis une, comme elle le disait si bien), mais pourquoi avait-elle agi ainsi ? Parce qu'elle n'aimait pas ce jeune homme ? Par exubérance puérile ? Ou juste pour faire quelque chose afin de passer le temps avant le déjeuner ? Mieux valait, se dit-il, oublier ce problème. Impossible d'imaginer le processus mental de cette femme. Ces vautours agissaient suivant des lois inconnues.

Arrivé dans le saint des saints de Johnny, il prit le combiné et sauta en l'air quand une voix évoquant un lion à l'heure du repas rugit dans son tympan.

– Frederick ! Où diable étiez-vous pendant tout ce temps ?

– Dehors, Beefy, dit doucement Lord Ickenham. Je me promenais en jouissant de ce merveilleux soleil. On m'a dit que vous aviez essayé de me joindre. Qu'est-ce qui ne va pas ?

D'après le son de sa voix, Sir Raymond s'étranglait.

– Je vais vous dire ce qui ne va pas ! Savez-vous ce que j'ai vu dans le journal, ce matin ?

– Je crois que je peux le deviner. C'était déjà dans le journal d'hier soir.

– À propos de *Cocktail Time* ? Sur ces gens qui offrent cent cinquante mille dollars pour les droits cinématographiques ?

– Oui. C'est beaucoup d'argent.

– Beaucoup d'argent ! C'est énormément d'argent. Et il va aller dans les poches de ce damné Cosmo si vous ne faites pas ce qu'il faut, Frederick.

– Faut-il que je sème la joie et la lumière ? C'est toujours mon but, Beefy.

– Alors, pour l'amour de Dieu, donnez-moi cette lettre. C'est la seule preuve que c'est moi qui ai écrit ce livre. Frederick, dit Sir Raymond, et sa voix se fit suppliante. Vous ne pouvez pas me la refuser. Depuis le temps, vous avez dû entendre dire que ma conduite avec Phoebe ces deux dernières semaines a été… quel est le mot ?

– Angélique ?

– Oui, angélique. Demandez à Peasemarch si j'ai seulement élevé la voix devant elle. Demandez à n'importe qui.

– Inutile de faire une enquête, Beefy. Tout Dovetail Hammer sait que votre attitude envers Phoebe a été d'une douceur remarquable. Plusieurs personnes m'ont dit que, dans le noir, elles vous avaient pris pour le chevalier Bayard.

– Eh bien, alors ?

– Mais cet heureux état de chose va-t-il durer ?

– Bien entendu.

– J'ai votre parole d'honneur et d'ancien d'Oxford ?

– Certainement. Attendez une minute. Vous voyez ce que j'ai là ?

– Désolé, Beefy. Ma vision est limitée.

– Une bible. Et je suis prêt à jurer dessus...

– Mon cher vieux, votre parole me suffit. Mais n'oubliez-vous pas quelque chose ? Et votre carrière politique ?

– Au diable ma carrière politique ! Je ne veux pas de carrière politique. Je veux cent cinquante mille dollars.

– Très bien Beefy. Calmez-vous. L'argent est à vous. Allez chercher Albert Peasemarch et amenez-le au téléphone.

– Je dois faire quoi ?

– Pour que je puisse lui dire de vous rendre cette lettre. J'ai dû la confier à ses soins car des méchants sont après elle, et on ne sait jamais si les Marines des États-Unis ne vont pas finir par s'endormir à leur poste. Rappelez-moi quand il sera là. Je n'ai pas envie de rester là, à tenir cet instrument.

Lord Ickenham raccrocha et retourna dans le hall, dans l'espoir de continuer sa conversation avec l'officier McMurdo. Mais le constable avait disparu, peut-être pour s'occuper des devoirs de sa fonction, mais plus probablement pour reprendre sa cour. Le seul occupant du hall était le vieux Mr Saxby, assis dans le fauteuil récemment libéré par Cosmo. Il fixa sur Lord Ickenham un œil de morue bienveillante.

– Ah, Scriventhorpe, dit-il. Ravi de vous rencontrer. Avez-vous vu Flannery, ces temps-ci ?

– Je crains bien que non.

– Vraiment ? Et comment allait-il ? Bien j'espère, malgré sa sciatique ? Est-ce votre première visite à Hammer Hall ?

– Non. Je viens souvent ici. Johnny Pearce est mon filleul.

– J'ai été le filleul de quelqu'un, dans le temps. Il y a très longtemps. C'est une belle maison.

– Très.

– Et il y a de jolies choses. Mais je n'aime pas ce meuble en imitation de châtaignier.

– C'est une horreur, c'est vrai. Johnny va s'en débarrasser.

– Très sensé de sa part. Vous savez ce que dit toujours Flannery à propos des fausses antiquités.

Avant que Lord Ickenham ne pût connaître l'opinion de cet homme mythique sur le sujet, Nannie Bruce parut.

– Sir Raymond Bastable au téléphone, Mylord.

– Oh oui. Excusez-moi.

– Certainement, certainement. Êtes-vous jamais, demanda Mr Saxby à Nannie Bruce quand Lord Ickenham fut sorti, allée à Jérusalem ?

– Non, Monsieur.

– Ah. Il faudra me raconter ça un de ces jours, dit Mr Saxby.

Il est peu probable que même l'Oncle Charlie de Miss Bruce au sommet de l'une de ces célèbres attaques ait pu montrer une plus grande agitation que Sir Raymond Bastable en s'embarquant pour le second épisode de sa conversation téléphonique avec son demi-beau-frère. Sa visite à l'office d'Albert Peasemarch, où l'infortuné invalide éternuait toujours, l'avait laissé (nous devons à nouveau nous tourner vers Roget et son excellent Thésaurus) accablé, éprouvé, frappé, malheureux, pitoyable, calamiteux, et lamentable.

Il n'est pas facile, pour un homme qui éternue sans arrêt, de bien raconter une histoire, mais Albert Peasemarch avait assez bien narré la sienne pour rendre Sir Raymond capable d'en comprendre l'essentiel, et cela l'avait affecté comme l'explosion d'une bombe. C'était, dit-il à Lord Ickenham, après l'avoir informé, par une avalanche de termes bien choisis, de ce qu'il pensait de son neveu Cosmo, la fin de tout.

– La fin de tout, répéta-t-il en s'étranglant sur les mots. Le jeune reptile a certainement brûlé la chose, maintenant. Oh, Enfer et damnation !

Il fut probablement peu judicieux à Lord Ickenham de lui dire à ce moment de ne pas s'inquiéter, car cet avis amical, à en juger par les sons venant du bout Bastable du fil, sembla avoir le pire des effets. Mais il avait de solides raisons de le donner. En un éclair, il avait deviné le motif de la conduite, jusqu'ici inexplicable, de Mrs Gordon Carlisle et de sa matraque. En supposant qu'elle s'était juste laissée aller à un caprice, cognant simplement parce que ça lui semblait une bonne idée à ce moment-là, il avait été injuste avec cette femme. C'était pour des motifs commerciaux impérieux qu'elle avait offert à Cosmo cette bosse grosse comme une noix.

– Écoutez, dit-il. Et il commença à expliquer les faits à son parent par alliance, assez gêné en cela par le fait que ce dernier refusait de cesser de parler.

Quand il eut fini, il y eut une pause de quelques instants, occupée par Sir Raymond à faire une sorte de gargouillis.

– Vous voulez dire, dit-il quand il put articuler, que cet ignoble Carlisle a la lettre ?

– Exactement. Donc, tout va bien.

Il y eut une autre pause. Sir Raymond, apparemment, demandait à Dieu de lui donner la force.

– Bien ? dit-il d'une étrange voix rauque et basse. Vous dites que tout va bien ?

– C'est ça. Il va bientôt venir vous voir, j'imagine, alors ce que je veux que vous fassiez, Beefy, c'est aller dans votre jardin et ramasser quelques grenouilles. Une demi-douzaine. Pour les lui glisser dans le cou, expliqua Lord Ickenham. Vous vous souvenez qu'il a la peau très sensible. Nous l'attrapons et nous versons les grenouilles. Je serais extrêmement surpris si, après que la troisième, ou peut-être la quatrième grenouille aura commencé à danser le rock and roll sur son épiderme, il n'était pas pris d'une soudaine envie de vous rendre cette lettre. Il y a des années, quand j'étais enfant, un garçon nommé

Percy Wilberforce m'a traité de la sorte pour que je lui donne ma sucette. Il l'a eue en trois secondes. Même si j'étais aussi intrépide qu'on peut l'être, je n'ai pas pu supporter cette épreuve. Et, si un Ickenham a faibli ainsi, est-il probable qu'un Gordon Carlisle soit plus résolu ? Allez-y, Beefy. Commencez la récolte. Mettez-les dans un sac en papier, dit Lord Ickenham qui retourna dans le hall.

Il trouva Mr Saxby traînant dans les environs du meuble en châtaignier.

– Ah, Scriventhorpe. Vous êtes de retour ? Plus je regarde cette chose, plus je la trouve affreuse. Elle est vraiment horrible. Flannery la détesterait. J'ai trouvé quelque chose d'étrange dans l'un des tiroirs, dit Mr Saxby. Sauriez-vous ce que c'est ?

Lord Ickenham regarda l'objet qu'il tenait et sursauta.

– C'est une matraque.

– Une matraque, vous croyez ?

– Certainement.

– Ce mot est nouveau pour moi. À qui sert-elle ?

– Des femmes délicates en font usage pour en mettre une bonne aux gens.

– Vraiment ? Très intéressant. Il faudra que je le dise à Flannery quand je le verrai. Au fait, poursuivit Mr Saxby, j'ai trouvé une lettre adressée à Bastable.

Lord Ickenham retint sa respiration, comme un joueur qui a placé tout l'argent qui lui reste sur un numéro plein, à la roulette, et qui le voit sortir.

– Puis-je la voir ? dit-il, d'une voix un peu tremblante. Merci. Oui, vous avez raison. Elle est adressée à Bastable.

Je ferais peut-être mieux de m'en charger. Je dois aller le voir bientôt, alors je la lui donnerai. Curieux, de la trouver dans ce tiroir.

– On a un jour trouvé une lettre de Flannery dans la dinde de Noël.

– Vraiment ? Il se passe des choses étranges, depuis la fin de la guerre, n'est-ce pas ? Une leçon pour que le cher ami ne mange plus de dinde. Excusez-moi, dit Lord Ickenham. Il faut que je téléphone.

Il eut Phoebe au bout du fil.

– Allô Phoebe, dit-il. Raymond est-il là ?

– Il est sorti dans le jardin, Frederick. Dois-je aller le chercher ?

– Non, ne vous dérangez pas. Donnez-lui juste un message. Dites-lui d'arrêter de ramasser des grenouilles.

– D'arrêter quoi ?

– De ramasser des grenouilles.

– Il y a quelque chose qui ne va pas dans cet appareil. On dirait que vous me demandez de dire à Raymond d'arrêter de ramasser des grenouilles.

– C'est ça.

– Il ramasse des grenouilles ?

– Il m'a dit que c'était son intention.

– Mais, pourquoi ramasserait-il des grenouilles ?

– Ah, qui peut le dire ? Les avocats sont excentriques, vous savez. Il en a probablement ressenti une envie soudaine. Au revoir, Phoebe. Où êtes-vous, pour le moment ?

– Dans le bureau de Raymond.

– Bon. N'oubliez pas qu'Albert Peasemarch vénère le tapis où vous posez les pieds, dit Lord Ickenham.

Il fredonnait une mélodie joyeuse en raccrochant car il savait, sans l'ombre d'un doute, que les choses s'arrangeaient. Avec la lettre, qui avait bondi de vautour en vautour comme le chamois des Alpes de rocher en rocher, enfermée en sécurité dans la poche de sa veste, il se sentait au meilleur de sa forme. Il avait bien mérité un bon cigare et il le fumait dans l'allée, en pensant qu'il était bien agréable de s'être débarrassé de Mr Saxby quand il s'aperçut qu'il n'en était pas débarrassé du tout. Le vieux gentleman trottinait à ses côtés, comme s'il venait de sortir d'une trappe.

– Oh, Scriventhorpe.

– Hello, Saxby. Je me disais justement que j'aimerais bien vous avoir près de moi.

– Je vous cherchais, Scriventhrope. Je pensais que vous seriez heureux de savoir… Un cingle plongeur !

– Ils valent la peine d'être connus, les cingles plongeurs ?

– Il y a un cingle plongeur, là-bas. Je vais aller l'observer dans un moment. Ce que j'allais vous dire, c'est que je pensais que vous seriez heureux de savoir que cet horrible meuble à tiroirs est parti.

– Comment cela ?

– Deux hommes sont venus et l'ont emporté après votre départ. J'ai cru comprendre qu'on allait le mettre aux enchères.

– Aux enchères, hein ?

– C'est ce qu'ils m'ont dit. Mais je doute que quelqu'un de sensé en donne plus d'une livre ou deux, dit Mr Saxby qui fila, jumelles à la main, observer son cingle plongeur.

D'habitude les gens que Mr Saxby débarrassait de sa compagnie ressentaient une vague de soulagement couplée avec la détermination de ne plus se laisser coincer par lui à l'avenir, mais Lord Ickenham s'aperçut à peine de son départ. Toute son attention était fixée sur une image mentale, l'image de Beefy et Gordon Carlisle enchérissant furieusement l'un contre l'autre pour la possession du meuble en imitation de châtaignier, de façon à renflouer Jonathan Twistleton Pearce, ce pauvre jeune homme qui avait besoin de cinq cents livres pour épouser sa Belinda. Connaissant Beefy et connaissant Gordon Carlisle, leur bourse bien garnie et leur résolution d'airain de mettre la main sur cette lettre fatidique, il espérait bien que plus de cinq cents livres allaient venir accroître le compte en banque de Jonathan Twistleton Pearce.

Bien qu'il y ait, comme toujours, des inconvénients. Pour arriver à cet heureux dénouement, il lui faudrait farder un peu la vérité et informer Beefy que la lettre était dans ce meuble ; mais c'était un homme capable de travestir un peu la vérité quand l'occasion le commandait. Un altruiste dont la mission est de semer joie et lumière peut se permettre une certaine licence.

CHAPITRE 22

La vente aux enchères avait lieu à la mairie du village, une monstruosité de briques rouges érigée vers 1880 par le même Pearce de l'époque victorienne qui avait acheté le meuble de châtaignier et, après le déjeuner du grand jour, Lord Ickenham, désireux d'éviter Mr Saxby qui montrait une disposition sans cesse croissante à le harponner pour lui parler de Flannery, était allé fumer son cigare dans le bureau de son filleul, en se disant que, là au moins, il serait en sécurité.

Johnny, pour avoir un entretien privé avec Belinda, s'était rendu à Londres, sévère et résolu, dans une voiture empruntée à Mr Morrison, du Coin et du Maillet. Il avait l'intention d'être ferme à propos de cette histoire de Norbury-Smith.

Le bureau était frais et paisible, avec ses portes-fenêtres ouvertes sur la terrasse, mais, sur le visage du cinquième comte, on remarquait un froncement de sourcils, comme si des pensées sombres le troublaient. C'était bien le cas. Il pensait à Beefy Bastable, ce jouet malchanceux du Destin qui, puisque sa fortune et sa détermination ne pouvaient manquer de lui faire gagner son match contre Gordon

Carlisle, allait bientôt se séparer de plusieurs centaines de livres pour un meuble en imitation de châtaignier qui valait peut-être cinquante shillings.

Lorsque, étendu dans le hamac, il avait parlé avec Oily, Lord Ickenham, on s'en souvient, avait beaucoup insisté sur les souffrances intolérables du rebut de la société à l'arrivée des Marines des États-Unis. Celles de Sir Raymond quand il ouvrirait les tiroirs du meuble et ne trouverait pas de lettre ne seraient pas moindres. Il y a des hommes qui, aussi riches soient-ils, ont un dégoût particulier à l'idée de payer de grosses sommes d'argent pour rien et l'éminent avocat appartenait à cette partie de l'humanité.

L'esprit de Lord Ickenham pleurait sur la détresse de son ami. Il est vraiment dommage que, quand vous vous donnez pour but de semer joie et lumière, vous vous aperceviez si souvent qu'il n'y en a pas assez dans le monde pour que chacun soit compris dans la distribution.

D'un autre côté, si personne n'était là pour enchérir contre Oily, ce qui rendrait impossible une manœuvre semblable à celle de l'agent de Barbara Crowe à Hollywood, le meuble serait adjugé à ce gentleman dernier enchérisseur pour quelque dix shillings, ce qui ne ferait pas tout à fait les affaires de Jonathan Pearce qui avait besoin de cinq cents livres.

L'occasion, en un mot, était l'une de celles, si courantes dans ce monde imparfait, où quelqu'un devait se trouver du mauvais côté du bâton, et seul Beefy pouvait jouer ce rôle. Lord Ickenham pouvait bien être convaincu que le sacrifice de Beefy était pour la bonne cause, cela ne voulait pas dire qu'il aimait cette idée.

Pour se distraire un moment de ces tristes pensées, il ramassa l'exemplaire du *Daily Gazette* du matin que Johnny avait laissé sur le sol près de son bureau, et commença à le feuilleter. C'était un journal qu'il n'avait jamais beaucoup apprécié, et il ne fut pas surpris de ne pas trouver grand-chose de passionnant dans les pages un, deux et trois. Mais la page quatre éveilla son intérêt. Son attention fut attirée ~~sur~~ par l'une de ces grosses manchettes qui étaient la spécialité de ce périodique.

VRAI, OSÉ, COURAGEUX

disait-elle et, en dessous :

COCKTAIL TIME

Notre nouveau feuilleton choc
par
COSMO WISDOM

Premier épisode aujourd'hui

Il y avait aussi une photo de l'enfant chéri de Phoebe tout yeux sournois et petite moustache noire, qui aurait aussi bien pu être celle d'un célèbre filou retenu par la police lors d'une enquête sur le trafic de drogue.

– Nom d'un chien de pétard de sort ! murmura Lord Ickenham, persuadé qu'aucun copyright ne protégeait la citation d'Albert Peasemarch. Les écailles venaient de tomber de ses yeux.

Jusqu'à présent, il ne lui était jamais venu à l'idée de considérer Cosmo Wisdom comme un enchérisseur potentiel pour le meuble. Il le supposait, sinon sans un sou, du moins sans plusieurs centaines de livres. Il était maintenant évident qu'il devait revenir sur cette opinion. Il n'était pas très au courant des prix pratiqués dans les milieux littéraires, mais on pouvait présumer que, pour un feuilleton aussi vrai, osé et courageux que *Cocktail Time*, un journal comme la *Gazette*, qui avait plus d'argent qu'il ne savait en dépenser et qui cherchait toujours à en faire profiter quelqu'un, devait payer assez royalement. En d'autres mots, Cosmo, qui naguère était toujours à la recherche de dix shillings pour finir la semaine, devait maintenant être plein aux as. Si, par ce bel après-midi d'été, ses poches ne débordaient pas, Lord Ickenham voulait bien être damné.

Quelle pensée, donc, pouvait être plus agréable que celle de substituer cet opulent jeune homme à Beefy ? Et, à peine se fut-il arrêté à cette solution pleinement satisfaisante que, regardant par la porte-fenêtre, il vit l'opulent jeune homme en personne qui traversait la terrasse la tête basse, en traînant les pieds comme un batelier de la Volga.

Et si quelqu'un était excusable de se comporter comme un batelier de la Volga, c'était bien Cosmo Wisdom à ce moment. Derrière l'oreille gauche de la tête qu'il baissait il y avait une énorme bosse, extrêmement douloureuse quand il faisait des mouvements brusques et ceci, en soi, eût été suffisant pour détériorer sa joie de vivre. Mais, bien pire que sa détresse physique, il y avait l'angoisse mentale de la pensée que la lettre qui valait tant pour lui était maintenant en la possession d'Oily Carlisle. Pas étonnant, alors, que, quand il entendit une voix prononcer son nom et que, levant sa tête penchée, il vit Lord Ickenham lui sourire par la fenêtre du bureau, ses manières ne furent guère cordiales.

– Voulez-vous entrer un moment, Cosmo ? Je voudrais vous parler.

– De quoi ?

– Rien que je puisse crier sur les toits ou hurler sur les terrasses. Je ne vous garderai pas longtemps, dit Lord Ickenham quand son jeune ami passa la porte-fenêtre. C'est à propos de cette lettre.

La grimace de Cosmo s'accentua. Il n'avait nulle envie de parler de cette lettre.

– Oh, c'est ça ? dit-il d'un air désagréable. Eh bien, vous perdez votre temps. Je ne l'ai pas.

– Je le sais bien. C'est Mr Carlisle qui l'a.

– Qu'il soit maudit !

– Certainement, si c'est votre désir. Je n'aime pas trop ce type, moi non plus. Nous devons terrasser cet homme, Cosmo, avant qu'il ne commence à faire du vilain. Nul besoin d'une boule de cristal pour deviner ce que sera votre avenir si cette lettre reste en sa possession. Il ne vous restera plus rien des largesses d'Hollywood quand il sera passé car, si un homme croit fermement dans le partage des richesses, c'est bien le nommé Carlisle. Il faut contrecarrer ses plans.

– C'est facile à dire, mais ça ne sert à rien, dit Cosmo, encore plus désagréable que précédemment. Comment diable pourrais-je contrecarrer ses plans ?

– Écoutez attentivement et je vais vous le dire.

L'effet sur Cosmo du bref résumé de la position des affaires que lui fit Lord Ickenham fut un sursaut convulsif. Et, comme tout ce qui ressemble à un sursaut convulsif fait, sur un homme qu'une douce main féminine a récemment assommé avec une matraque, l'impression qu'on lui enfonce un fer rouge dans le crâne, il poussa un cri de douleur, comme un batelier de la Volga piqué par un moustique.

– Je sais, je sais, dit Lord Ickenham en hochant la tête avec sympathie. Vous ressentez encore les effets du coup sur la calebasse, n'est-ce pas ? Quand j'étais jeune, lors d'une discussion politique dans un saloon de la Troisième Avenue, à New York, j'ai carrément pris sur l'occiput une canette de bière envoyée par un gentleman du nom de Moriarty (pas un parent du professeur, que je sache), et il m'a fallu plusieurs jours pour redevenir moi-même.

Cosmo le regardait, bouche bée.

– Vous voulez dire que la lettre est dans ce meuble ?

– Carlisle l'y a certainement déposée.

– Comment le savez-vous ?

– J'ai des moyens personnels d'apprendre les choses.

– Et on le met aux enchères ?

– Précisément.

– Je vais aller enchérir.

– Exactement ce que j'allais suggérer. Vous devez, bien sûr, vous préparer à ce que ça monte haut. Carlisle ne va pas abandonner la chose sans combattre. Mais, avec ce feuilleton et tout le reste, j'imagine que vous roulez sur l'or, ces jours-ci, et que quelques centaines de livres ne sont rien pour vous. Comment va votre voix ?

– Hein ?

– Dites « mi-mi ». Excellent, dit Lord Ickenham. Comme une cloche d'argent. Le commissaire-priseur vous entendra parfaitement. Allez-y. Enchérissez jusqu'à ce que les yeux vous sortent de la tête, mon garçon, et que le ciel vous soit en aide.

Et maintenant, se dit-il alors que Cosmo venait de filer et qu'un hurlement lointain lui apprenait qu'il avait encore imprudemment secoué la tête, trouver une ruse simple pour retirer Beefy de la compétition. La mairie du village ne devait pas voir Beefy cet après-midi.

Quand Lord Ickenham cherchait l'inspiration, ce n'était jamais en vain. Évidemment ! pensa-t-il un moment plus tard. Oui, cela marcherait. Comme les choses sont toujours simples si vous vous concentrez, les yeux fermés, et que vous laissez vos petites cellules grises faire le travail. Un rapide coup de téléphone à Albert Peasemarch pour lui demander d'enfermer Beefy dans la cave à vin et la situation serait en ordre.

Il allait atteindre l'instrument, rayonnant comme le sont les hommes dont le cerveau fonctionne à plein régime, quand il lui sonna à la figure avec la brusquerie habituelle aux téléphones. Il décrocha.

– Allô ? dit-il.

C'était Phoebe. Comme presque toujours, elle paraissait agitée.

CHAPITRE 23

– Oh, Frederick ! dit-elle, en haletant comme un lapin blanc échauffé par la chasse.

– Allô, Phoebe, ma chère, dit Lord Ickenham. Qu'y a-t-il ? Vous semblez hors de vous.

Il y eut une brève pause pendant laquelle elle parut soupeser l'expression comme l'eût fait Roget si quelqu'un lui avait proposé de l'inclure dans son Thésaurus.

– Eh bien, pas vraiment hors de moi. Mais je ne sais plus si je suis sur mes pieds ou sur ma tête.

– Passons les preuves au crible. À quel bout de vous est le plafond ?

– Oh, ne soyez pas stupide, Frederick. Vous savez ce que je veux dire. Seigneur, j'espère que Cossie approuvera la décision que j'ai prise. Enfin, ce n'est pas comme si j'étais une jeune fille. J'ai presque cinquante ans, Frederick. Il pourrait penser que c'est bizarre.

– Vous avez l'intention de vous joindre au corps de ballet de l'Hippodrome ?

– Mais de quoi parlez-vous ?

– Ce n'est pas ce que vous essayez de me dire ?

– Bien sûr que non. Je vais me remarier.

L'écouteur bondit dans la main droite de Lord Ickenham et le cigare dans la gauche. Voilà une nouvelle ! N'importe quel journal en eût fait sa une.

– Bert ? s'exclama-t-il. Bert est-il enfin sorti de sa réserve d'acier pour vous parler ? Allez-vous devenir Lady Peasemarch ?

– Mrs Peasemarch.

– Pour un moment, encore, c'est vrai. Mais un homme qui a les capacités de Bert sera forcément anobli tôt ou tard. Ma chère Phoebe, cette nouvelle me réchauffe le cœur. Vous n'auriez pas pu trouver plus franc et plus dévoué que Bert. Vous savez ce que l'Ecclésiaste dit de lui ? Il dit… Non, désolé, j'ai oublié pour l'instant, mais c'est quelque chose de très flatteur. Il n'y a qu'une seule chose que vous devrez surveiller, chez Albert Peasemarch. C'est son côté Tambour de Drake. Attention à ce qu'il ne chante pas pendant la cérémonie du mariage.

– Quoi, cher ?

– Je disais que si, lorsqu'il sera à côté de vous à l'autel, Bert commence à chanter *Le Tambour de Drake*, il faut lui donner un coup de coude.

– Nous allons nous marier dans un bureau de registres.

– Très bien, alors. Aux registres, ils sont plus accommodants. L'employé se joindra probablement au chœur. Et que pense Raymond de cette union ?

– Nous ne le lui avons pas encore dit. Albert pense qu'il vaut mieux qu'il finisse son mois avant.

– Très sensé. Cela évitera beaucoup d'embarras à Beefy. Il est toujours difficile pour un homme d'être vraiment à l'aise avec son majordome s'il sait que ce dernier va épouser sa sœur. Une certaine contrainte serait inévitable quand Bert passerait les pommes de terre. Mais, n'omettons-nous pas les premiers chapitres ? Dites-moi comment c'est arrivé. Soyez franche, osée et courageuse.

– Eh bien...

– Oui ?

– Je me demandais par où commencer. Voilà, je suis allée voir Albert à l'office pour lui parler de ce pauvre petit Benjy, qui va beaucoup mieux, vous serez heureux de l'apprendre. Albert a dit que son nez était tout à fait froid.

– Je me souviens qu'il était toujours froid, quand nous étions aux Home Guards.

– Quoi, cher ?

– Vous disiez que le nez d'Albert était froid.

– Non. Celui de Benjy.

– Ah, de Benjy ? Alors, tout va bien, n'est-ce pas ?

– Et alors, nous avons bavardé, et quelque chose qu'a dit Albert m'a fait penser à Raymond. En fait, je pense toujours à Raymond, mais Albert a dit quelque chose qui m'a rappelé ce que vous aviez dit l'autre jour, qu'il avait perdu les pédales.

– J'ai dit qu'il n'avait pas perdu les pédales.

– Ah vraiment ? Je croyais que vous aviez dit qu'il les avait perdues. Et cela m'inquiétait terriblement. En pensant à George Winstanley, vous savez. Parce que Raymond est tellement bizarre, depuis une ou deux semaines. Pas tellement parce qu'il m'envoie des fleurs ou qu'il me demande des nouvelles de mes rhumatismes, mais je pense vraiment qu'il est étrange qu'il se baigne tout habillé dans le lac.

– Il a fait ça ?

– Je l'ai vu par ma fenêtre.

– Selon Shakespeare, Jules César avait l'habitude de se baigner tout habillé.

– Mais il ne ramassait pas de grenouilles.

– Non. Là vous marquez un point. Il est difficile de voir pourquoi Beefy pouvait vouloir ramasser des grenouilles. Ça m'a bien intrigué.

– Vous devez admettre que c'était suffisant pour m'inquiéter.

– Tout à fait.

– Cela me semblait mortellement triste.

– Pas étonnant.

– Alors, je n'y peux rien, je me suis mise à sangloter. Et, juste après, Albert m'a saisie par le poignet et m'a tirée vers lui à m'en donner le vertige. Puis il a dit « Ma femme ! » et m'a serrée contre lui, et…

– Il a couvert de baisers brûlants votre visage offert ?

– Oui. Il m'a dit plus tard que quelque chose venait de se déclencher en lui.

– Je crois que cela arrive souvent. Eh bien, rien ne pourrait me faire plus de plaisir, Phoebe. Vous avez agi sagement en liant votre sort à celui de Bert. L'instinct vous a dit que c'était une bonne chose et vous avez, très intelligemment, saisi votre chance. Le mari idéal. Où est Bert, au fait ? À l'office ?

– Je crois. Il donne du concentré de bœuf à Benjy.

– Pouvez-vous l'amener au téléphone ? Je voudrais me concerter avec lui.

– Vous voulez le féliciter ?

– Cela aussi. Mais il y a une petite affaire dont je voudrais discuter avec lui. Juste une de ces choses qui arrivent de temps en temps. Oh Bert, dit Lord Ickenham quelques instants plus tard, j'ai appris la grande nouvelle. Toutes mes félicitations, mon vieux camarade, et un million de souhaits pour votre bonheur futur. Très intéressant d'apprendre que le système Ickenham vient de marquer un nouveau point. Il échoue rarement, quand on l'applique avec une énergie convenable. Ce que vous avez fait, si j'ai bien compris. Le mouvement préliminaire, voilà le secret. C'est probablement là où Cyril McMurdo a fait erreur. Bon, je suppose que vous marchez sur un nuage en semant des pétales de roses que vous prenez, par poignées, dans votre chapeau melon ?

– Je suis extrêmement heureux de ma bonne fortune, Mr I.

– Vous parlez ! Rien ne vaut l'état marital. C'est la seule vie qui vaille d'être vécue, comme vous le diraient Brigham Young et le roi Salomon s'ils étaient encore parmi nous. Et maintenant, il y a une question que je voudrais vous poser. Je me demande si vos fiançailles vous font le même effet que m'ont fait les miennes, il y a bien des années. Je me rappelle que j'étais empli d'une bienveillance universelle pour toute la race humaine. Je voulais apporter le bonheur à tous ceux que je rencontrais. Ressentez-vous la même chose ?

– Oh oui, Mr I. C'est exactement ce que je ressens.

– Splendide ! Parce qu'il y a un petit travail très simple que je voudrais que vous fassiez pour moi. Votre future épouse sera-t-elle présente pendant les deux heures qui viennent ?

– Je ne pense pas, Mr I. Elle vient de partir pour la vente à la mairie et je crois qu'elle ne rentrera pas de sitôt.

– Excellent. Alors, personne n'entendra les cris.

– Les cris, Mr I ?

– Les cris du grand chef. Je veux que vous l'enfermiez dans la cave à vin, Bert, et je suppose qu'il criera pas mal. Vous savez comment sont les gens quand on les enferme dans les caves à vin.

Il semblait que le destin de Lord Ickenham, ces jours-ci, consistait à faire sortir de ceux avec qui il conversait au téléphone ce que Mr et Mrs Carlisle appelaient des grognements ou des gargouillis, quoique le son qui sortit de l'écouteur à cet instant serait mieux explicité par le terme « glouglou ». Quelle que soit la classification correcte, il indiquait manifestement que ses paroles avaient fait une forte impression sur Albert Peasemarch. La manière dont il répondit rappelait Phoebe Wisdom dans ses plus grandes émotions.

– Faire quoi à Sir Raymond, Mr I ?

– L'enfermer dans la cave à vin. Vous ne devriez plus l'appeler Sir Raymond, maintenant que vous êtes lié à lui par des liens aussi sentimentaux. Il est temps que vous disiez Ray, ou Beefy. Bon, ce sera tout, Bert. Allez-y.

– Mais, Mr I !

Lord Ickenham fronça les sourcils. Mimique perdue, bien sûr, pour Albert Peasemarch qui ne pouvait pas le voir.

– Vous avez une manie plutôt ennuyeuse, Bert. Quand on vous demande de faire quelque chose de parfaitement simple, vous dites toujours « Mais, Mr I. », dit-il un peu sèchement. Ce n'est qu'un maniérisme, je sais bien, mais j'aimerais que vous cessiez. Qu'est-ce qui vous ennuie ?

— Eh bien, la question que je me posais était…

— Oui ?

— Pourquoi voulez-vous que j'enferme Sir Raymond dans la cave à vin ?

Lord Ickenham fit claquer sa langue.

— Peu importe pourquoi. Vous savez aussi bien que moi que les services secrets ne peuvent pas donner les raisons qui les font agir. Si je vous disais pourquoi et que vous vous mettiez à parler imprudemment, une troisième guerre mondiale serait inévitable. Et il me semble me souvenir que vous étiez opposé à l'idée d'une troisième guerre mondiale.

— Oh certainement, Mr I. Je n'aimerais pas ça du tout. Mais…

— Encore ce mot !

— Mais, ce que j'allais dire, c'est comment vais-je faire ?

— Mon cher ami, il y a des centaines de façons de faire entrer un homme dans une cave à vin. Dites-lui que vous voulez son opinion sur le bordeaux qui vient d'arriver. Demandez-lui d'inspecter la bière au gingembre parce que vous craignez que des mites ne s'y soient mises. Cette partie de la chose ne présente aucune difficulté. Et l'enfermer sera également simple. Vous filez pendant qu'il ne vous regarde pas et vous tournez la clé dans la serrure. Un enfant de quatre ans pourrait le faire. Un enfant de trois ans, dit Lord Ickenham, après réflexion. Drake l'aurait fait sans même s'arrêter de battre son tambour. Au travail, Bert et appelez-moi dès que ce sera fait.

Le téléphone sonna dix minutes plus tard. Quand Albert Peasemarch parla, ce fut de la voix émue d'un néophyte nerveux qui vient de commettre son premier meurtre.

– Je me suis occupé de tout, Mr I.

– Il est au placard ?

– Oui, Mr I.

– Capital ! Je savais bien que je pouvais compter sur vous pour ne pas tout bousiller. Nous autres, Home Guards, ne bousillons pas. Ce n'était pas si difficile, n'est-ce pas ?

– Pas difficile, non…

– Mais cela vous a un peu secoué, sans doute, dit Lord Ickenham avec sympathie. Votre pouls bat vite, vous respirez avec peine et des points blancs dansent devant vos yeux. Allez donc vous étendre et faire une bonne sieste.

Albert Peasemarch toussa.

– Ce que je pensais faire, Mr I., c'était prendre le bus pour Reading et attraper le train pour Londres, et aller y passer une semaine ou deux. Je préférerais ne pas rencontrer Sir Raymond avant quelque temps.

– D'après ce que vous avez pu entendre derrière cette porte verrouillée, il semblait ennuyé, c'est cela ?

– Oui, Mr I.

– Je peux imaginer pourquoi. Je connais des douzaines d'hommes qui ne demanderaient qu'à être enfermés dans des caves à vin, mais vous avez sans doute raison.

Le temps est un grand consolateur, et tout ça. Alors, au revoir pour l'instant, Bert. Mille fois merci. Je veillerai à ce que le Quartier Général apprenne ce que vous avez fait. Si vous restez assez longtemps à Londres, j'irai vous voir et nous sortirons ensemble un de ces soirs.

Ravi, Lord Ickenham raccrocha le récepteur et sortit sur la terrasse. Il y était depuis quelques minutes et finissait son cigare en jouissant de la paix de cet après-midi ensoleillé, quand arriva une voiture qui s'arrêta devant la grand-porte. Craignant une visite officielle, il avait fait un pas en arrière et s'apprêtait à plonger dans l'ombre, quand l'occupant du véhicule descendit et qu'il reconnut Barbara Crowe.

CHAPITRE 24

Lord Ickenham aurait vraisemblablement été fort offensé si on lui avait dit que, dans certaines circonstances, sa pensée pouvait être mise en parallèle avec celle de Cosmo Wisdom, un jeune homme pour l'intelligence duquel il n'avait que mépris, mais il est pourtant vrai que la vue de Barbara Crowe l'amena à se dire, comme l'avait fait Cosmo, que Raymond Bastable était vraiment un idiot consommé d'avoir laissé partir cette femme. Dans son ensemble de sport, avec le petit chapeau vert assorti, elle était plus attirante que jamais, et rien n'eût pu faire plus chaud au cœur que le sourire dont elle le salua.

– Tiens, Freddie, dit-elle, que diable faites-vous ici ?

– Je réside chez Johnny Pearce, mon filleul, pendant que ma femme est en Écosse. Elle voulait que j'aille avec elle, mais cela ne me disait rien. Alors, comme pour je ne sais quelle raison stupide, elle ne veut pas que je me perde, comme elle dit, à Londres, elle m'a envoyé à Johnny. Mais vous, qu'est-ce qui vous amène en ces lieux ?

– Je suis venue voir Cosmo Wisdom pour lui organiser quelques apparitions à la télévision. Et Howard Saxby junior veut que je ramène Howard Saxby senior. Il a peur qu'il tombe dans le lac, ou quelque chose. La maison de votre filleul est une sorte d'auberge, n'est-ce pas ?

– Johnny prend des hôtes payants, oui.

– Je ferais mieux de retenir une chambre.

– Rien ne presse. Il faut que je vous parle, Barbara. Allons nous asseoir sous cet arbre, là-bas. Ce que j'espérais, en vous voyant descendre de voiture, dit Lord Ickenham, quand il l'eut installée dans un transat et en eut pris un lui-même, c'était que vous veniez voir Beefy Bastable.

Barbara Crowe sursauta.

– Raymond ? Que voulez-vous dire ? Il est ici ?

– Pas réellement dans l'asile de nuit de Johnny. Il habite au pavillon, de l'autre côté du parc. Nous irons le voir plus tard. Pas maintenant, car je sais qu'il sera très occupé pendant une heure ou deux, mais quand vous vous serez rafraîchie et recoiffée.

L'aimable visage de Barbara perdit quelque peu de son amabilité.

– C'est un peu délicat.

– Pourquoi ?

– Il va penser que je lui cours après.

– Bien sûr qu'il le pensera, et c'est une très bonne chose. Cela lui donnera l'encouragement dont il a tant besoin. Il se dira « Que le diable me patafiole, je croyais que je l'avais perdue, mais si elle me revient comme ça, c'est que ça peut encore s'arranger ». Son moral remontera. Et, de là à reprendre vos relations là où vous les aviez laissées, il n'y a qu'un pas. Pourquoi, demanda Lord Ickenham, ce rire sec et creux ?

– Vous ne trouvez pas que c'est drôle ?

– Pas le moins du monde. Qu'est-ce qui est drôle ?

– L'idée que vous semblez avoir que Raymond pense encore à moi.

– Ma chère enfant, il est fou de vous.

– Ridicule ! Il ne m'a pas approchée, pas écrit ou téléphoné depuis... que c'est arrivé.

– Bien entendu. Vous ne comprenez pas que Beefy est une plante sensible. Vous le voyez, au tribunal, en train d'étriper les témoins, et vous vous dites « Hum ! un dur, celui-là », sans savoir que, dans son cœur, il est... quelles sont donc ces choses qui se cachent ?... des violettes, voilà le mot que je cherche... sans savoir que, dans son cœur, il est comme une violette timide. Ce n'est pas une nature grossière comme moi. Chaque fois que Jane a rompu nos fiançailles, je l'ai pourchassée, les menaces aux lèvres, jusqu'à ce qu'elle revienne, mais Beefy ne ferait jamais ça. Il a supposé que, puisque vous lui donniez son congé, cela voulait dire que vous ne vouliez plus rien avoir à faire avec lui, et, bien que ce soit une douleur intolérable, il est resté loin de vous. Il devrait savoir qu'on ne doit attacher que peu, ou pas, d'importance à ces querelles d'amoureux. Encore ce rire sec ! Qu'est-ce qui vous amuse, maintenant ?

– Que vous appeliez cela une querelle d'amoureux.

– Je crois que c'est l'expression habituelle. Si ce n'était pas une querelle d'amoureux, qu'est-ce que c'était ?

– Une bagarre terrible. Une bataille homérique qui a culminé quand je l'ai traité de vieil empaillé pompeux.

– Je n'aurais pas cru que Beefy aurait à objecter à ça. Il sait bien qu'il est un vieil empaillé pompeux.

Barbara éclata d'une colère aussi violente que soudaine.

– Il n'est rien de ce genre ! C'est un agneau.

– Un quoi ?

– C'est l'homme le plus merveilleux qui ait jamais existé.

– C'est votre avis définitif ?

– Oui, Frederick Altamont Cornwallis Twistleton, c'est mon avis définitif.

Lord Ickenham hocha une tête ravie.

– C'est bien ce que je soupçonnais, l'ancienne flamme brûle encore. Elle brûle, n'est-ce pas ?

– Oui, elle brûle.

– Un mot de lui, et vous le suivriez au bout du monde ?

– Oui, je le suivrais.

– Enfin, il n'ira pas jusque-là. Pas pour le moment, en tout cas. Mais si les choses en sont là de votre côté, nous devrions pouvoir tout arranger à la satisfaction générale. Je n'étais pas sûr de vos sentiments. Je savais, bien entendu, que Beefy vous aimait. L'habitude qu'il a, quand il se croit seul, d'enfouir sa tête dans ses mains en murmurant « Barbara ! Barbara ! ».

– Il m'appelait toujours Baby.

Lord Ickenham sursauta.

– Beefy vous appelait ainsi ?

– Oui.

– Vous êtes sûre ?

– Tout à fait.

– Vous devez le savoir mieux que moi. Mais je n'aurais jamais cru... enfin, peu importe. Alors, c'était certainement « Baby ! Baby ! » qu'il murmurait. Là n'est pas l'important. Ce qu'il faut voir, c'est qu'il murmurait. Bon, je dois dire que tout me semble aller pour le mieux.

– Vraiment ?

– Sûrement. Voilà comment je vois les choses. Deux cœurs séparés qu'il va être très simple de rassembler.

– Pas aussi simple que vous le croyez.

– Quelle serait la difficulté ?

– La difficulté, mon cher Freddie, c'est qu'il veut absolument que Phoebe partage notre petit nid et que je veux, non moins absolument, qu'il n'en soit rien. En fait, c'est sur cet écueil que nous avons fait naufrage.

– Il voulait que Phoebe vive avec vous ?

– Oui. Raymond est parfois un peu parcimonieux. Je suppose que cela vient de toute la vache enragée qu'il a mangée quand il débutait au barreau. Il a été vraiment fauché, vous savez, avant de réussir. Quand j'ai suggéré que notre vie de couple se passerait mieux s'il donnait à Phoebe quelques milliers de livres par an en lui disant de prendre un appartement à Kensington, ou une villa à Bournemouth, ou ce qui lui ferait envie, il a dit qu'il ne pourrait pas se le permettre. Et, comme je l'ai dit, un mot en entraînant un autre... Perdez-vous jamais votre sang-froid, Freddie ?

– Très rarement. Je suis du genre pondéré.

– J'aimerais bien être comme vous. Quand on me provoque, je crache et je griffe. Il n'arrêtait pas de dire

des choses comme : « Nous devons rester pratiques » et
« Les femmes ne comprennent jamais que les hommes
ne fabriquent pas l'argent », et je n'ai pas pu le supporter.
C'est alors que je l'ai traité de vieil empaillé pompeux.
Oui ? dit Barbara, glaciale. Pourquoi ce rire sec et creux ?

– Je crois que ce ne sont pas les bons adjectifs pour
décrire ma douce hilarité. Ils suggèrent la tristesse et
l'amertume, et je suis tout sauf triste et amer. J'ai ri, musi-
calement et un peu ironiquement, parce qu'il m'amuse
toujours de voir des gens s'inventer, comme dirait Albert
Peasemarch, des problèmes artificiels.

– Artificiels ?

– Absolument.

– Dieu vous bénisse, Frederick Ickenham. Et qui est
Albert Peasemarch ?

– Un de mes amis intimes. Tout vous raconter sur lui,
sa carrière, ses aventures en mer et sur les champs de
batailles, son breakfast préféré et ainsi de suite, prendrait
trop de temps. Ce qui vous intéressera probablement le
plus est le fait qu'il va très prochainement épouser Phœbe.

– Quoi !

– Oui. Ils se sont décidés cet après-midi. L'expression
que vous cherchez probablement, suggéra Lord Ickenham
en voyant que sa compagne semblait à court de vocabu-
laire, est « Nom d'un chien de pétard de sort ! ». C'est
l'une de celles qu'utilise Albert Peasemarch quand il est
profondément ému.

Barbara retrouva la parole.

– Il va épouser Phoebe ?

– Cela vous surprend ?

– Eh bien, ce n'est pas tout le monde qui voudrait épouser Phoebe, n'est-ce pas ? Qui est cet humble héros ?

– Le majordome de Beefy. Ou peut-être, après ce qu'il m'a dit récemment au téléphone, devrais-je mettre un « ex » devant le mot.

– Phoebe va épouser un majordome ?

– Il faut bien que quelqu'un le fasse, sinon la race des majordomes s'éteindrait. Et Bert est bien supérieur à feu Algernon Wisdom. Vous disiez ?

– Je disais « Vite, Freddie, votre mouchoir ! »

– Vous avez un rhume de cerveau ?

– Je pleure. Des larmes de joie. Oh, Freddie !

– Je pensais bien que vous seriez contente.

– Contente ! Mais ça arrange tout.

– Tout a l'habitude de s'arranger quand un Ickenham s'en occupe.

– Vous voulez dire que vous y avez travaillé ?

– Je crois que quelque chose que j'ai dit à Phoebe, une remarque, en passant, à propos d'Albert Peasemarch qui vénérait le sol où elle posait les pieds, peut ne pas avoir été sans influence.

– Freddie, je vais vous embrasser.

– Rien ne me ferait plus plaisir mais, si vous regardez par-dessus votre épaule, vous verrez que nous allons bientôt avoir la société d'Howard Saxby senior. C'est très fréquent, par ici. Quoi qu'il arrive à Hammer Hall, il ne manque jamais d'Howard Saxby. Je me demandais justement ce qui le retenait. Ce n'est pas souvent qu'il nous prive aussi longtemps de sa compagnie. Hello, Saxby.

– Ah, Scriventhorpe.

– Cigarette ?

– Non merci, dit Mr Saxby en sortant de sa poche ses aiguilles et sa pelote de laine. Je préfère tricoter. J'ai commencé un sweater pour mon petit-fils. Un projet ambitieux, mais je pense en tirer quelque chose.

– Bon esprit. Voilà Barbara Crowe.

– C'est ce que je vois. C'est extraordinaire. Je me disais, en approchant : « Cette femme ressemble énormément à Barbara Crowe. » Je comprends maintenant pourquoi. Que faites-vous là, Barbara ?

– Je viens pour vous ramener à la maison, jeune Saxby.

– Je ne veux pas rentrer à la maison.

– Howard junior dit que vous le devez.

– Alors, je suppose que je n'ai pas le choix. Quand êtes-vous arrivée ?

– Il y a environ dix minutes.

– Je suis navré de n'avoir pas été ici pour vous accueillir. J'étais à la mairie, à regarder la vente. Vous auriez dû être là, Scriventhorpe. Ce meuble…

Lord Ickenham se redressa gaillardement.

– À combien est-il monté ?

– J'aimerais bien que vous ne m'aboyiez pas après comme ça, dit Mr Saxby, un peu irrité. Vous m'avez fait lâcher une maille. Je vous parlais de la vente, n'est-ce pas ? Elle était bourrée d'intérêt. Vous m'avez souvent accusé, Barbara, poursuivit Mr Saxby, d'être excentrique, et il y a peut-être quelque chose de vrai là-dedans car d'autres me l'ont dit aussi. Mais la véritable excentricité, l'excentricité au plein sens du terme, ne fleurit qu'à Dovetail Hammer. Je dois commencer par vous dire (vous m'excuserez, Scriventhorpe, car je vais aborder un sujet qui vous est déjà familier) qu'il y avait ici, récemment, un meuble en imitation de châtaignier qui était une insulte pour les yeux et valait, tout au plus, quelques livres. Il faisait partie de la vente dont je parle et, jugez de mon étonnement…

– À combien est-il monté ? dit Lord Ickenham.

Mr Saxby lui jeta un regard froid.

– Et, jugez de mon étonnement quand, après que plusieurs autres objets aussi abominables eurent été mis aux enchères et adjugés pour quelques shillings, on en vint à ce meuble, et j'entendis une voix dire « Cinquante livres ».

– Ah !

– Je voudrais bien que vous ne disiez pas « Ah ! » aussi brusquement. J'ai encore perdu une maille. C'était la voix de cet Américain qui séjourne au Hall. Carstairs, je crois.

– Carlisle.

– Vraiment ? Flannery connaissait un homme nommé Carlisle. Il vous en a probablement parlé. D'après Flannery, il a eu une vie des plus intéressantes, avec des choses bizarres lui arrivant constamment. Il a été, une fois, mordu par un lapin.

– Mais, ce n'est pas possible !

– Si. C'est Flannery qui me l'a assuré. Un angora. Il s'en est pris à lui et lui a planté les dents dans le poignet alors qu'il lui offrait une carotte.

– Il était sans doute au régime, dit Lord Ickenham, et Mr Saxby convint que ça devait être le cas.

– Mais, ne nous égarons pas, poursuivit-il. Ce n'était pas le même Carlisle, celui qui a été mordu par un lapin, qui a dit : « Cinquante livres », mais cet autre Carlisle qui séjourne au Hall et n'a jamais, à ma connaissance, été mordu par le moindre lapin. Il a dit « Cinquante livres » et je n'avais pas encore retrouvé ma respiration, coupée par l'étonnement, qu'une autre voix disait « Cent ! ». C'était ce jeune type qui était dans mon bureau, l'autre jour, Barbara, le morveux, celui auprès duquel vous m'avez envoyé m'excuser. Bien que, pourquoi je devais m'excuser... Quel est son nom, déjà ? J'ai oublié.

– Cosmo Wisdom.

– Ah oui. En rapport avec l'industrie cinématographique, je crois. Je dois insister encore une fois sur le fait que cet horrible meuble aurait déjà été cher à cinq livres. On voit, parfois, des meubles en imitation de châtaignier raisonnablement attirants. On a fait du bon travail, dans le genre, mais rarement. Mais celui-ci n'avait pas le moindre aspect intéressant. Et, cependant, ces deux excentriques persistaient à surenchérir l'un sur l'autre, et auraient pu continuer éternellement si une chose étrange ne les avait interrompus. Je ne sais pas si vous connaissez la sœur de Bastable ?

– Nous la connaissons très bien, dit Barbara. Pour votre gouverne, jeune Saxby, Phoebe Wisdom est la demi-sœur de la femme de Freddie.

– Vraiment ? Qui est Freddie ?

– Voilà Freddie.

– Oh, c'est vous ? Vous avez dit Wisdom ?

– Oui.

– Est-elle parente du jeune morveux ?

– C'est sa mère.

– Alors je comprends tout. Elle voulait le sauver de lui-même.

– Elle voulait quoi ?

– L'empêcher de dilapider son argent pour un meuble avec lequel aucun homme raisonnable n'aurait envie d'être retrouvé mort dans un fossé. Car, quand les enchères eurent atteint un certain point...

– Quel point ? demanda Lord Ickenham.

– ... cette femme, le visage baigné de larmes, s'approcha du morveux, accompagnée du policier du village et, d'après ce que j'ai compris, elle se mit à plaider pour essayer en vain d'user de son influence maternelle pour qu'il arrête de se conduire comme un imbécile. Puis elle a demandé au policier de le faire sortir, ce qu'il fit. Alors, Carstairs a eu le meuble.

– Pour combien ? dit Lord Ickenham.

– Eh bien, dit Mr Saxby en se levant, je crois que je vais aller prendre un bain. Il faisait étouffant, à la mairie. Il n'y a pratiquement pas de ventilation.

– Hi ! s'écria Lord Ickenham.

– Vous m'appelez ? dit Mr Saxby en se retournant.

– Combien Carlisle a-t-il payé le meuble ?

– Oh, je ne vous l'ai pas dit ? dit Mr Saxby. J'en avais pourtant l'intention. Cinq cents livres.

Il partit en trottinant et Lord Ickenham exhala un profond soupir de satisfaction. Barbara Crowe lui adressa un regard interrogateur.

– Pourquoi êtes-vous tellement intéressé par ce meuble, Freddie ?

– Il appartenait à mon filleul qui avait un urgent besoin de cinq cents livres. Maintenant il les a.

– Il n'a vraiment aucune valeur ?

– Pratiquement aucune.

– Alors, pourquoi Cosmo Wisdom et l'autre homme ont-ils enchéri comme cela ?

– C'est une longue histoire.

– Vos histoires ne sont jamais trop longues.

– Que Dieu me pardonne, je me souviens que ma nièce Valérie m'a dit la même chose, une fois. Mais elle parlait d'une voix railleuse. C'était la fois où j'étais au château de Blandings, en train de me faire passer (animé des meilleures intentions) pour Sir Roderick Glossop. Vous ai-je jamais raconté cela ?

– Non. Et vous pouvez garder les souvenirs de votre discutable passé pour une autre fois. Je veux des renseignements sur ce meuble. Ne prenez pas la tangente, comme le vieux Mr Saxby.

– Je vois. Vous voulez que je sois direct. Vous voulez, comme je le disais l'autre jour à Johnny, que je n'omette aucun détail, même le plus mince ?

– C'est cela.

– Eh bien, voilà, dit Lord Ickenham.

Ce fut, ainsi qu'il l'avait prédit, une longue histoire, mais elle captiva son auditoire. Il n'y eut, de la part de Barbara Crowe, aucune de ces sautes d'attention qui affligent le meilleur narrateur. À chaque nouveau rebondissement, ses yeux s'élargissaient. Il se passa un moment, après qu'il eut fini, avant qu'elle ne puisse parler.

Quand elle le fit, ce fut avec beaucoup de sentiment.

– Nom d'un chien de pétard de sort ! dit-elle.

– J'espérais que vous diriez ça, dit Lord Ickenham. Il faudra que je me souvienne, au fait, de demander à Albert Peasemarch la signification de cette expression. Pourquoi le chien ? Et que vient faire le pétard ? J'ai rencontré des hommes qui, quand ils étaient émus, disaient « Ma Tante Fanny grimpe au cocotier ! », ce qui me semblait également mystérieux. Cependant, nous n'avons pas le temps d'épiloguer. Je m'attendais à ce que vous ayez une réaction puissante à mes révélations, car l'histoire est sensationnelle. Vous vous sentez faible ?

– Pas faible, non, mais je crois que je peux grogner un peu.

– Ou gargouiller. Absolument.

– Étrange que Toots ait écrit ce livre. Je n'aurais jamais pensé qu'il avait ça en lui.

Lord Ickenham fit claquer sa langue.

– Vous n'avez donc pas écouté ? Je vous ai dit que l'auteur de *Cocktail Time* était Raymond Bastable.

– J'avais l'habitude de l'appeler Toots.

– Vraiment ?

– Vraiment.

– C'est réellement idiot. Et il vous appelait Baby ?

– C'est cela.

– C'est tout à fait abominable ! On s'aperçoit que la moitié du monde ignore la vie de l'autre moitié. Eh bien, vous allez bientôt pouvoir recommencer à l'appeler par ce nom stupide. Enfin, si ce que je vous ai dit n'a pas tué votre amour.

– Que voulez-vous dire ?

– Des tas de gens reculent avec horreur devant *Cocktail Time*. L'évêque, par exemple. Ou Phoebe. Tout comme, d'après Beefy, cinquante-sept éditeurs avant qu'il n'arrive finalement chez les gens de Tomkins. Cela ne diminue pas votre amour pour lui de savoir qu'il est capable d'écrire un livre pareil ?

– Pas du tout. Si j'avais besoin de quelque chose pour augmenter mon amour pour Beefy, comme vous l'appelez…

– C'est toujours mieux que de l'appeler Toots.

– … ce serait de découvrir qu'il va toucher cent cinquante mille dollars de droits cinématographiques pour sa première œuvre. Bon sang ! Qu'est-ce que ce sera pour le suivant !

– Vous croyez qu'il y en aura un suivant ?

– Bien sûr qu'il y en aura un. J'y veillerai. Je vais lui faire abandonner le barreau. J'ai toujours détesté qu'il soit avocat. Et il se concentrera sur l'écriture. Nous habiterons à la campagne, là où il pourra respirer du bon air au lieu de s'abîmer les poumons en restant, toute la journée, dans ces tribunaux étouffants. Êtes-vous jamais allé à Old Bailey ?

– Une fois ou deux.

– On peut y couper l'atmosphère au couteau. On la débite en tranches et on la vend comme mort-aux-rats. En vivant à la campagne, il pourra jouer au golf tous les jours et perdre du poids. Il avait terriblement grossi, la dernière fois que je l'ai vu. Je suis sûre que c'est encore pire maintenant.

– Il est loin de la ligne haricot vert.

– J'arrangerai ça, dit Barbara avec conviction. Savez-vous quand j'ai rencontré Raymond ? Quand j'avais dix ans. Un de mes oncles m'avait emmenée voir un match Oxford-Cambridge et il était là, beau comme un dieu grec. Mon oncle me l'a présenté après le match et je lui ai demandé un autographe. C'est ce jour-là que je suis tombée amoureuse de lui. Seigneur, il était formidable !

– Vous voulez en refaire le Beefy d'il y a trente ans ?

– Peut-être pas tout à fait, mais quelque chose comme ça. Je vais sûrement le faire fondre. Et maintenant, dit Barbara en se levant de son transat, je pense que je vais suivre l'excellent exemple de notre Mr Saxby et aller prendre un bain. Quelle est la procédure pour s'installer ici ? Dois-je aller voir votre filleul et discuter des tarifs ?

– Il est parti pour Londres. Vous conduirez les négociations avec sa vieille nourrice. Mais il vaut mieux que je vienne vous soutenir dans cette épreuve. Elle est assez formidable.

S'il y avait une touche de suffisance dans les manières de Lord Ickenham quand il revint à son transat après avoir piloté Barbara Crowe dans son entrevue avec Nannie Bruce, il eût fallu être un juge bien sévère pour ne pas admettre que sa suffisance avait des excuses. Il était venu à Dovetail Hammer avec l'intention de semer douceur et lumière parmi les habitants de ce nouveau Jardin d'Éden, et il les avait jetées à profusion, tel un semeur sortant pour semer. Grâce à ses efforts, Barbara aurait son Toots et Beefy aurait sa Baby, plus cette adorable fortune sortie de la corne d'abondance d'Hollywood. Johnny aurait ses cinq cents livres, Albert Peasemarch sa Phoebe et il ne faudrait probablement pas longtemps pour que Cyril McMurdo ait sa Nannie Bruce. Il est vrai que Mr et Mrs Carlisle devaient, en ce moment, être un peu à court de douceur et de lumière, mais, comme il a déjà été observé, il y a rarement assez de ces denrées pour tout le monde. Sans doute se consoleraient-ils un jour en pensant que l'argent n'est pas tout et que de telles déceptions nous rendent plus forts.

Quand une demi-heure eut passé, ses méditations furent interrompues par l'arrivée de Johnny Pearce qui approchait à pied, ayant rendu son auto empruntée au Coin et au Maillet. Lord Ickenham fut amusé de voir qu'il était morose. Il allait bientôt, comme le disait Barbara, arranger ça.

– Hello, Johnny.

– Hello, Oncle Fred.

– De retour ?

– Oui, je suis rentré.

– Tout va bien ?

– Oh, oui et non.

Lord Ickenham fronça les sourcils. Nous avons déjà dit qu'il n'aimait pas que son filleul parle par énigmes.

– Que veux-tu dire, oui et non ? As-tu fait la paix avec Bunny ?

– Oh oui. Nous allons nous marier la semaine prochaine. Aux registres.

– Les affaires reprennent pour les registres, ces temps-ci. Alors, je suppose que tu te demandes comment faire, pour Nannie ?

– Oui. C'est ce qui m'ennuie.

– Que cela ne t'ennuie plus, mon cher enfant. Sais-tu ce qui est arrivé à la vente aux enchères, cet après-midi ? Tu vas avoir du mal à le croire, mais ton affreux meuble a atteint cinq cents livres.

Johnny s'effondra dans le fauteuil où s'était assise Barbara.

– Quoi ! haleta-t-il. Tu plaisantes !

– Pas du tout. La dernière enchère a été de cinq cents livres. Une fois, deux fois, trois fois, et adjugé à Mr Gordon Carlisle. Alors, tout ce que tu as à faire, maintenant, pour Nannie... Pourquoi, demanda Lord Ickenham en s'interrompant pour regarder son filleul avec surprise, ne sautes-tu pas de joie ? Bon, je suppose que cela t'est difficile, assis dans ce transat, mais pourquoi ne lèves-tu pas au ciel des yeux reconnaissants en poussant trois hourras ?

Il fallut un moment à Johnny avant d'être capable de parler.

– Je vais te dire pourquoi je ne pousse pas trois hourras, dit-il en éclatant d'un rire que Lord Ickenham reconnut sec et creux. Cette vente était la vente de charité du curé. J'y ai contribué par ce meuble, trop heureux de me débarrasser de cette horreur. Alors, je n'aurai pas un sou de ces cinq cents livres. Tout ira à la rénovation du chauffage de l'église qui, d'après ce que j'ai compris, dit Johnny avec un autre rire creux et sec, a besoin d'une nouvelle chaudière.

CHAPITRE 25

Mr Saxby, grandement rafraîchi par son bain, sortit dans l'air tiède du soir et commença à trottiner dans le parc. Il avait décidé de ne pas se remettre à tricoter le sweater de son petit-fils qui attendrait bien jusqu'au calme de l'après-dîner, mais d'aller jusqu'à Hammer Lodge pour raconter la vente aux enchères à son ami Bastable. Il pensait que cela l'intéresserait. Car, bien que Bastable n'ait probablement jamais vu ce meuble, dont la laideur remarquable était le point fort de l'histoire, il était convaincu de pouvoir le décrire avec suffisamment de précision pour lui faire apprécier l'étrangeté de ce qui s'était passé.

Rien ne se passa quand il sonna à la porte d'entrée du pavillon. Le majordome semblait avoir déserté son poste, pour le Coin et le Maillet, peut-être, à moins qu'il ne fasse un parcours de golf. Mais de telles choses ne troublaient pas Mr Saxby. La porte étant ouverte, il entra et, une fois à l'intérieur, éleva la voix et bêla :

– Bastable ! BASTable !

Et, de quelque part dans le lointain, un cri lui répondit. Il semblait venir des profondeurs de la maison, comme si celui qui le poussait se trouvait dans la cave. Mr Saxby trouva cela très bizarre. Que ferait donc Bastable dans la cave ? Puis la solution évidente se présenta à son esprit. Il allait voir son vin. L'homme de bien aime son vin et il est fort naturel qu'il aille y jeter un coup d'œil de temps en temps.

– Bastable, dit-il en arrivant à la porte de la cave.

– Qui est-ce ? répondit une voix étouffée.

– Saxby.

– Dieu merci ! Faites-moi sortir !

– Faire quoi ?

– Faites-moi sortir.

– Mais pourquoi ne sortez-vous pas tout seul ?

– La porte est fermée.

– Ouvrez-la.

– La clé est de votre côté.

– Vous avez parfaitement raison. Elle est ici.

– Alors, tournez-la, mon vieux. Tournez.

Mr Saxby tourna et vit émerger une silhouette incandescente à la vue de laquelle, s'il avait été présent, Albert Peasemarch eût tremblé comme un malade atteint de paludisme. Lord Ickenham avait prétendu connaître des hommes qui adoraient être enfermés dans une cave à vin, mais il était évident que Sir Raymond Bastable n'appartenait pas à cette classe conviviale. Il était, comme le disait Gordon Carlisle à propos de son épouse Gertie, absolument furieux.

– Où est Peasemarch ? dit-il en roulant des yeux congestionnés.

– Qui ?

– Peasemarch.

– Je ne pense pas le connaître. Un brave garçon ?

Sir Raymond continuait à rouler les yeux de droite à gauche, comme s'il s'attendait à ce que quelque chose se matérialise devant lui. Comme la matérialisation du membre absent de son personnel tardait, il fixa Mr Saxby.

– Comment êtes-vous entré ?

– J'ai passé la porte en marchant.

– Il ne vous a pas ouvert ?

– Qui n'a pas fait ça ?

Sir Raymond tenta une autre approche.

– Avez-vous vu un nabot rondelet avec la tête comme un pudding ?

– Pas que je me souvienne. Qui est ce nabot rondelet ?

– Mon majordome. Peasemarch. Je veux l'assassiner.

– Oh vraiment ? Pourquoi cela ?

– Il m'a enfermé dans cette fichue cave.

– Il vous a enfermé dans la cave ? bêla Mr Saxby en suivant péniblement son compagnon qui, grommelant d'impatience, se dirigeait vers son bureau. Vous êtes sûr ?

– Évidemment, j'en suis sûr, dit Sir Raymond en s'effondrant dans un fauteuil et en tendant la main vers sa pipe. Je suis là depuis des heures, sans rien à fumer. A-a-ah ! dit-il en exhalant un gros nuage.

Le tabac manque rarement de calmer, mais il faut lui laisser le temps. La mixture que fumait Sir Raymond ne produisait que lentement ses effets bénéfiques. Lorsqu'il eut fini sa première pipe et se prépara à allumer la seconde, ses yeux étaient encore enflammés et des grondements impatients continuaient à émaner de lui comme des petits coups de feu. D'une voix qui eût été plus musicale si elle n'avait pas hurlé tout l'après-midi, il esquissa les plans qu'il avait formés à l'encontre d'Albert Peasemarch, si le destin les remettait jamais en présence.

– Je l'étranglerai très lentement à mains nues, dit-il en roulant les mots sur sa langue comme s'ils étaient du vieux porto. Je ferai sortir, à coups de pieds dans le fondement, sa colonne vertébrale par cet horrible melon qu'il ne quitte pas. Je lui tordrai le cou pour lui arracher la tête. Il m'a emmené dans la cave en disant qu'il voulait que je voie le nouveau bordeaux, et quand je me suis baissé pour le regarder, il a filé en fermant la porte à clé.

C'était une histoire simple, simplement racontée, mais elle tint tout de suite Mr Saxby en haleine. Il poussa un curieux cri haut perché qu'il tenait probablement d'un canard de sa connaissance.

– Comme c'est étrange. Je n'ai jamais entendu parler d'un majordome enfermant quelqu'un dans une cave à vin. J'en ai connu un, il y a bien des années, qui élevait des poissons tropicaux, mais, dit Mr Saxby, qui pouvait raisonner clairement quand il le voulait vraiment, ce n'est pas, bien entendu, vraiment la même chose. Savez-vous ce que je pense, Bastable ? Savez-vous la conviction que je tire des récents événements de Dovetail Hammer ? Il y a ici, dans l'air, quelque chose qui engendre l'excentricité. On en voit de tous les côtés. Prenez la vente aux enchères de cet après-midi.

Sir Raymond souffrit mille morts au rappel de cette vente et, une fois de plus, se mit à bouillir du désir passionné d'arracher la tête d'Albert Peasemarch. Mais la curiosité l'emporta sur sa répugnance à en parler.

– Qu'est-il arrivé ? demanda-t-il d'une voix rauque.

Mr Saxby entreprit son récit avec la facilité coutumière de celui qui, même au Démosthène où l'espèce abonde, était considéré comme ce qui se faisait de mieux dans le genre ennuyeux.

– Je dois commencer par dire, commença-t-il par dire, qu'il y avait, à Hammer Hall, où je réside, comme vous le savez, bien que mon fils me demande de rentrer rapidement à la maison, ce dont je serai désolé, je vous assure, car, outre votre délicieuse société, Bastable, la faune avicole est si riche par ici qu'un ornithologiste comme moi pourrait facilement...

– Au fait, dit Sir Raymond.

Mr Saxby parut surpris. Il avait supposé qu'il y arrivait.

– À Hammer Hall, allais-je vous dire, reprit-il, il y a, ou avait, un meuble en imitation de châtaignier, la propriété de l'hôte, Mr Pearce... Connaissez-vous Mr Pearce ?

– Un peu.

– Eh bien, ce meuble en imitation de châtaignier lui appartenait et il était dans le hall, juste en face de vous quand vous entriez par la grand-porte. Je souligne ceci parce que, quand vous entriez ou que vous sortiez, vous ne pouviez manquer de remarquer cette abominable chose, et qu'il m'a fait passer de bien mauvais moments. Je veux que vous compreniez bien, Bastable, que ce meuble horrible n'avait aucune valeur, car c'est le cœur même de mon histoire. Cet après-midi, j'ai eu la satisfaction d'apprendre qu'il allait être inclus dans une vente aux enchères qui se tenait à la mairie du village, car les mots ne peuvent peindre l'effet que faisait, sur des yeux sensibles, la vue de cet objet révoltant. Il était…

– Je connais tout sur ce meuble, dit Sir Raymond. Au fait.

– Vous me bousculez tellement, mon cher ami. Les membres du club font la même chose, je me demande bien pourquoi. Bon, ce meuble a été mis aux enchères et jugez de ma stupéfaction quand j'ai entendu Carlisle, pas le Carlisle qui a été mordu par un lapin angora, mais celui qui réside au Hall, proposer cinquante livres. Mais vous ne savez pas tout. L'instant d'après, un morveux nommé Cosmo Wisdom, que vous n'avez probablement jamais rencontré, fit une enchère de cent. Et ils ont continué. Un meuble qui, j'insiste, n'a strictement aucune valeur. Étonnez-vous, après cela que je vous dise que l'air de Dovetail Hammer engendre l'excentricité. Vous souffrez, Bastable ?

Sir Raymond souffrait et n'avait pu retenir un gémissement. Il avait l'impression de voir où tendait cette histoire et était persuadé que son exécrable neveu avait emporté le meuble, ce qui était la fin de tout.

– Au fait ! dit-il fermement.

– Vous n'arrêtez pas de dire « Au fait ! », mais je crois que je vois ce que vous avez en tête. Vous voulez savoir comment cela a fini. Enfin, même si c'est toujours gâcher une bonne histoire que de trop la hâter, si vous voulez que je sois bref, ce qui s'est passé est que, juste comme Carlisle annonçait une enchère de cinq cents livres, la mère du morveux, assistée du policier du village, l'a fait sortir de la scène, ce qui fait que ce meuble déprimant a été adjugé à Carlisle pour cette somme.

Sir Raymond souffla un nuage de fumée soulagé. Tout était… pas vraiment pour le mieux, peut-être, mais mieux certainement qu'il ne l'avait craint. Il savait que Gordon Carlisle était un homme qui avait son prix. Ce prix serait indéniablement élevé, mais il était prêt à payer fort cher pour récupérer la lettre de Cosmo. Oui, les choses semblaient s'arranger.

– Alors, Carlisle a eu le meuble ?

– C'est ce que je viens de vous dire, dit Mr Saxby. Mais, quand vous dites « Alors, Carlisle a eu le meuble ? », comme si c'était important, il me semble que vous n'avez pas bien compris mon histoire. Peu importe celui des deux excentriques qui a fait la dernière enchère ; ce qui est extraordinaire, c'est qu'ils se disputaient à coups de centaines de livres un objet absolument sans valeur. Cela prouve bien, comme je le disais à l'instant à Barbara Crowe…

Sir Raymond fit un soubresaut. Sa pipe lui tomba des lèvres dans une gerbe d'étincelles. Mr Saxby le considéra en hochant la tête.

– C'est comme ça qu'on met le feu, dit-il, réprobateur.

– Barbara Crowe ?

– Quoique les boys scouts l'allument, je crois, en frottant deux bâtons l'un contre l'autre. Je n'ai jamais pu comprendre comment. Enfin, deux bouts de bois, frottés ensemble, ne peuvent…

– Barbara Crowe est ici ?

– Elle y était quand je suis allé prendre mon bain. Je lui ai trouvé bonne mine.

Tandis que Sir Raymond ramassait sa pipe, d'étranges émotions se faisaient jour en lui. L'exultation d'une part, mais aussi la tendresse. Il ne pouvait y avoir qu'une seule raison à l'arrivée de Barbara à Dovetail Hammer. Elle venait pour le voir, pour tenter une réconciliation. Elle faisait, en un mot, ce qu'on appelle le premier pas, et il se sentait profondément touché que quelqu'un d'aussi fier qu'elle ait pu s'y résoudre. Et l'ancien amour, si longtemps retenu, comme s'il avait été enfermé dans la cave à vins par Albert Peasemarch, reparaissait aussi fort qu'auparavant et, en dépit de l'existence d'hommes comme Gordon Carlisle ou son neveu Cosmo, le monde lui semblait vraiment un monde bien agréable.

L'étrange sentiment de tendresse s'accrut. Il voyait maintenant combien il avait tort de vouloir que Phoebe partage leur foyer. Naturellement, une jeune épouse ne voulait partager son foyer avec personne ; surtout pas avec une femme comme sa sœur Phoebe. En frissonnant un peu, il décida que, même si cela l'obligeait à dépenser les deux mille livres par an qu'elle avait mentionnées, Barbara serait seule avec lui dans leur petit nid.

Il venait de prendre cette admirable résolution quand Lord Ickenham entra par la porte-fenêtre et s'arrêta, un moment déconcerté par la vue de Mr Saxby. Il était venu parler en privé avec Sir Raymond et rien, dans les manières de Howard Saxby senior, ne suggérait qu'il avait l'intention de ne pas rester des heures enraciné sur place.

Mais il avait toujours eu une intelligence rapide. Il y avait des façons de détacher ce vieux gentleman collant, et il ne lui fallut qu'un instant pour choisir l'une d'elles.

– Oh, vous êtes là, Saxby, dit-il. Je vous cherchais. Flannery désire vous voir.

Mr Saxby poussa un bêlement intéressé.

– Flannery ? Il est ici ?

– Il vient d'arriver.

– Pourquoi ne l'avez-vous pas amené ?

– Il a dit qu'il voulait vous parler d'une affaire personnelle.

– Alors, ça doit avoir à faire avec les actions des Caoutchoucs Amalgamés.

Sir Raymond, qui rêvait encore à son petit nid, revint à la vie.

– Qui est Flannery ?

– C'est un agent de change. Il s'occupe de mes investissements.

– Ils ne pourraient être en de meilleures mains, dit Lord Ickenham qui réalisa, avec un curieux petit frisson de satisfaction, que le mystère était éclairci et qu'il savait maintenant qui était Flannery. Il ne faut pas le faire attendre. Beefy, poursuivit-il quand Mr Saxby se fut éclipsé à une vitesse remarquable pour un homme de son âge, je vous apporte des nouvelles qui vont, si je ne me trompe, vous faire gambader à travers maison et jardins comme un agneau au printemps. Mais, avant d'en venir là, dit-il en levant un sourcil intéressé, j'aimerais, sans vous offenser, faire quelques commentaires sur votre tenue. C'est peut-être mon imagination, mais on dirait que vous êtes un peu plus poussiéreux que d'habitude. Vous êtes-vous roulé quelque part, ou avez-vous toujours des toiles d'araignées dans les cheveux ?

Un nuage assombrit l'humeur ensoleillée de Sir Raymond. Le souvenir qu'il partageait la même planète qu'Albert Peasemarch amena une rougeur soudaine sur son front.

– Vous auriez aussi des toiles d'araignées dans les cheveux si vous aviez passé tout l'après-midi dans la cave, dit-il avec chaleur. Savez-vous où est Peasemarch ?

– J'ai conversé avec lui au téléphone récemment, et il m'a dit qu'il allait passer une semaine ou deux à Londres, probablement chez sa sœur qui a une maison à East Dulwich. J'ai été surpris qu'il vous quitte aussi soudainement. Pas de désagrément, j'espère ?

Sir Raymond respira lourdement.

– Il m'a enfermé dans la cave, si vous appelez ça un désagrément.

Lord Ickenham semblait sidéré, comme un homme peut l'être en entendant des paroles aussi extraordinaires.

– Il vous a enfermé dans la cave ?

– Dans la cave à vin. Si Saxby n'était pas arrivé, j'y serais encore. Cet homme est fou.

– De la branche aliénée des Peasemarch, vous croyez ? Je n'en suis pas certain. J'admets que sa conduite a été étrange, mais je crois que je la comprends. Étant donné la singulière bonne fortune qui lui est échue, Albert Peasemarch est un peu hors de lui-même, ces temps-ci. Il aura eu besoin d'extérioriser son humeur et de faire quelque chose d'exceptionnel pour s'exprimer, alors il a choisi ce moyen inhabituel. Alors que vous ou moi, dans ces circonstances, aurions débouché une bouteille de champagne ou distribué de la monnaie aux petits garçons, Peasemarch vous a enfermé dans la cave. Tout dépend de la façon dont vous supportez ces choses. Je suppose qu'il aura pensé que vous ririez bien avec lui de cette amusante petite affaire.

— Eh bien, il avait tort, dit Sir Raymond dont la respiration était encore difficile. Si Peasemarch était ici et que je puisse lui mettre la main dessus, je l'écartèlerais membre après membre et je danserais sur ses restes.

Lord Ickenham hocha la tête.

— Oui. Je comprends votre point de vue. Eh bien, quand je le rencontrerai, je lui dirai que vous êtes mécontent et il vous écrira certainement pour s'excuser, car il y a du bon en Albert Peasemarch et personne n'est plus apte que lui à comprendre quand il a erré. Mais ne perdons pas notre temps précieux à parler d'Albert Peasemarch, car il y a d'autres choses bien plus importantes qui demandent notre attention. Préparez-vous à une surprise, Beefy. Barbara Crowe est ici.

— Ce n'est pas une surprise.

— Vous le saviez ?

— Saxby me l'a dit.

— Et que vous proposez-vous de faire ?

— Je vais aller lui dire que j'ai été stupide.

— Est-ce qu'elle ne le sait pas déjà ?

— Et je vais l'épouser, si elle veut encore de moi.

— Oh, elle veut de vous. Je peux vous dire, au fait, que, chaque fois que j'ai prononcé votre nom, elle a enfoui sa tête dans ses mains en murmurant « Toots ! Toots ! ».

— Vraiment ? dit Sir Raymond, fort ému.

— À vous briser le cœur, assura Lord Ickenham.

– Vous savez d'où venaient les ennuis, dit Sir Raymond en ôtant une toile d'araignée de son sourcil gauche. Elle ne voulait pas que Phoebe vive avec nous.

– C'est bien naturel.

– Oui, je le comprends maintenant. Je lui donnerai deux mille livres par ans pour qu'elle aille prendre un appartement quelque part.

– Une décision sage et généreuse.

– Je pourrais peut-être m'en tirer avec mille cinq cents ? dit Sir Raymond, mélancolique.

Lord Ickenham réfléchit à la question.

– Si j'étais vous, Beefy, j'attendrais d'y être pour me décider. Après tout, Phoebe pourrait se marier, elle aussi.

Sir Raymond écarquilla les yeux.

– Phoebe ?

– Oui.

– Ma sœur Phoebe ?

– On a vu des choses plus étranges.

Pendant un instant Sir Raymond parut être sur le point de dire « Nommez-en trois », mais il se contenta de grogner en brossant une autre toile d'araignée. Lord Ickenham l'étudiait d'un œil pensif. Il se demandait si le moment était ou non venu de révéler à l'avocat-romancier qu'il allait devenir le parent par alliance des Peasemarch d'East Dulwich. Il décida que non. Seul un homme calme et doux pourrait recevoir sans s'énerver la nouvelle que sa sœur va bientôt prendre pour le meilleur et pour le pire le majordome qui vient de l'enfermer dans la cave à vin. Il semblait hautement probable qu'en apprenant cette union prochaine Sir Raymond Bastable allait suivre les traces de l'Oncle Charlie de Nannie Bruce et se rouler en boule. Il aborda un autre sujet, auquel il avait consacré son puissant intellect depuis sa conversation avec Johnny Pearce.

– Je suis ravi, mon cher ami, que tout aille pour le mieux entre vous et Barbara, dit-il. S'il y a une chose qui me fait chaud au cœur, c'est bien de voir deux amoureux séparés se retrouver, que ce soit au printemps ou à une autre époque de l'année. Que les bénédictions du ciel vous accompagnent, comme on dit. Mais il y a une chose que vous devez savoir, Beefy, quand vous épouserez Barbara, et cela sera peut-être un choc pour vous. Vous devrez vous préparer à écrire un autre livre.

– Quoi !

– Mais oui.

– Je ne peux pas !

– Il le faudra. Si vous croyez que vous pouvez écrire un roman et le vendre cent cinquante mille dollars, puis épouser un agent littéraire et ne pas être obligé de vous asseoir sur votre fond de culotte pour en écrire un autre, vous sous-estimez grandement la détermination et la volonté de vaincre des agents littéraires. Vous n'aurez pas un moment de paix tant que vous n'aurez pas la plume à la main.

La mâchoire inférieure de Sir Raymond était tombée au plus bas. Il regardait l'avenir et était consterné par ce qu'il voyait.

– Mais je ne peux pas, je vous le dis ! Écrire *Cocktail Time* m'a presque tué. Vous n'avez pas idée de ce qu'il faut de sueur pour finir un de ces damnés livres.

Je peux vous le dire, c'est très bien pour les types qui en ont l'habitude, mais pour quelqu'un comme moi... J'aimerais mieux être torturé par des fers rouges.

Lord Ickenham hocha la tête.

– Je pensais que vous auriez cette attitude. Mais il y a un moyen de pallier cette difficulté. Vous avez entendu parler de Dumas ?

– Qui ?

– Alexandre Dumas. *Les Trois Mousquetaires*. *Le Comte de Monte-Cristo*.

– Oh Dumas ? Oui, bien sûr. Tout le monde a lu Dumas.

– Vous avez tort. Tout le monde *croit* qu'il a lu Dumas. Mais ce que tout le monde a lu est l'œuvre d'un bataillon d'assistants industrieux. Il était un peu dans la même position que vous. Il voulait tout l'argent qu'il pouvait tirer des lecteurs, mais il n'avait pas envie de se fatiguer. Alors, il laissait le sale travail, la rédaction des livres, à d'autres.

L'espoir se fit jour dans les yeux hagards de Sir Raymond. Il ressentit un soulagement identique à celui qui l'avait envahi quand il avait entendu la voix de Mr Saxby derrière la porte de la cave. C'était comme si d'immatériels Marines des États-Unis venaient d'arriver.

– Vous voulez dire que quelqu'un d'autre pourrait écrire pour moi ces choses infernales ?

– Exactement. Et qui ferait mieux l'affaire que mon filleul, Johnny Pearce ?

– C'est vrai ! Il est écrivain, n'est-ce pas ?

– Depuis des années.

– Il ferait ça ?

– Rien ne lui plairait davantage. Comme Dumas, il a besoin d'argent. Moitié-moitié serait un arrangement satisfaisant, je pense ?

– Oui, cela me semble raisonnable.

– Et, bien sûr, il faudrait lui verser quelque chose comme avance. Des arrhes, comme vous diriez, au barreau. Cinq cents livres seraient une somme raisonnable. Allez à votre bureau et faites un chèque de ce montant.

Sir Raymond le dévisagea.

– Vous voulez que je lui donne cinq cents livres ?

– En avance sur les royalties.

– Je ne lui donnerai sûrement pas cinq cents livres.

– Alors, de mon côté, je ne vous donnerai pas la lettre du jeune Cosmo. J'ai complètement oublié de mentionner, Beefy, que, peu après que notre Mr Carlisle l'eut placée dans ce meuble, je l'y ai trouvée et je l'en ai retirée. Je l'ai dans ma poche, dit Lord Ickenham en la sortant. Et si, ajouta-t-il, en remarquant que son compagnon se redressait dans son fauteuil et semblait prendre son élan pour bondir, vous avez l'intention de me sauter dessus, de m'en allonger une et de me la faucher, je dois vous avertir que j'ai quelques connaissances rudimentaires en jiu-jitsu, amplement suffisantes pour me permettre de faire de vous un nœud qu'il faudra des heures pour dénouer. Cinq cents livres, Beefy. Payables à Jonathan Twistleton Pearce.

Il y eut un silence, durant lequel on eût eu le temps de répéter lentement dix ou douze fois Jonathan Twistleton Pearce. Puis Sir Raymond se leva lourdement. Ses manières n'étaient pas allègres. Roget, si vous lui aviez demandé de le décrire, l'eût qualifié de « résigné » ou « soumis » ou encore « rampant sur les rotules (argot) » mais il était évident, quand il parla, qu'il avait pris sa décision.

– Comment écrivez-vous Pearce ? dit-il. P-e-a-r-c-e ou P-i-e-r-c-e ?

Les ombres s'allongeaient sur l'herbe quand Ickenham commença sa promenade à travers le parc vers Hammer Hall avec, dans sa poche, le chèque qui allait faire sonner les cloches de l'hyménée pour Belinda Farringdon, son filleul Johnny, Nannie Bruce et l'officier Cyril McMurdo, sauf si, bien sûr, ils allaient se marier au bureau des registres où il n'y avait pas de cloches. C'était une de ces journées parfaites qu'on voit entre trois et cinq fois par été anglais. Le soleil couchant rougissait les eaux du lac, à l'ouest le ciel resplendissait de vert et d'or, d'améthyste et de pourpre, et quelque part un oiseau, probablement un ami intime de Mr Saxby, chantait sa sérénade avant de fermer pour la nuit.

Tout n'était que paix et douceur tranquille, et Lord Ickenham se dit qu'il ferait bon être à Londres. Il était un peu fatigué de la vie à la campagne. Agréable à sa façon, c'est vrai, mais tellement ennuyeuse… monotone… rien n'arrivait jamais. Il avait besoin pour se remonter, d'une sortie nocturne dans les quartiers joyeux de la métropole en compagnie d'un compagnon bon vivant.

Pas son neveu Pongo. On ne pouvait plus faire sortir Pongo, ces temps-ci. Le mariage en avait fait un citoyen sérieux, mal en accord avec les espoirs et les rêves d'un homme qui aimait les soirées animées. Un bonnet de nuit, voilà l'expression qui qualifiait le mieux Pongo Twistleton et, pendant un moment, en se souvenant du temps où un coup de téléphone suffisait à faire sortir son neveu en chantant à tue-tête, Lord Ickenham ressentit une légère dépression.

Puis il redevint lui-même. Il venait de se rappeler que, dans sa chambre à Hammer Hall, il avait son petit livre rouge avec l'adresse d'Albert Peasemarch. Quoi de plus plaisant que d'aller à Chatsworth, Makefing Road, East Dulwich, imiter le cri de la chouette blanche, dire à Albert Peasemarch de mettre son chapeau melon et, après avoir déposé ce melon au vestiaire d'un joyeux restaurant, se plonger dans la brillante vie nocturne de Londres ?

Qui, il en était convaincu, avait beaucoup à offrir à deux jeunes gens revenant de la campagne.